# E-Z DICKENS SUPERVARONIS PIRMĀ UN OTRĀ GRĀMATA

## TETOVĒJUMS ANGELIS; TREŠI
Cathy McGough

Stratford Living Publishing

# Veltījums

Dorotejai, kas ticēja.

# SATURS:

# PIRMĀ GRĀMATA:
## TETOVĒJUMS ANGELIS

# PROLOGU

Pirmais radījums uzlidoja E-Z uz krūtīm un piezemējās ar uz priekšu pavērstu zodu un rokām uz gurniem. Viņš pagriezās vienu reizi pulksteņrādītāja rādītāja virzienā. Pagriezās straujāk, un no viņa spārnu plīvuriem atskanēja dziesma. Dziesma bija zems stenēšana. Skumja dziesma no pagātnes, kas svinēja dzīvi, kuras vairs nebija. Būtne noliecās atpakaļ, galvu atbalstīdama pret E-Z krūškurvi. Griešanās apstājās, bet dziesma turpināja skanēt.

Otrs radījums pievienojās, veicot to pašu rituālu, bet griezdamies pretēji pulksteņrādītāja rādītāja virzienam. Viņi radīja jaunu dziesmu bez pīkstieniem un tālummaiņām. Jo, kad viņi dziedāja, onomatopejas nebija nepieciešamas. Savukārt ikdienas sarunās ar cilvēkiem tā bija nepieciešama. Šī dziesma pārklājās ar otru un kļuva par priecīgu, augstpiedošu svētku dziesmu. Oda par gaidāmajām lietām, par dzīvi, kas vēl nav izdzīvota. Dziesma nākotnei.

No viņu zeltaino acu zīlēm izsprāga dimanta putekļu putekļi, kad viņi pagriezās pilnīgā sinhronitātē. Dimanta putekļi no viņu acīm izšļakstījās uz guļošā E-Z ķermeņa. Apmaiņa turpinājās, līdz pārklāja viņu ar dimantu putekļiem no galvas līdz kājām.

Pusaudzis turpināja mierīgi gulēt. Līdz brīdim, kad dimanta putekļi caurdūra viņa miesu - tad viņš atvēra muti, lai kliegtu, bet nekāda skaņa neiznāca.

"Viņš mostas, pīkst-pīkst."

"Paceliet viņu, zoom-zoom."

Kopā viņi pacēla viņu, kad viņš atvēra stiklotās acis.

"Vēl gulēt, pīp-pīp."

"Nejūti sāpes, zoom-zoom."

Šūpuļojot viņa ķermeni, abas radības pieņēma viņa sāpes sevī.

"Celies augšā, pīp-pīp," viņš pavēlēja.

Un ratiņkrēsls piecēlās. Un, novietojies zem E-Z ķermeņa, tas gaidīja. Kad asins piliens nolaidās, krēsls to noķēra. Absorbēja to. Patērēja to - kā dzīvu būtni.

Palielinoties krēsla spēkam, tas arī ieguva spēku. Drīz vien krēsls varēja noturēt savu saimnieku gaisā. Tas ļāva abām būtnēm pabeigt savu uzdevumu. Viņu uzdevums bija savienot krēslu un cilvēku. Sasaistīt viņus uz mūžīgiem laikiem ar dimanta putekļu, asiņu un sāpju spēku.

Pusaudža ķermenim drebot, viņa ādas punkti sadzija. Uzdevums bija izpildīts. Dimanta putekļi bija daļa no viņa būtības. Tādējādi mūzika apstājās.

"Tas ir izdarīts. Tagad viņš ir ložu necaurlaidīgs. Un viņam ir superspēks, pīp-pīp."

"Jā, un tas ir labi, zoom-zoom."

Ratiņkrēsls atgriezās uz grīdas, un pusaudzis uz gultas.

"Viņam par to nebūs atmiņas, bet viņa īstie spārni sāks darboties pavisam drīz, pīp-pīp."

"Kā ir ar citām blakusparādībām? Kad tās sāksies un vai tās būs jūtamas zoom-zoom?"

"To es nezinu. Viņam var rasties fiziskas izmaiņas... tas ir risks, ko ir vērts uzņemties, lai mazinātu sāpes, pīp-pīp."

"Piekrītu, zoom-zoom."

# CAUSE

Visāsģimenēs ir domstarpības. Dažās strīdas par katru sīkumu. Dikensu ģimene bija vienisprātis par lielāko daļu lietu. Mūzika nebija viena no tām.

"Nāc, tēti," sacīja divpadsmitgadīgais E-Z. "Man ir garlaicīgi, un tagad pa satelītu atskaņo Mūzu nedēļas nogali." "Man ir garlaicīgi," viņš teica.

"Vai tu neesi paņēmis savas austiņas?" viņa māte Laurela jautāja.

"Tās ir manā mugursomā bagāžniekā." Viņš atvilka elpu.

"Mēs vienmēr varam apstāties un paņemt tās..."

Martins, zēna tēvs, kurš vadīja automašīnu, pārbaudīja laiku. "Es gribētu nokļūt mājiņā kalnos, pirms satumsis. Mūza ir labi ar mani. Turklāt mēs tur drīz būsim."

Laurela pagricza ciparnīcu satelītsistēmā viņu pavisam jaunajā sarkanajā kabrioletā. Viņa uz mirkli apdomāja, ieslēdzot Classic Rock. Diktors teica: "Nākamais atskaņojums ir Kiss himna I Wanna Rock N Roll All Night. Nepieskarieties šim ciparnīcai."

"Pagaidiet, tā ir laba dziesma!" zēns iesaucās.

"Ko, vairs nav Muse?" Laurela jautāja, turot roku uz ciparnīcas.

"Pēc Kiss, labi?"

"Tad tātad*Kiss*," sacīja Mārtins, ieslēdzot vējstikla tīrītājus. Lietus vēl nelīstēja, bet dārdēja pērkons. Zari un citas atlūzas mutuļoja un mutuļoja no viņu automašīnas, kamēr viņi virzījās augšup kalnā.

Laurela šķaudīja un uzlika grāmatzīmi uz lapas. Viņa sakrustoja rokas, trīcot. "Tas vējš ir ļoti brāzmains. Vai neiebilstu, ja mēs paceltu jumtu uz augšu?"

"Es balsoju "jā"," sacīja E.Z., atdalīdams zariņus no saviem gaišajiem matiem.

**THWACK.**

Nebija laika kliegt - kad mūzika norima.

Zēnam ausīs vēl aizvien skanēja skaņa kopā ar četru gaisa spilvenu sprādzienu. Viņam uz pieres pilēja asinis, kad viņš pieskārās lietai, kas bija uz viņa kājām: kokam. Asinis ieplūda koka iebrucējā un ap to. Viņš pabrauca ar pirkstu gar koka stumbru. Tas bija kā āda; viņš bija koks, un koks bija viņš.

"Mamma? Tētis?" viņš raudāja, krūtīm uzpūšoties. "Mamma? Tētis? Lūdzu, atbildi!"

Viņam vajadzēja izsaukt palīdzību. Kur bija viņa telefons? Avārijas trieciens to bija izmetis. Viņš to varēja saskatīt, bet tas bija pārāk tālu, lai to aizsniegtu. Vai arī bija? Viņš bija ķērājs, un daži teica, ka viņa metiena roka ir kā gumija. Viņš koncentrējās, stiepās un stiepās, līdz to panāca.

Signāls bija spēcīgs, jo viņa asiņainie pirksti nospieda 9-1-1, tad pārtrauca savienojumu. Lai viņu atrastu, viņam bija jāizmanto jaunais uzlabotais pakalpojums. Viņš ierakstīja E9-1-1. Tas deva varas iestādēm atļauju piekļūt viņa atrašanās vietai, tālruņa numuram un adresei.

"Avārijas dienesti. Kāda ir jūsu ārkārtas situācija?"

"Palīdzība! Mums vajadzīga palīdzība! Lūdzu. Mani vecāki!"

"Vispirms sakiet, cik jums gadu? Kā tevi sauc?"

"Man ir divpadsmit. Mani sauc par E-Z."

"Lūdzu, pārbaudiet savu adresi un tālruņa numuru."

Viņš to izdarīja.

"Sveiks, E-Z. Pastāsti man par saviem vecākiem. Vai jūs viņus redzat? Vai viņi ir pie samaņas?"

"Es, es viņus neredzu. Koks uzgāzās uz mašīnas, uz viņiem un manām kājām. Palīdzība. Lūdzu."

"Mēs noskaidrojam jūsu atrašanās vietu."

E-Z aizvēra acis.

"E-Z?" Skaļāk: "E-Z!"

Zēns atguvās. "Es, atvainojos, es."

"Mēs sūtām helikopteru. Mēģini palikt nomodā. Palīdzība ir ceļā."

"Paldies," viņa acis noslīdēja, viņš piespieda tās atvērt. "Man jāpaliek nomodā. Viņa teica, ka jāpaliek nomodā." Vienīgais, ko viņš vēlējās, bija gulēt, gulēt, lai izbeigtu visas sāpes.

Virs viņa acu priekšā mirgoja divas gaismas, viena zaļa un otra dzeltena. Uz mirkli viņam šķita, ka viņš redz, kā abi objekti, pakārti virs galvas, plīvo ar maziem spārniņiem.

"Viņam ir slikti," sacīja zaļais, pietuvojoties, lai aplūkotu tuvāk.

"Palīdzēsim viņam," sacīja dzeltenais, paceldamies augstāk.

E-Z pacēla roku, lai aizpūtu mirgojošās gaismas. Viņam ausīs aizskanēja augsta skaņa.

"Vai tu piekrīti mums palīdzēt?" gaismas dziedāja.

"Es piekrītu. Palīdzi man."

Tad viss kļuva melns.

# EFEKTS

**S**am, E-Z tēvocis bija slimnīcā, kad viņš pamodās. Zēns neuzdeva jautājumu - kur ir viņa vecāki -, jo negribēja dzirdēt atbildi. Ja viņš nezināja, viņš varēja izlikties, ka ar viņiem viss ir kārtībā. Ka viņi jebkurā brīdī ienāks viņa istabā un apķers viņu ap rokām. Taču prātā viņš zināja, patiesībā viņš ticēja, ka viņi ir miruši. Viņš iztēlē iztēlojās, kā atmetis vākus un skrien pie viņiem, un viņi sastapsies kopīgā apskāvienā un raudās par to, cik viņi ir laimīgi. Bet pagaidiet, kāpēc viņš nevarēja paraustīt pirkstus? Viņš mēģināja vēlreiz, ļoti koncentrējoties, bet nekas nesanāca.

Sems, kurš vēroja, teica: "Nav nekomplicēta veida, kā tev to pateikt," visu laiku viņš cīnījās ar raudāšanu.

"Manas kājas," E-Z sacīja, "es, es tās nejūtu."

Tēvocis Sems saspieda brāļadēlam roku. "Tavas kājas..."

"Ak, nē. Nesaki man. Vienkārši nesaki."

Viņš izrāva roku no tēvoča. Viņš aizsedza seju, izveidojot barjeru starp sevi un pasauli, jo pa vaigiem ritēja asaras.

Tēvocis Sems vilcinājās. Viņa brāļadēls jau bija asarās, jau bēdājās, un tomēr viņam vajadzēja viņam pastāstīt par saviem vecākiem. Nebija vienkārša veida, kā to pateikt, tāpēc viņš izkliedza: "Tavi vecāki. Mans brālis un tava mamma... viņi to neizdzīvoja."

Zināt un dzirdēt šos vārdus bija divas dažādas lietas. Viens to padarīja par faktu. E-Z atgāza galvu atpakaļ un iesaucās kā ievainots dzīvnieks, trīcēdams un gribēdams bēgt prom, jebkur. Tikai prom.

"E-Z, es esmu tevis vietā."

"Nē! Tā nav taisnība. Tu melo. Kāpēc tu man meloji?" Viņš sašūpojās, saspiedis dūres un dauzīdams tās pret matraci, dusmojās un dusmojās, bez pazīmēm, ka varētu apstāties.

Sems nospieda pogu pie gultas. Viņš mēģināja viņu nomierināt, bet E-Z bija nekontrolējams, mētājās un lamājās. Atnāca divas medmāsas; viena iebāza adatu, bet otra kopā ar Semu centās viņu noturēt mierīgu, un viņš klusi čukstēja, ka viss būs labi.

Sems noskatījās, kā viņa brāļadēls sapņu zemē vai kur viņš tagad atrodas, - uzpūta smaidu. Viņš loloja šo smaidu, domādams, ka paies vēl kāds laiks, līdz viņš atkal ieraudzīs šādu smaidu brāļadēla sejā. Priekšā bija garš un grūts ceļš. Viņa brāļadēlam nāksies stāties pretī dienai, kad viņa dzīve sabruks. Kad viņš to izdarīs, viņš varēs cīnīties, un viņi kopā varēs veidot viņam pavisam jaunu dzīvi. Jaunu - atšķirīgu - ne tādu pašu. Nekas vairs nekad nebūs tāds pats.

Un tas viss tikai tāpēc, ka viņi atradās nepareizajā vietā nepareizajā laikā. Dabas upuri: koks. Koks, kas cilvēku nolaidības dēļ kļuva par dabas ieroci. Koka konstrukcija bija nokaltuša, saknes virs zemes jau gadiem ilgi cīnījās par uzmanību. Un, kad viņam pastāstīja, ka tas ir iezīmēts ar X, lai pavasarī to nozāģētu, viņam gribējās kliegt.

Tā vietā viņš piezvanīja labākajam advokātam, ko pazina. Viņš gribēja, lai kāds samaksā - lai viņš apmaksā rēķinu par pāragri pārtrauktajām divām dzīvībām, par brāļadēla salauztajām kājām un sagrautajām dzīvībām.

Bet kāda bija jēga? Pagātni nekas nevarēja mainīt, bet nākotnē viņš palīdzēs brāļadēlam atrast savu ceļu. Tajā brīdī Sems formulēja plānu.

Sems atgādināja pieaugušu Harija Potera versiju (bez rētas.) Kā vienīgais dzīvs E-Z vienīgais radinieks viņš uzņemsies brāļadēla aprūpi.

Šo lomu viņš iepriekš bija atstājis novārtā. Viņš centīsies būt līdzīgs vecākajam brālim Martinam - nevis aizstāt viņu.

Viņš atvairīja atrunas, kas burbuļoja iekšienē. Mēģināja viņu piespiest izmantot darbu, lai atbrīvotu viņu no atbildības. Viņš aizietu prom, izdzēstu visus pienākumus. Tad viņš varētu beigt sevi pārmest. Nīst sevi par visu zaudēto laiku.

Kamēr brāļadēls gulēja, viņš piezvanīja sava programmatūras uzņēmuma izpilddirektoram. Būdams pieredzējis vecākais programmētājs, savas jomas līderis, viņš cerēja, ka viņi panāks kompromisu. Viņš pastāstīja, ko vēlas darīt.

"Protams, Sems. Tu vari strādāt attālināti. Nekas nemainīsies. Tu darīsi to, kas tev jādara. Mēs esam ar tevi. Ģimene ir pirmajā vietā - vienmēr."

Atvienojies, viņš atgriezās pie brāļadēla gultas. Pagaidām viņš pārcelsies uz ģimenes mājām, lai E-Z varētu palikt netālu no draugiem un skolas. Kopā viņi atkal saliks kopā un atjaunos viņa dzīvi. Ja vien viņš pilnībā neizjuks. Būdams vecpuisis, viņš nebija gandrīz nekādas pieredzes ar bērniem - nemaz nerunājot par pusaudžiem.

Pēc aiziešanas no slimnīcas-likteņa spiesti - viņiem nebija citas izvēles, kā vien izveidot saikni, kas sniedzas tālāk par asinīm.

E-Z pretojās, noliedzot, domādams, ka var to visu izdarīt pats. Galu galā viņam nebija citas izvēles, kā vien pieņemt piedāvāto palīdzību.

Sems iesaistījās - bija viņam līdzās - it kā zinātu, kas brāļadēlam vajadzīgs, pirms viņš to lūdza.

Un viņš bija līdzās E-Z otrajā sliktākajā dienā viņa dzīvē, kad viņam teica, ka viņš vairs nekad vairs nestaigās.

"Nāc iekšā," teica Dr. Hammersmits, viens no labākajiem ortopēdiem neirologiem ķirurgiem.

E-Z ratiņkrēslā iegāja iekšā, un viņam sekoja Sems.

Hammersmits bija slavens ar to, ka labojis neārstējamos, un viņš grasījās labot arī viņu. Iepriekšējās konsultācijās viņš bija apsolījis jaunietim, ka viņš atkal spēlēs beisbolu.

"Man ir žēl," Hammersmits teica. Pēc dažām neērtā klusuma sekundēm viņš to aizpildīja, sašūpojot dažus papīrus.

"Par ko tieši jums ir žēl?" E-Z jautāja, visiem spēkiem spiežoties uz priekšu savā sēdeklī. Nespēdams paveikt uzdevumu, viņš palika tur, kur atradās.

"To, ko viņš lūdza," sacīja Sems, bez piepūles pārvietojoties uz priekšu savā sēdeklī.

Hammersmits pāršķīstīja rīkli. "Mēs cerējām, ka, tā kā viss darbojas normāli, paralīze varētu būt īslaicīga. Tāpēc es tevi nosūtīju uz papildu izmeklējumiem un ieteicu kādu fizikālo terapiju. Tagad nav nekādu šaubu, man žēl jums teikt E-Z, bet jūs vairs nekad vairs nestaigāsiet." "Es jums atvainojos, ka jums to saku, E-Z, bet jūs nekad vairs nestaigāsiet."

"Kā jūs varat tā ar viņu rīkoties?" Sems jautāja.

Viņa vārdu galīgums ieslīga viņā. "Aizved mani no šejienes, tēvoci Semi!"

"Pagaidiet," Hammersmits sacīja, nespēdams paskatīties viņiem acīs. "Es lūdzu palīdzību no kolēģiem visā pasaulē. Viņu secinājumi bija vienādi."

"Liels paldies."

"E-Z, tev ir laiks doties tālāk. Es negribu tev dot vēl vairāk viltus cerību. "

Sems piecēlās, uzliekot rokas uz ratiņkrēsla rokturiem.

"Mēs saņemsim otru atzinumu, trešo un ceturto!"

"Jūs to varat darīt," sacīja Hammersmits, "bet mēs jau to izdarījām. Ja tur būtu kaut kas jauns, kaut kas jauns - kaut kas, ko mēs varētu izmantot, - tad mēs to darītu. Jūsu dzīves laikā viss var mainīties E-Z. Cilmes šūnu izpētes jomā ir panākumi. Tikmēr es nevēlos, lai jūs dzīvotu tikai ar "ja" un "varbūt"."

Pēc tam vērsās pret Semu,

"Neļauj savam brāļadēlam izniekot savu dzīvi. Palīdzi viņam atjaunoties un atgriezties dzīvo zemē. Ak, un man nepatīk par to runāt, bet mums drīzumā būs vajadzīgs atpakaļ ratiņkrēsls - šķiet, mums tā nedaudz pietrūkst. Ja jūs neiebilstat parūpēties par citiem pasākumiem."

"Labi," Sems sacīja, kad viņi bez sarunas pameta Hammersmita kabinetu. Viņš ielika ratiņkrēslu bagāžniekā, piesprādzēja viņiem drošības jostas un iedarbināja automašīnu.

"Viss būs labi."

E-Z, kuram pa vaigiem ritēja asaras, noslaucīja tās. "Man ir žēl."

"Tev nekad nav jāatvainojas man, mazulis, par to, ka izrādīji savas jūtas."

Sems iesita ar dūri pa stūri, tad izbrauca no stāvvietas, pīkstot riepām.

Pāris mirkļus viņi brauca, nerunājot, tad viņš aizsniedzās un ieslēdza radio. Tas izkliedēja klusumu starp viņiem abiem un deva E-Z iespēju izkliegt bez pašapziņas sajūtas.

Līdz brīdim, kad viņi iegriezās mājas piebraucamajā ceļā, viņi bija nomierinājušies un izsalkuši. Plāns bija noskatīties dažas programmas un pasūtīt picu.

Pēc dažām dienām ieradās pavisam jauns ratiņkrēsls.

P ie E-Z jaunā ratiņkrēsla mirgoja divas gaismas:viena dzeltenā un otra zaļā.

"Šis nedarbosies, pīp-pīp."

"Es piekrītu, tas nederēs vispār. Viņam vajag kaut ko vieglāku, stiprāku, ugunsdrošāku, ložu necaurlaidīgu un absorbējošu, zoom-zoom."

"*Jūs zināt, kas* teica, ka mums nevajadzētu tērēt laiku, tāpēc darīsim to, pirms cilvēks pamodīsies, pīp-pīp."

Ap ratiņkrēslu dejoja gaismas. Viena nomainīja metālu, otra - riepas. Kad viņi pabeidza procesu, krēsls izskatījās tāds pats kā iepriekš, taču tas tāds nebija.

E-Z čukstēja miegā.

"Brauksim prom no šejiencs! Pīkst, pīkst!"

"Tieši aiz tevis! Zoom zoom zoom!"

Un tā viņi arī darīja, kamēr jaunietis gulēja tālāk.

G adu vēlāk, un tagad E-Z šķita, ka tēvocis Sems tur vienmēr ir bijis. Ne jau tāpēc, ka viņš būtu aizvietojis viņa vecākus. Nē, viņš to nekad nespētu izdarīt, patiesībā viņš nemaz nemēģināja to darīt, bet viņi sapratās. Viņi bija draugi. Viņi bija kas vairāk, viņi bija ģimene. Vienīgā ģimene, kas trīspadsmitgadniekam bija palikusi pasaulē.

"Es gribu tev pateikties," viņš teica, cenšoties nesaplakt acis.

"Tev nav man jāpateicas, mazulis."

"Bet man ir, tēvo tēvoci Semi, bez tevis es būtu metis dvieli rokudzelžos."

"Tu esi no stiprākas vielas nekā tas."

"Es neesmu. Kopš negadījuma es baidos, es domāju, patiešām baidos. Man ir murgi."

"Mēs visi baidāmies; palīdz, ja par to runā. Es domāju, ja tu gribi par to runāt ar mani."

"Dažreiz tas notiek naktī, kad tu guļ. Es negribu tevi modināt."

"Es esmu blakus, un sienas nav tik biezas. Vienkārši sauci uz mani, un es būšu tur. Es neiebilstu."

"Paldies, es ceru, ka man tas nebūs vajadzīgs, bet ir labi zināt."

Viņi atgriezās pie televizora skatīšanās un nekad vairs neapsprieda šo jautājumu.

Līdz vienai naktij, kad E-Z pamodās kliedzot, un Sems, kā solīts, bija klāt.

Viņš ieslēdza gaismu. "Es esmu šeit. Vai ar tevi viss kārtībā?"

E-Z bija pieķēries pie gultas malas kā cilvēks, kurš gatavojas pārkāpt pāri klintij. Viņš palīdzēja viņam atpakaļ uz matrača.

"Tagad labāk?"

"Jā, paldies."

"Vai vēlies par to parunāt? Es varu pagatavot kakao."

"Ar zefīriem?"

"Pats par sevi saprotams. Es tūlīt atgriezīšos."

"Labi." E-Z uz mirkli aizvēra acis, un augstie trokšņi atsākās. Viņš aizklāja ausis un vēroja dzeltenās un zaļās gaismas, kas dejoja acu priekšā. Viņš noņēma rokas, dzirdēdams, kā tēvoča basās kājas šļakstīja pa koridoru.

"Lūk, ņem," teica Sems, ieliekot brāļadēlam rokā krūzi ar karstu kakao. Viņš novietojās ratiņkrēslā, kur iedzēra un atvilka elpu.

Ar kreiso roku E-Z sita pa gaisu, gandrīz izlejot dzērienu.

"Ko tu dari?"

"Vai tu to nedzirdi? To ausis plīstošo skaņu?"

Sems uzmanīgi ieklausījās, nekas. Viņš pakratīja galvu. "Ja tu dzirdi kaut ko dīvainu, kāpēc tu mēģini to aizbiedēt?"

E-Z koncentrējās uz savu karsto dzērienu, pēc tam norija minimaršmalu. "Domāju, ka tad tu neredzi gaismu?"

"Gaismas? Kādas gaismas?"

"Divas gaismas: viena zaļa un viena dzeltena. Apmēram pirksta gala lieluma. Šeit ieslēdzas un izslēdzas - kopš negadījuma. Pīkst man ausīs un mirgo man acu priekšā. Mani kaitina."

Sems piegāja pie galvgala un paskatījās uz to no brāļadēla perspektīvas. Viņš negaidīja, ka kaut ko ieraudzīs - un, protams, arī neredzēja - centieni bija domāti nomierināšanai. "Nē, bet pastāsti man vairāk, lai es labāk saprastu, kā tas sākās."

"Avārijas brīdī es ieraudzīju divas gaismas, dzeltenu un zaļu, un, nesmejieties, bet man šķiet, ka tās uz mani runāja. Tāpēc man bija murgi."

"Kādas gaismas? Kā Ziemassvētku gaismiņas?"

"E, nē, ne kā Ziemassvētku gaismiņas. Tās nav nekas. Tās tagad ir pazudušas. Iespējams, posttraumatiskā stresa traucējumi vai pārdzīvojums."

"Posttraumatiskais stresa sindroms vai retrospekcija ir divas ļoti atšķirīgas lietas. Es domāju, vai tev vajadzētu ar kādu aprunāties. Es domāju, ar kādu citu, ne tikai ar mani."

"Tu domā, piemēram, ar maniem draugiem?"

"Nē, es domāju profesionāli."

POP.

POP.

Viņi atkal bija atpakaļ. Mirkšķinot deguna priekšā un liekot viņam pārmest acis. Viņš atturējās. Mēģināja tās nenovelt. Kad Sems ar vienu roku paņēma savu krūzi un ar otru aptaustīja pieri, viņš iepleca gaisu. "Atkāpies no manis!"

Sems skatījās, kā viņa brāļadēls sastingst kā ledus skulptūra Ziemas festivālā. Sems lauza pirkstus acu priekšā, bet reakcijas nebija. E-Z atvilka elpu, atspiedās atpakaļ, dziļi ievilka elpu un dažu sekunžu laikā jau krākstēja kā karavīrs. Sems uzvilka pārklājus. Viņš noskūpstīja brāļadēlu uz pieres un atgriezās savā istabā. Galu galā viņš aizmiga.

Nākamajā dienā Sems ierosināja E-Z pierakstīt savas sajūtas, iespējams, dienasgrāmatā. Tikmēr viņš painteresējās par tikšanās pie profesionāļa.

"Jūs domājat par psihoterapeitu?"

"Vai psihologu. Un pa to laiku pieraksti to. Kad tu viņus ieraugi, kā viņi izskatās - pieraksti redzēto."

"Dienasgrāmata, es domāju, kam es līdzinu, Oprai Vinfrijai?"

"Nē," teica Sems. "Bērniņ, tev ir murgi, tu dzirdi augstus trokšņus un redzi gaismas. Tās var liecināt par, kā tu teici, PTSD vai kaut ko medicīnisku. Man ir jāizmeklē un jārunā ar tavu ārstu, jāsaņem viņa padoms. Tikmēr varētu palīdzēt savu domu pierakstīšana, dienasgrāmatas kārtošana. Daudzi vīrieši ir rakstījuši dienasgrāmatas vai veduši dienasgrāmatu."

"Nosauc kādu, kura vārdu es atpazītu?"

"Redzēsim, Leonardo da Vinči, Marko Polo, Čārlzs Darvins."

"Es domāju kādu no šī gadsimta."

"Tu jau minēji Opru."

E-Z garīgā veselība uzlabojās pēc dažām sesijām ar terapeitu/konsultantu. Viņa bija jauka un netiesāja pusaudzi, kā viņš baidījās. Tā vietā viņa piedāvāja ieteikumus un konkrētas stratēģijas, lai viņu nomierinātu un palīdzētu. Viņa, tāpat kā viņa tēvocis Sems, arī ieteica viņam visu pierakstīt - žurnālā vai dienasgrāmatā.

Tā vietā viņš uzrakstīja īsu stāstu skolas uzdevumam, ko iedvesmoja mātes mīļākais putns - balodis. Pēc tam, kad viņš par darbu saņēma A+, skolotāja viņa stāstu pieteica provinces mēroga rakstīšanas konkursam. Sākumā viņš bija neapmierināts, ka skolotāja ir iekļāvusi viņa stāstu konkursā, viņam neprasot. Bet, kad viņš uzvarēja, viņš bija ārkārtīgi laimīgs. Pēc tam skolotāja viņa stāstu pieteica valsts mēroga konkursam.

Kamēr brāļadēls iedziļinājās rakstīšanas mākslā, Sems pievērsās jaunam hobijam - ģenealoģijai. Kādu vakaru, kad viņi vakariņoja, viņš izkliedzās:

"Tagad, kad esi uzrakstījis īso stāstu un guvis panākumus, varbūt tev vajadzētu pamēģināt uzrakstīt romānu."

"Es? Romānu? Nekādā gadījumā."

"Tev ir rakstnieka asinis," atklāja tēvocis Sems. "Izsekojot mūsu vēsturi, es atklāju, ka mēs ar tevi esam radinieki ar vienīgo un neatkārtojamo Čārlzu Dikensu".

"Tad varbūt JUMS vajadzētu uzrakstīt romānu." Viņš smējās.

"Es neesmu tas, kurš ir apbalvots ar godalgotu īso stāstu."

Virs viņa šķīvja mirgoja zaļā un dzeltenā gaisma. Vismaz viņš nevarēja dzirdēt to augsto troksni, kurā dakteris Sems dungoja.

"…. Galu galā mēs ar tevi un mani esam brālēni pāri laikam ar Čārlzu Dikensu. Paskaties, ko visu tu esi pārvarējis. Tu esi apbrīnojams bērns - ko tev ir ko zaudēt?"

Viņa vārds ir Ezekiel Dickens, un šis ir viņa stāsts.

# NODAĻA 1

**P**irmajostrīspadsmit savas dzīves gados viņš bija pazīstams ar vairākiem vārdiem. Ecehiēls, viņa dzimtais vārds. E-Z, viņa iesauka. Beisbola komandas ķērājs. Īsu stāstu rakstnieks. Vecāku dēls. Brāļadēls savam tēvocim. Labākais draugs. Tagad viņam bija jauns vārds.

Ne jau tāpēc, ka viņš neiebilda pret vārdu "c". Patiesībā dažas alternatīvas viņam patika mazāk. Tāpat kā komentāri, ko daži cilvēki teica, jo uzskatīja, ka tie ir politkorekti. "Ak, tas ir tas bērns, kurš ir piespriests ratiņkrēslam." Viņi to teica, rādīdami uz viņu - it kā domātu, ka arī viņš ir vājdzirdīgs. Vai arī viņi teica: "Man bija žēl dzirdēt, ka tu tagad esi ratiņkrēslā." Viņi teica: "Man bija žēl dzirdēt, ka tu esi ratiņkrēslā. Tas viņam lika sašutumu. Bet tas, kas viņu pārsteidza, bija: "Ak, tu esi tas bērns, kurš tagad pārvietojas ratiņkrēslā." Bet tas, kas viņu pārsteidza, bija: "Ak, tu esi tas bērns, kurš tagad pārvietojas ratiņkrēslā. Redzot jebkuru, īpaši jaunāku cilvēku ratiņkrēslā, daži cilvēki jutās neērti. Ja viņi tā jutās, kāpēc viņiem *vajadzēja* kaut ko teikt?

Tas raisīja atmiņā kādu sen senu notikumu. Atmiņas par viņa vecākiem, lietainā sestdienas pēcpusdienā televīzijā skatoties filmu "Bambi". Mamma gatavoja savas slavenās popkorna bumbiņas. Viņiem bija limonāde, M&Ms, zefīri un tēta iecienītie Twizzlers. Trušu Tumbers teica: "Ja nevari pateikt kaut ko jauku, nesaki neko jauku, nesaki neko vispār." Kad nomira Bambi mamma, tā bija pirmā reize, kad viņš redzēja mammu un tēti raudam filmas laikā. Tā kā viņš bija tik ļoti šokēts par viņu uzvedību, viņš pats neizplūda ne asaras.

Daži no skolas bēbīšiem viņu sauca par "koku puiku". Daži no viņiem bija kolēģi sportisti, kuri reiz uz viņu raudzījās, kad viņš bija karalis aiz groza. Viņam nepatika, ka viņu dēvēja par koku puiku. Viņam nebija žēl sevis (vairumā gadījumu), un viņš arī negribēja, lai kāds viņu žēlotu.

Kad pienāca laiks viņam atgriezties skolā jau pirmajā dienā, viņš to izdarīja ar draugu palīdzību. PJ (saīsinājums no vārda Paul Jones) un Ardens viņu atbalstīja un, ja vajadzēja, stūma. Drīz vien viņus sāka dēvēt par Tornado trio. Galvenokārt tāpēc, ka visur, kur viņi devās, radās haoss. Tad E-Z iemācījās sagaidīt negaidīto.

Tāpēc, kad dažus mēnešus vēlāk draugi kādu rītu ieradās, lai paņemtu viņu uz skolu, un pēc tam paziņoja, ka nebrauks, viņš nebija pārsteigts. Kad viņi pateica, ka viņiem būs jāaizver viņam acis, tas nebija gaidāms.

Aizmugurējā sēdeklī viņš jautāja. "Kur mēs braucam?" Atbilde nesekoja. "Vai man tas patiks?"

"Jā," teica draugi.

"Tad kādēļ tas apmetnis un duncis?"

"Tāpēc, ka tas ir pārsteigums," teica PJ.

"Un tu to novērtēsi vēl vairāk, kad būsim tur."

"Nu, es nevaru aizbēgt." Viņš nopriecājās.

Ardena māte piestāja. "Paldies, mammu," viņš teica.

"Zvani man, kad tev vajadzēs, lai es tevi paņemu," viņa teica.

Abi draugi palīdzēja E-Z iekāpt viņa ratiņkrēslā, un viņi devās ceļā.

"Vai tikai man tā šķiet, vai šis krēsls šķiet vieglāks katru reizi, kad mēs to paceļam?" Ardens jautāja.

"Tas esi tu!" PJ atbildēja.

Kamēr viņi devās pa nelīdzenu zemi, E-Z sajuta svaigi nopļautas zāles smaržu. Kad draugi noņēma aizsietās acis - viņš atradās beisbola laukumā. Kad viņš ieraudzīja savus bijušos komandas biedrus, pretinieku komandu un treneri Ludlovu, viņa acīs ieplūda asaras. Viņi bija tērpušies pilnās uniformās un izkārtoti rindās gar svaigi ar krītu nokrāsoto pamata līniju.

"Laipni lūgti atpakaļ!" viņi gavilēja.

E-Z noslaucīja asaras ar piedurkni, kad krēsls pietuvojās laukumam. Kopš negadījums bija atņēmis viņam sapni spēlēt profesionālu beisbolu, viņš izvairījās no spēles. Ar kunkuli kaklā viņš bija tik pārņemts ar emocijām, ka nespēja noturēt elpu.

"Viņš ir zaudējis vārdus," sacīja PJ, ar elkoni piesitot Ardenam.

"Tas ir pirmo reizi."

"Paldies, puiši. Jūs nekļūdījāties, ka tas ir pārsteigums."

"Pagaidiet šeit," viņa draugi deva norādījumu.

E-Z tika atstāts viens, lai aplūkotu beisbola laukuma skatu. Vietu, kas reiz bija viņa mīļākā vieta uz zemes. Viņš atkal sarauca asaras, vērojot, kā zaļā zāle mirdz saules gaismā. Viņš tās noslaucīja, kad draugi atgriezās, nesot somu ar inventāru.

"Pārsteigums, draugs, tu šodien ķeries!" Ardens pieskārās.

"Ko tu ar to domā? Es nevaru šādā spēlēt!" viņš sacīja, sitot ar rokām pa ratiņkrēsla rokām.

"Lūk, skaties, kamēr mēs tevi aprīkosim," teica PJ, pasniedzot savu telefonu un nospiežot play.

E-Z izbrīnā vēroja, kā spēlētāji, līdzīgi viņam, dodas uz beisbola laukumu. Viņš uzmanīgāk aplūkoja viņu krēslus, kuriem bija modificēti riteņi. Kāds spēlētājs pieskrēja pie laukuma, saspēlējās ar bumbu un pietuvojās bāzei.

"Vau! Tas ir satriecoši!"

"Ja viņi to var, tad arī tu vari!" Ardens teica, uzliekot ceļgalu aizsargus drauga kājām, kamēr PJ nostiprināja krūšu aizsargu. Iznākot laukumā, draugi iemeta viņam ķērāja masku un cimdu.

"Uz augšu!" Treneris Ludlovs aicināja.

Dīdžejs iemeta pirmo ātro bumbu tieši zonā, un viņš to noķēra.

Otrais metiens bija pop up. E-Z devās uz to, pietuvojās, pacēlās un pacēlās uz augšu. Sasniedzot. Viņš pat pats sevi pārsteidza, kad to noķēra. Viņi to nebija pamanījuši, bet viņš bija pacēlies. Viņa dibens bija atstājis krēsla sēdekli, un viņam nebija ne jausmas, kā viņš to bija izdarījis.

"Vau," teica PJ, "tas bija lielisks trāpījums."

"Jā, tu droši vien būtu to palaidis garām, ja nebūtu krēsla."

E-Z pasmaidīja un turpināja spēlēt. Kad spēle bija beigusies, viņš jutās labi. Normāli. Viņš pateicās puišiem par to, ka viņi viņu atkal iekustināja.

"Nākamreiz tu trāpīsi," teica PJ.

E-Z nopriecājās, kad Ardena mamma aizveda viņus cauri brauktuvei un tad atpakaļ uz skolu. Ja viņi pasteidzīsies, paspēs līdz nākamās stundas sākumam. Skolēni bija iestrēguši gaiteņos, un viņš aizskrēja līdz savai skapītim. Viņa klasesbiedri sadzirdēja riepu šļakstošo skaņu uz linoleja grīdas - un viņi šķīrās no ceļa.

E-Z bija pirmais bērns, kuram skolā bija nepieciešams ratiņkrēsls, bet viņš jau bija leģenda, pirms zaudēja kājas. Viņam vajadzēja daudz, lai lūgtu palīdzību, bet, kad viņš to izdarīja, viņš to saņēma. Viņu jau cienīja kā sportistu, viņš bija izcīnījis daudz trofeju gan pats, gan komandas sastāvā. Viņam vajadzēja atkal iemantot viņu cieņu kā savam jaunajam "es".

Pēc spēles viņi atgriezās skolā un pabeidza dienu. Tā kā tā bija tikai pusdiena, E-Z bija diezgan noguris, kad Ardena mamma un viņa draugi aizveda viņu pēc skolas.

Pateicies viņiem, viņš devās iekšā.

"Es esmu mājās, tēvo tēvoci Sems."

"Es redzu, vai tev bija laba diena," teica Sems.

"Jā, tā bija laba diena." Viņš izstaipījās un iezobās.

"Nāciet. Man tev kaut kas jāparāda. Pārsteigums."

"Ne vēl vienu," sacīja E-Z, sekojot tēvocim pa gaiteni. Vispirms pa labi viņš pagāja garām vecāku istabai, kurai kādu dienu bija lemts kļūt par viesu istabu. Līdz tam brīdim tā bija tieši tāda, kādu viņi to bija atstājuši - un tāda tā tā arī paliks, līdz E-Z izlems citādi.

Ik pa brīdim tēvocis Sems piedāvāja palīdzēt viņam izstaigāt istabu, bet brāļadēls vienmēr atbildēja vienu un to pašu.

"Es to izdarīšu, kad būšu gatavs."

Sems negribīgi piekrita. Viņš bija apņēmības pilns, ka viņa brāļadēlam vajadzētu doties tālāk. Šis bija pirmais solis ceļā uz šo mērķi. Kopš tā laika viņš bija runājis ar savu padomdevēju, kurš teica, ka Samam vajadzētu mudināt E-Z vairāk runāt par saviem vecākiem. Viņa teica, ka, padarot viņus par daļu no viņa ikdienas dzīves, tas palīdzētu viņam ātrāk sadziedēt. Viņi turpināja ceļu pa gaiteni garām vannas istabai un apstājās pie kastes jeb noliktavas telpas.

"Ta-dah!" Tēvocis Sems teica, iestumdams viņu iekšā.

E-Z palika bez vārdiem, ieraugot tikko pārveidoto kabinetu. Centrā, loga priekšā, kas skatījās uz dārzu, atradās rakstāmgalds. Uz tā bija novietots pilnīgi jauns spēļu dators un skaņas sistēma. Viņš paslīdēja krēslu zem galda - tas bija ideāli piemērots - un palaistīja pirkstus pa tastatūru. Blakus atradās printeris, papīru kaudzīte un atkritumu urna - viss bija izkārtots rokas stiepiena attālumā.

Pa kreisi no viņa atradās grāmatu plaukts. Viņš pieskrēja tuvāk. Pirmajā plauktā atradās grāmatas par rakstniecību un klasiku. Viņš atpazina vairākas no vecāku iecienītākajām. Otrajā atradās trofejas, tostarp balva par viņa rakstīšanu. Trešajā un ceturtajā plauktā atradās visas viņa mīļākās bērnības grāmatas. Divi apakšējie plaukti bija tukši. Viņa acis aizskrēja līdz plaukta augšai, viņam nācās atkāpties krēslā, lai ieraudzītu, kas tur atrodas.

Sems ienāca istabā viņam blakus. Viņš uzlika roku brāļadēlam uz pleca.

"Tie, es nebiju pārliecināts, vai nav par agru. I…"

Pīrāgs: ģimenes fotogrāfija. Viņam pa vaigu ritēja asara, kad viņš atcerējās fotosesijas dienu. Tā notika mazā fotostudijā pilsētas centrā. Viņi visi bija tērpušies. Tētis savā zilajā uzvalkā. Mamma savā jaunajā zilajā kleitā ar sarkanu šalli ap kaklu. Viņš savā pelēkajā uzvalkā - tajā pašā, ko valkāja viņu bēru dienā.

Viņš aizliedza nopūtas, atceroties fotogrāfu studijas iekārtojumu. Studijā bija viss Ziemassvētku stilā, lai gan bija tikai jūlijs. Viņš pasmaidīja, domājot par necilajiem Ziemassvētku rotājumiem un mākslīgo kamīnu. Pēc nedēļām pa pastu pienāca kartīte, bet viņa vecākiem šie Ziemassvētki tā arī neieradās. Viņš pagrieza krēslu izejas virzienā un devās pa gaiteni uz priekšu, bet tēvocis sekoja viņam pakaļ.

"Es zinu, ka tas prasīs laiku. Atvainojos, ja es aizgāju pārāk tālu un pāragri, bet ir pagājis jau vairāk nekā gads, un mēs, es un tavs padomdevējs, domājām, ka ir pienācis laiks." Viņš atvainojās.

E-Z turpināja iet. Viņš gribēja aiziet prom. Aizbēgt uz savu istabu un izslēgt pasauli, tad viņam kaut kas ienāca prātā. Kaut kas būtisks. Viņa tēvocis nevarēja zināt fotogrāfijas vēsturi. Ja viņš būtu zinājis, viņš nebūtu to tur licis. Pēc visa, ko viņš bija darījis viņa labā, viņš bija viņam parādā paskaidrojumu. Viņš apstājās.

"Mēs to nekad neizmantojām, tā bija domāta mūsu Ziemassvētku apsveikumam, bet līdz Ziemassvētkiem tie tā arī nenonāca." "Mēs to nekad neizmantojām.

"Man ir ļoti žēl. Es nezināju."

"Es zinu, ka tu nezināji, bet tas nepadara to mazāk sāpīgu."

Izsmelts gan fiziski, gan garīgi, viņš pārcēlās tuvāk savai istabai. Viņa iekšējais dialogs turpinājās ar pozitīvu pastiprinājumu. Atgādinot viņam, ka no rīta viss izskatīsies labāk. Jo gandrīz vienmēr tā arī bija.

"Tas bija domāts kā vieta, kur tev rakstīt. Atceries, ka tagad tu esi godalgots autors, un tev ir rakstnieka asinis."

Viņš jau gandrīz bija nonācis savā istabā - kāpēc tēvocis nebija ļāvis viņam aiziet? Viņa temperaments uzliesmoja.

"Es uzrakstīju vienu īsu stāstu, bet tas nenozīmē, ka es varu vai vēlos rakstīt vairāk. Tu saki, man dzīslās plūst Čārlza Dikensa asinis, bet es vēlos kļūt par Losandželosas "Dodgers" ķērāju. Tas, ka mani sauc par "koku puisēnu", nenozīmē, ka man ar to ir jāsamierinās. Kāpēc man būtu jākārto?"

"Es gribētu, lai tu neļautu viņiem ienākt tev galvā."

"Es esmu koka puisis! Ja vien nebūtu tas ņurdošais koks!" viņš iesaucās, strauji pagriežoties un atsitot elkoni pret sienu. Viņa ne tik smieklīgais, smieklīgais kauls sāpēja kā traks.

"Vai ar tevi viss kārtībā?"

E-Z nopriecājās un turpināja ceļu uz savu istabu. Viņš plānoja aiz sevis aizcirkt durvis. Tā vietā viņš bija iesprūdis pus pa pusei durvīs un pus pa pusei ārā no tām. Tad viņa krēsla riteņi bloķējās.

"FRICK!"

Sems atlaida krēslu, nepateicis ne vārda. Iznākot aizvēra durvis.

E-Z paķēra dažus nesalaužamus priekšmetus un nometās ar tiem pie sienas. Lai sevi nomierinātu, viņš iztēlojās savus vecākus, kas viņam stāstīja, cik ļoti viņi ar viņu lepojas. Viņam tā pietrūka. Taču, ja viņa tēvs tagad būtu šeit, viņš viņam pārmestu, ka viņš ir tāds bārenis. Arī māte viņam to pateiktu, bet daudz laipnāk un maigāk. Viņš noslaucīja asaras. Izjuta kauna dzēlienu, un viņa ķermenis no pilnīga noguruma saslējās ratiņkrēslā.

Tēvocis Sems pa aizvērtajām durvīm jautāja: "Vai ar tevi viss kārtībā?"

"Atstāj mani mierā!" E-Z atbildēja. Lai gan viņam bija vajadzīga viņa palīdzība. Bez viņa viņš nevarēja ieģērbties pidžamā vai nokļūt gultā. Viņam nāktos gulēt krēslā, savā apģērbā. Dziļi sevī viņš vienmēr zināja patiesību. Ja viņš pārstās rūpēties, tad arī visi pārējie pārstās rūpēties. Tad viņš patiešām paliktu viens.

Viņš piebrauca ar krēslu pie loga un paskatījās uz nakts debesīm. Mūzika. Tā bija vienīgā lieta, kas viņus kā ģimeni patiesi saistīja. Protams, viņiem bija savas atšķirības mūzikas žanros, bet, kad radio skanēja laba dziesma, viņi to atstāja malā.

Pāri zālienam pastaigājās melns kaķis. Viņa māte vienmēr bija vēlējusies, lai viņi brauc uz Ņujorku un skatās " *Kaķus* " Brodvejā. Viņš vēlējās, lai viņi brauktu kopā. Izveidoja atmiņas. Tagad viņi nekad to nedarīs. Šī dziesma, kaut kas par atmiņām, lika viņam ķerties pie telefona. Viņš izvēlējās kādu hardroka himnu, palielināja skaļumu. Ar dūrēm bungināja ritmu uz krēsla atzveltnēm, kamēr viņš raudzījās un kliedza dziesmas vārdus.

Kamēr viņš to izdziedāja tik spēcīgi, ka izskrēja no krēsla un atsitās pret grīdu. Sākumā, ieraugot savu istabu no augšas, viņam gribējās raudāt. Tā vietā viņš sāka smieties un nespēja apstāties.

"Tev tur viss kārtībā?" Sems jautāja.

"Man noderētu tava palīdzība." No smiekliem viņam sāpēja vēders.

Sema sākotnējā reakcija bija satraukums - kad viņš ieraudzīja, ka viņa brāļadēls guļ uz grīdas, turot vēderu. Kad viņš saprata, ka viņš to tur no smiekliem, viņš noslīdēja uz grīdas viņam blakus.

Vēlāk, kad Sems devās prom, viņš teica: "Ar tevi viss būs kārtībā, bērniņ,".

"Mēs tiksim galā."

Tad viņi noslēdza paktu par tetovējumiem.

# NODAĻA 2

"**S**orry, es šodien nevaru ar jums spēlēt beisbolu."

"Nāc," teica Ardens. "Pagājušajā reizē tu nebiji *tik* slikts."

"Pazūdi," E-Z atbildēja. Viņš palielināja ātrumu, lai dotos pretī tēvocim, un sadūrās ar Mariju Gārneri, galveno karsējmeiteni.

"Ak, atvainojies, Mērija."

Tā bija pirmā reize, kad viņš viņu redzēja kopš negadījuma. Viņš pacēla acis, kad viņas mati kā aizkars nokrita viņam virs acīm: tā smaržoja pēc kaneļa un medus.

"Kretīns," viņa teica. "Skaties, kur tu ej."

Viņa atkāpās un devās prom. Viņas svīta sekoja.

Viņš pasmaidīja, izlocīja kaklu, lai viņu vērotu. Viņa draugi nāca līdzās un darīja to pašu. Ardens iesvīstīja.

Viņa paskatījās pāri plecam un pagrieza putnu viņu virzienā.

"Dievs, viņa ir fantastiska," teica PJ.

"Viņa ir seksīga," teica Ardens.

"Ļoti."

Tagad, izejot no skolas, PJ jautāja: "Tātad pastāsti, kāpēc tu šodien negribi spēlēt?"

"Jā, palīdzi mums, saproti," teica Ardens, velkot seju un pārvelkot acis. "Mēs bez tevis esam bezjēdzīgi."

"Klausieties, mēs ar tēvoci Semu noslēdzām paktu. Šodien pēc skolas kopā kaut ko darīt - kaut ko nozīmīgu."

Viņa draugi sakrustojuši rokas, bloķējot viņam ceļu uz krēslu.

"Tu joprojām gatavojies mūs izslēgt - un tu pat nepateiksi, kāpēc?" PJ sarkangalvainais teica.

"Tu esi pilnīgs dumpinieks."

"Mēs nekad tā nedarītu."

Viņi devās prom, paātrinot soli.

E-Z paātrinājās, bet ar to nepietika. "Pagaidiet! Mēs darām tetovējumus!"

Viņa draugi apstājās.

"Es darīšu tetovējumu mammas un tēta piemiņai - balodīšu spārnus, pa vienam uz katra pleca."

"Mēs ejam ar jums!"

"Es domāju, ka jūs varētu domāt, ka es esmu skops."

Viņi kādu brīdi turpināja staigāt, nerunājot.

"Tēvocis Sems mani sagaida tetovēšanas vietā."

# NODAĻA 3

Kad Sems ieraudzīja brāļadēlu ar draugiem, viņš bija pārsteigts.

"Es domāju, ka šis pakts ir tikai starp mums, t.i., noslēpums?"

"Puiši gribēja mani aizvest uz spēli - man viņiem bija jāstāsta."

"Labi, godīgi. Bet es neesmu pieradusi aizstāt viņu vecākus vai dot atļauju viņu vecāku vārdā." Tad PJ un Ardenam: "Es piekrītu, ka jūs abi esat šeit, bet tikai jūsu vecāki var apstiprināt jūsu tetovējumus."

"Pagaidiet!" PJ sacīja. "Es nekad pat nedomāju, ka mums varētu būt tetovējumi."

"Mani noteikti teiks "nē"," teica Ardens. Viņa vecākiem bija problēmas, ko viņš pilnībā izmantoja. Viņš izturējās tā, it kā viņu nemitīgās strīdus lielākoties viņu netraucētu. Ik pa brīdim, kad viņš vairs nevarēja to paciest, viņš meklēja patvērumu pie drauga.

"Arī pie manis." PJ bija vecākais, un viņam bija divas māsas piecu un septiņu gadu vecumā. Vecāki mudināja viņu rādīt labu piemēru, un lielākoties viņš to arī darīja. Koncentrējoties uz nākotni sportā, viņš noturēja sevi uz pareizā ceļa.

Pusaudži, daloties gaismas zibspuldzes mirklī, viens otram piepūta.

"Ko?" Sems jautāja.

"Mēs pateiksim viņiem, kāpēc E-Z to dara un ka vēlamies tetovējumus, lai viņu atbalstītu," teica PJ.

Ardens pieskārās.

"Pagaidi. Tātad jūs, divi kretīni, vēlaties izmantot manu vecāku nāvi kā ieganstu, lai tetovētos?"

Sems atvēra muti, bet vārdi viņam izplūda.

PJ un Ardens bija apsarkani un skatījās uz bruģi.

E-Z atļāva viņiem aizmukt. "Es piekrītu."

Sems aizvēra muti, kad viņš un abi zēni izveidoja pusapli ap ratiņkrēslu.

"Bet apsoliet man vienu - nekādi tauriņi nav atļauti."

"Ei, kas jums, puiši, ir pret tauriņiem?" Sems jautāja.

# NODAĻA 4

**I**sāksakot, PJ un Ardens pārliecināja savus vecākus atļaut viņiem uztaisīt tetovējumus.

"Būsim pie jums pēc brīža," teica tetovētājs, paskatoties uz viņiem četriem. Pretī spogulim stāvēja resns vīrietis klients, kurš savai daudzo tetovējumu kolekcijai pievienoja vēl vienu. Šis jaunais bija starp īkšķi un rādītājpirkstu. "Vai tu esi Sems?" vīrietis, kurš darināja tetovējumu, jautāja.

Sema vēderā bija neliels kņudiens, jo viņš bija lasījis, ka roka ir viena no sāpīgākajām tetovēšanas vietām. "Jā, es ar jums runāju pa telefonu. Tas ir mans brāļadēls E-Z un viņa draugi PJ un Ardens."

"Jūs visi četri šodien vēlaties tetovējumus? Jo es gaidīju tikai divus no jums."

"Atvainojiet par to. Ja nepieciešams, mēs varam pārplānot citu dienu, vai arī es varu savu tetovējumu uztaisīt citā dienā," vēlīgi teica Sems.

"Man paveicās, jo drīzumā man palīdzēs mana meita. Laipni lūgti Tattoos-R-Us. Jūs varat pagaidīt tur. Pasniedziet sev glāzi ūdens. Tur ir arī dažas brošūras, ko jūs varētu vēlēties apskatīt. Tās varētu jums palīdzēt izlemt, kur vēlaties tetovējumu. Katrai ķermeņa zonai ir noteikts sāpju slieksnis." Spēcīgais puisis, kurš tetovējās, nopriecājās.

"Paldies," Sems atbildēja, kad viņi devās uz uzgaidāmo zonu. Kad viņš apsēdās uz dīvāna, viņa lēkājošais ceļgalis izraisīja PJ un Ardenam kņudinošu ažiotāžu. Viņi šķērsoja telpu un paskatījās uz ziņojumu dēli.

Lai nomierinātu nervus, Sems turpināja runāt. "Es pārbaudīju viņus internetā, viņi darbojas jau divdesmit piecus gadus, un tas vīrs, ar kuru mēs runājām, viņš ir īpašnieks. Viņiem ir teicama reputācija Better Business Bureau. Turklāt viņu tīmekļa vietnē ir daudz pieczvaigžņu atsauksmju."

Visi pievērsa acis, kad telpās ienāca izteiksmīga sieviete, ģērbusies gotiem līdzīgā tērpā. Viņai bija ap trīsdesmit gadu, un, spriežot pēc viņas iezīmēm, viņa bija īpašnieka meita. Viņai bija tetovējumi uz katras atklātās miesas vietas un sporādiski pīrsingi visur citur.

"Atvainojiet, ka kavējos," viņa sacīja, pieskaras tēvam uz pleca. Viņa paskatījās uz uzgaidāmo zonu un kaut ko viņam čukstēja. Viņa uzsmaidīja zobgalīgu smaidu un pagriezās pret klientiem.

"Sveiki, es esmu Džosija." Viņa izstiepa roku un paspieda roku katram no viņiem. "Tas tur ir Rokijs. Viņš ir īpašnieks, un es esmu viņa meita."

"Es esmu Sems, un tas ir mans brāļadēls E-Z un viņa divi draugi, PJ un Ardens." Viņš drīzāk nokrita, nevis atkal apsēdās.

Džosija aizgāja, lai atnestu viņam glāzi ūdens.

E-Z nodomāja, cik ļoti viņai droši vien sāpēja pīrsings uz mēles, bet tad viņš teica tēvocim: "Tev nav jādzer." Un tad viņš atcirta: "Nevajag."

"Vai tu mani sauc par vistu?" viņš sacīja, un viss viņa ķermenis trīcēja, kad Džosija ielika glāzi viņam rokā. Kad viņš pacēla to uz lūpām, viņš izlēja nedaudz ūdens.

"Jūs taču esat tetovēšanas jaunavas, vai ne?" Džosija jautāja.

E-Zam šķita, ka viņai ir mīļa balss, līdzīga viņa tēva mīļākās vokālistes Stīvijas Niksas (Stevie Nicks) no grupas Fleetwood Mac dziedātajai par raganu Rianonnu.

Viņiem nebija jāatbild, jo viņu klusēšana pateica visu.

"Tu esi lieliskās rokās ar Rokiju. Viņš ir labākais tetovēšanas mākslinieks pilsētā. Tas sāpēs, puiši. Jā, tas sāpēs. Bet tā ir tāda sāpēšana, par kādu dzied Džons Kūgars. Ziniet, tā sāp tik labi."

Sems saraucās. "Cik ļoti tas patiesībā sāp?"

"Tas ir atkarīgs no tava sāpju sliekšņa - un no tā, kur tu izvēlies to saņemt. Turpat ir brošūra, kurā ir attēlotas dažādas ķermeņa zonas, norādot sāpju vērtējumu."

E-Z sajuta, kā viņa seja sakarst, un arī viņa draugu sejas nokrāsa ieguva līdzīgu nokrāsu. Viņš palūkojās Sema virzienā, pamanot viņa sejas krāsu, kas bija mainījusies līdz zaļganam toņumam.

Džosija turpināja. "Pēc pirmā tetovējuma tev tas varētu iepatikties un tu varētu vēlēties vēl."

Sems piecēlās, viņa ķermenis drebēja no bailēm.

"Iespējams, viņam vajag mazliet svaigā gaisa," sacīja E-Z, stūrējot tēvoci durvju virzienā.

Iznācis ārā, Sems soļoja augšup un lejup pa trotuāru, un sirds tā pukstēja, it kā grasītos izlēkt no krūtīm. "Es gribētu, lai es smēķēju."

"Es novērtēju, ka tu nāc šurp kopā ar mani, patiešām, bet, godīgi sakot, tev tas nav jādara. Es zinu, ka mēs noslēdzām paktu, un to es gribu darīt - mammas un tēta piemiņai -, bet tu man neko neesi parādā. Kāpēc neaiziet pastaigāties, iedzert kafiju, un mēs tev uzrakstīsim, kad būsim pabeiguši, labi?"

"Es teicu, ka vienmēr būšu tev līdzās. Tagad es esmu tevis vietā. Es ienīstu adatas. Un urbjus. Es domāju, ka es to varētu izdarīt, bet tagad saprotu, ka bailes ir spēcīgākas par mani. Es esmu tāds vājprāts."

"Tu vienmēr esi bijis man līdzās, tēvo tēvo tēvocis Sems. Tev tas nav jāpierāda man, nevienam citam, darot tetovējumu, ko tu pat negribi. Tagad dodies prom no šejienes. Es tev piezvanīšu, kad būsim pabeiguši." Viņš ar riteņiem atgriezās atpakaļ uz rampas, draugiem nostājoties rindā aiz viņa. Viņš paskatījās pāri plecam uz Semu. Nabaga puisis bija nekustīgs kā statuja.

"Ar mani viss būs kārtībā. Tagad pacelies."

Sems pasmējās. "Bet, pirms es aizeju, tu labāk atdod man vēstuli, ko es vakar rakstīju, lai es varu pievienot PJ un Ardena vārdus. Jo bez manas atļaujas neviens no jums tetovējumus nesaņems."

"Laba doma," sacīja E-Z, nododot zīmīti pa līniju. Tagad parakstīta tā atkal nāca atpakaļ uz augšu. Viņš to iebāza kabatā, un viņi iegāja iekšā, kur gaidīja Džosija.

"Labi, tu esi nākamais. Ja tu grasies čurāt bikses, es tev tagad parādīšu, kur ir tualete." "Ja tu grasies čurāt bikses, es tev tagad parādīšu, kur ir tualete," teica Džozī.

"Nogriez mani," sacīja E-Z, novietojot krēslu uz vietas.

Kamēr Rokijs pabeidza darbu pie letes, Džozija pasniedza E-Z grāmatu ar tetovējumiem.

"Es jau zinu, pat neskatoties. Es gribētu balodīša spārnu uz katra pleca." Tur atkal bija tās zaļās un dzeltenās gaismas. Viņam tā gribējās tās atvairīt, bet viņš negribēja, lai arī Džosija viņu uzskatītu par traku.

Džosija pāršķirstīja grāmatu. "Vai tas ir tas, ko jūs domājāt?"

Viņš pieskārās, tad vēroja viņu spogulī, kā viņa mazgā rokas un uzvelk melnus cimdus. Viņa izņēma tintes trauciņus no sterilā iepakojuma un novietoja tos uz galda.

"Vai jums ir vecāku vai aizbildņa zīmīte? Es pieņemu, ka jums nav astoņpadsmit?"

E-Z pasmaidīja un pasniedza viņai zīmīti.

"Viss izskatās labi. Tagad par svarīgākiem jautājumiem. Vai jums ir apmatota mugura?" Viņa pasmaidīja. "Ja ir, tad mums vispirms tā būs jāiztīra un jānogriež. Es domāju visu muguru."

"Noteikti ne."

Viņa draugu čīkstēšana no uzgaidāmās telpas lika viņam arī pasmaidīt. Tikmēr Džosija pazuda aizmugurējā telpā, un tur skanēja mūzika. Uz mirkli izskanēja "Another Brick in the Wall", tad mūzikas vairs nebija.

"Ei, kāpēc tu to izdarīji?" viņš jautāja.

"Man riebjas jebkas, kas ir Pink Floyd." Viņa turpināja iekārtot lietas.

"Tu nevari tā teikt, ja vien nekad neesi klausījies "Dark Side of the Moon"."

"Es klausījos, tas bija sūds," viņa sacīja, novelkot viņam kreklu pāri galvai. "Ak!"

**POP.**

**POP.**

Un abas gaismas pazuda.

Rokijs piegāja un nostājās viņai blakus. "Kas, pie velna?"

"Kas, pie velna, patiešām," sacīja Džozija.

PJ un Ardens atnāca pie viņas.

"Es nesaprotu, E-Z. Kāpēc tu meloji?"

"Protams, viņš nemelo - E-Z nekad nemelo," teica Ardens.

"KAS!?" E-Z jautāja, mēģinādams manevrēt krēslā, lai varētu redzēt, ko viņi redz. "Meli? Par ko? Pastāsti, lai kas tas būtu. Es to varu pieņemt."

"Kāpēc tu meloji par to, ka esi tetovējuma jaunava?" jautāja Džosija.

$$\ast\ast\ast$$

"Es to nedarīju!" E-Z aizsmiedzās, nenojaušot, ko viņa ar to domā.

"Pagaidi," teica Ardens. "Ja tu meloji, tad tev noteikti ir pamatots iemesls." "Nāc, draugs, ja tu meloji, tad tev ir pamatots iemesls."

"Džiga ir beigusies!" PJ sacīja. "Lai gan viņš tos nevarēja dabūt bez pieaugušo atļaujas."

Rokijs paķēra rokas spoguli un novietoja to tā, lai E-Z varētu redzēt, ko viņi redz. Divi tetovējumi, viens viņam uz labā pleca, otrs uz kreisā. Spārni.

"Kas par ko?"

"Viņš man teica, ka vēlas spārnus," sacīja Džozija. "Es domāju, ka tu esi jauks bērns."

"Es esmu! Godīgi sakot, man nav ne jausmas, kā tie tur nokļuvuši, un šie nav tie spārni, kurus es gribēju. Es gribēju balodīšu spārnus. Šie vairāk atgādina eņģeļa spārnus."

"Nāc, draugs," sacīja Rokijs. "Tos ir darinājis profesionālis. Pirms kāda laika. Un tie ir diezgan izcili eņģeļu spārni. Mani komplimenti tam, kas tos darinājis. Ja viņi kādreiz meklēs darbu, lai vēršas pie manis."

"Krusta tiesu, es tetovējumus neesmu uztaisījusi. Šī ir pirmā reize, kad esmu bijusi tetovēšanas vietā. Pajautā manam tēvocim. Viņš mani atbalstīs. Viņš zina."

"Tam nav nekādas jēgas," teica Ardens.

Rokijs pakratīja galvu. "Vismaz atzīsti to, zēns."

"Vai jūs abi vēlaties tetovējumus?" Džosija jautāja, uzlikusi rokas uz gurniem.

"Nē," viņi atbildēja.

"Vīrieši ir tādi meļi," sacīja Džozija, aizverot aiz sevis durvis.

"Nekas, mīļā, mums tik un tā ir pienācis laiks vakariņot." Tad viņš uzlika uz durvīm zīmi "Slēgts".

Sam atgriezās un ieraudzīja trīs zēnus, kas gaidīja pie studijas. Viņu ķermeņa valoda bija dīvaina. Sarkangalvainais PJ bija sakrustojis rokas, bet olīvmatainais Ardens - rokas uz gurniem. Tikmēr viņa brāļadēls bija tuvu asarām.

"Paldies Dievam, tēvoci Semi, paldies Dievam, ka tu atgriezies."

Viņš steidzās tuvāk. "Ak nē, vai tas bija šausmīgi sāpīgi? Pēc dažām dienām tas mazināsies. Viss būs labi. Tagad ļaujiet man paskatīties." Viņš pīkstēja, kad brāļadēls noliecās uz priekšu, lai varētu pacelt viņa kreklu. "Velns, droši vien sāpēja."

"Droši vien sāpēja," teica PJ.

"Kad viņš tos saņēma *pirmo reizi*."

"Pirmo reizi? Ko?"

"Viņam tās jau bija, kad viņa noņēma viņam kreklu."

"Bet mēs nevaram saprast, kā?"

"Ko jūs domājat? Es varu jums apliecināt, ka vakar viņam to nebija."

"Redzi, es tev teicu, ka tēvocis Sems mani atbalstīs." Ja viņi neticētu viņam, viņi ticētu tēvocim, bet kāpēc viņi domātu, ka viņš par to melotu? Viņi zināja, ka viņš nav melis.

"Saskaņā ar Rokija teikto, viņam šīs lietas ir jau kādu laiku."

"Redzi, kā tās ir sadzijušas?" PJ sacīja. "Rokijs un Džosija bija aizkaitināti, un viņiem bija visas tiesības, jo E-Z šķita tikpat pārsteigti kā mēs, kad tos redzējām."

"Un jūs abi," Sems jautāja, "kā jums veicās ar tetovējumiem?"

"Mēs nolēmām neveikt tetovējumus," teica PJ.

"Mums tas nešķita pareizi."

Sems sacīja: "Pastāstiet, kas notika. Paskaidrojiet, jo es nevaru ne saprast, ne saprast, ko tas nozīmē."

"Es nevaru. Tēvocis Sems, tu taču zini, ka vakar viņi tur nebija. Man nav nekādu paskaidrojumu. Viss, ko es gribu, ir doties mājās." Viņš sāka kustēties, trīcot krēsla riteņiem, ātrāk, vēl ātrāk, vēl ātrāk. Viņš gribēja aizbraukt prom, kaut kur prom. Ja viņi viņam neticēja, tad lai iet pie velna.

Kad viņš tuvojās ielas galam, luksofora apgaismojums no zaļa kļuva sarkans. Maza meitenīte viena pati jau virzījās uz priekšu, lai šķērsotu pāreju. Viņa atkāpās no ietves, kad stūri apsteidza autofurgons. Viņa ratiņkrēsls pacēlās no zemes un metās viņai pretī. Viņš izstiepa roku un satvēra viņu. Tieši laikā, lai pasargātu viņu no pakļūšanas zem transportlīdzekļa riteņiem.

Tagad ratiņkrēsls bija ārpus briesmām, un viņš aiznesa viņu uz drošu vietu. Viņa priekšā stāvēja lielāks nekā parasti balts gulbis. Tas ar spārnu pacēla īkšķi uz augšu un aizlidoja.

"Gulbis," sacīja mazā meitenīte, kad viņš lūkojās apkārt un meklēja viņas vecākus.

E-Z izmantoja izdevību saplūst pūlī un pazust aiz stūra, tad viņš aizskrēja ar riteņu spiekiem spēcīgāk nekā jebkad agrāk un drīz vien bija pāris kvartālu attālumā.

"Vai tu to redzēji?" Ardens iesaucās, apstājies pie stūra. "Auš," viņš teica, kad sieviete aiz viņa ietriecās viņam mugurā. "Auš," viņš dzirdēja aiz sevis, viņam aiz muguras saduroties ar citiem gājējiem.

PJ noturējās uz vietas, jo aizmugurē stāvošais puisis ietriecās viņam virsū. Ardenam viņš teica: "Jā, es to redzēju... bet neesmu pārliecināts, ko es redzēju. Tetovējuma spārni bija viena lieta, bet tas bija... kas? Brīnums?"

"Tā bija optiska ilūzija," sacīja Sems, kad viņa telefons ievibrēja. Tā bija ziņa no E-Z, kurā viņš lūdza viņu pēc iespējas ātrāk sagaidīt netālu no datortehnikas veikala stāvvietas. "E-Z mani vajag, vai jūs abi spēsiet atgriezties mājās?"

"Protams, nekādu problēmu, Sems."

"Es ceru, ka ar viņu viss kārtībā."

Sems devās atpakaļ uz mašīnu, cenšoties saglabāt vēsu prātu, mēģinot loģiski izprast tikko notikušo.

Neviens no zēniem negribēja runāt par to, ko bija redzējuši - E-Z ratiņkrēslu lidojumā.

"Vai jūs to redzējāt?" citi čukstēja viņiem aiz muguras, jo bija sapulcējies pūlis.

"Vēlētos, lai man būtu gatavs telefons," sacīja kāda sieviete.

Otra sieviete ar mikrofonu un kameru stūma ceļu uz priekšu. Kad luksoforā iedegās jauna gaisma, viņa šķērsoja ceļu, viņai sekoja kāds pāris, asarās - mazo meiteņu vecāki. Aiz viņiem atradās autofurgona vadītājs.

"Paldies Dievam, jūs tur bijāt," viņš sauca. "Es viņu neredzēju. Tu esi varonis, bērns. Paldies tev."

"Mammu!" bērns sauca, kad māte viņu paņēma rokās. Viņa un viņas vīrs viņu cieši apskāva, kamēr reportieris pārcēlās klāt, un kameras operators fiksēja šo mirkli.

Blakus raudāja vīrietis, kurš gandrīz bija viņu notriecis. Žurnālists un fotogrāfs ar viņu runāja. "Viņš izglāba viņu un mani. Tas zēns, zēns ratiņkrēslā."

Viņi mēģināja viņu atrast, bet viņš bija pazudis. Viņš slēpās kā noziedznieks. Gaidīja, kad ieradīsies tēvocis Sems un viņu izglābs. Mēģināja saprast, kas noticis. Mēģināja nesapņot.

Atgriežoties notikuma vietā, divas gaismas, viena zaļa un otra dzeltena, izdzēsa prātus visiem, kas atradās tuvumā. Tad tās iznīcināja visus ierakstītos materiālus.

"Ko mēs šeit darām?" jautāja reportieris.

"Nav ne jausmas," atbildēja operators.

Pa ceļam uz mājām E-Z savā ziņā jutās kā varonis. Taču viņš zināja, ka īstais varonis bija krēsls; viņa ratiņkrēsls, kas bija aizlidojis.

E-Z Dickens bija tetovēts eņģelis.

"Es lidoju ar tēvoci Semu. Es tiešām lidoju."

Sems iebrauca piebraucamajā ceļā un novietoja automašīnu.

"Tu to redzēji, vai ne? Jūs redzējāt, kā es izglābju to mazo meiteni. Es nevarēju paspēt laikus, un mans ratiņkrēsls to zināja, pacēlās no zemes un steidzās viņai pretī." "Es nevarēju paspēt laikus," viņš atsmaidīja.

"Jā, es to redzēju. Tas bija ārkārtīgi. Es domāju to, kā jūs izglābāt to mazo meiteni no ļaunuma. Bet jūsu krēsls netika pacelts. Tas bija impulss, kas virzīja jūs uz priekšu. Ar adrenalīna pieplūdumu un to, cik ātri jums bija jāpārvietojas, lai tur nokļūtu, radās sajūta, ka jūs lidojat - bet tā nebija." "Kā jūs lidojāt?" - "Tā nebija.

"Es lidoju. Krēsls atstāja zemi."

"E-Z nāc. Tu zini un es zinu, ka nebija lidošanas. Jums tas ir jāzina. Ko tu domā, ka esi? Par eņģeli?"

Sems izkāpa no mašīnas, izvilka no bagāžnieka ratiņkrēslu un piegāja, lai palīdzētu brāļadēlam tajā iekāpt. Kad viņš to darīja, E-Z labais plecs saskrāpējās pret durvju malu, un viņš sāpīgi iesaucās.

"Ūdens!" viņš kliedza. "Man liekas, ka es aizdegšos."

Sems aizskrēja uz virtuvi un atgriezās ar pudeli ūdens.

E-Z to uzgāza viņam uz pleca. Tas mazliet atviegloja, bet pēc tam viņa otrs plecs sajutās tā, it kā būtu aizdedzies. Viņš uzlēja uz tā atlikušo pudeles daļu. Sems iestūma viņu mājā, kamēr E-Z mēģināja noplēst viņa kreklu. Sems palīdzēja viņam pārvilkt to pāri galvai.

"Ak nē!" Sems kliedza, aizsedzot degunu. Viņa brāļadēla plecu lāpstiņas tagad izskatījās un smaržoja pēc apdegušas grila gaļas. Viņš steidzās uz virtuvi pēc vēl ūdens.

Pa ceļam E-Z kliedza un turpināja kliegt, līdz zaudēja samaņu.

# NODAĻA 5

**B**ija tumsa, un viņš bija viens, tikai mēness ēna klājās virs viņa pa debesīm.

Viņa rokas bija sakrustotas uz krūtīm, kā viņš bija redzējis mirstīgās atliekas, kas novietotas atvērtā zārkā bēru laikā. Viņš tās sakrata. Tagad atslābis viņš nolika tās uz sava ratiņkrēsla roku balstiem, lai tikai atklātu, ka viņš tajā nav sēdējis. Nobijies, ka apgāzīsies, viņš atkal sakrustoja rokas uz krūtīm. Bet pagaidiet, viņš neapgāzās, kad pirms tam tās atlocīja - viņš to izdarīja vēlreiz un palika stāvus.

E-Z turēja vienu roku stingri pie krūtīm, bet otru, labo, izstiepa tik tālu, cik tālu vien varēja aiziet. Viņa pirkstu gali saskārās ar kaut ko vēsu un metālisku. Ar kreiso roku viņš izdarīja to pašu, atkal atrodot metālu. Noliecies uz priekšu, viņš pieskārās sienai sev priekšā un to pašu izdarīja aiz sevis. Viņam pārvietojoties, sēdeklis zem viņa mainījās, un tas padevās un aizvirzījās kā balstiekārta. Tā bija sistēma, kas viņu noturēja vertikālā stāvoklī, vai arī tā bija?

**PFFT.**

Miglas troksnis, kas ieplūda gaisā. Silts, tas pastiprināja viņa ožu sajūtu, ietērpjot viņu lavandas un citrusaugļu buķetē.

Viņš iegrima dziļā miegā, kurā sapņoja sapņus, kas nebija sapņi, jo tie bija atmiņas. Nelaimes gadījums - tas notika atkal un atkal - cilpveidā. Viņš atgāza galvu atpakaļ un iesaucās.

"Moment, lūdzu," sacīja sievietes balss.

Tā bija robotizēta balss, kādu var dzirdēt ierakstā, kad cilvēka nav tuvumā.

Viņš pārāk baidījās atkal aizmigt un jautāja: "Kas tur ir? Lūdzu. Kur es esmu?"

"Tu esi šeit," balss sacīja, tad ķiķināja. Smiekli, kas atskanēja no silosam līdzīgā konteinera, aizskanēja viņam ausīs, kad tie atskanēja un aizskanēja.

Kad tas apstājās, viņš nolēma izlauzties ārā. Viņš ar visiem spēkiem izstiepa rokas un stūma. Sajūta bija laba. Darīt kaut ko, jebko - sākumā, kamēr klaustrofobija pārņēma virsroku.

**PFFT.**

Sprausla, šoreiz tuvāk, ielidoja viņam tieši acīs. Citronskābe dzēliena, un asaras ieplūda, it kā viņš būtu sasmalcinājis sīpolu, un viņš piecēlās.

Pagaidiet...

Viņš atkal nokrita atpakaļ. Viņš izlocīja pirkstus. Viņš to izdarīja vēlreiz. Viņš izstiepa labo kāju. Tad kreiso kāju. Viņi strādāja. Viņa kājas darbojās. Viņš pacēlās...

Balss, šoreiz vīriešu, teica: "Lūdzu, palieciet sēdus."

Viņš saspieda sev labo augšstilbu, tad kreiso. Kurš gan zināja, ka viens vai divi kodumi var būt tik labi? Neviens nevarēja viņu apturēt. Kamēr viņš varēja izmantot kājas, viņš atkal varēja piecelties.

Virs viņa atskanēja troksnis, līdzīgs lifta kustībai. Skaņa kļuva arvien skaļāka. Viņš pacēla acis uz augšu. Silosa griesti gāzās. Arvien lielākas un lielākas. Beidzot tas pilnībā apstājās.

"Sēdieties," pieprasīja vīriešu balss.

E-Z pacēlās uz augšu, bet griesti slīdēja lejup - līdz viņš vairs nespēja nostāvēt. Viņš pacietīgi apsēdās, gaidīdams, kad lieta ievilksies kā lifts, kas paceļas uz augšu, - bet tā nekustējās.

**PFFT.**

"Izlaid mani ārā!"

"Pievienojiet laudanumu," atskanēja sievietes balss.

Sienas apstājās, tad izšļakstīja īpaši garu devu.

**PPPFFFTTT.**

Tā bija pēdējā skaņa, ko viņš dzirdēja.

B ack savā gultā - brīnījās, vai viņš nav zaudējis prātu un iedomājies, ka viss šis incidents ar bunkuru bija E-Z. Tas likās īsts, tas smaržoja īsti. Un abas balsis - kāpēc tās neparādījās? Viņš noskrāpēja galvu, acu priekšā ieraugot divas gaismas. Tāpat kā iepriekš, viena bija zaļa, bet otra dzeltena.

"Hallo?" viņš čukstēja, kad viņu pārsteidza augsts čukstēšana, kas atgādināja moskītu bariņu uzbrukumu. Viņš atgrūda savu labo roku atpakaļ, ar spēcīgu sitienu uzbrūkot. Bet, pirms tas saslēdzās, viņš sastinga ar roku gaisā. Viņa acis bija kā nohipnotizēta vista.

POP.

POP.

Gaismas pārvērtās divās būtnēs. Katra no tām nospieda plecu, un E-Z nokrita uz spilvena, kur viņš aizvēra acis un aizmiga.

"Tagad mums vajadzētu to darīt, pīp-pīp," sacīja bijusī dzeltenā gaisma.

"Vispirms pārliecināsimies, ka viņš guļ, zoom-zoom," teica bijusī zaļā gaisma.

"Labi, ķersimies pie darba, pīkstiens-pīkstiens."

"Vai mums ir viņa piekrišana, zoom-zoom?"

"Viņš teica, ka piekritīs, bet viņš neatceras. Es uztraucos, ka tā nav saistoša vienošanās. Tas varētu būt tikai daļējs, un *ziniet, kas* ienīst daļējus līgumus. Nemaz nerunājot par to, ka cilvēka daļiņas tiktu aizķertas starp pīkstieniem."

"Jā, viņš man pārāk patīk, lai ļautu viņam kļūt par starpbrīdī zoom-zoom." "Jā, viņš man pārāk patīk, lai ļautu viņam kļūt par starpbrīdī zoom-zoom."

"Tam nav nekāda sakara. Neaizmirsti, kas notika ar gulbi. Nemaz nerunājot - kāpēc cilvēki saka, ko nemaz nerunāt, pirms viņi piemin to, ko viņi nevēlas teikt?" Negaidot atbildi. "Mēs nokļūtu ķibelē, un *jūs zināt, kas* būtu ļoti saskries pīp- pīp." "Mēs būtu ķibelē, un *jūs zināt, kas* būtu ļoti saskries pīp- pīp."

"Bet cilvēkam jau ir viņa tetovētie spārni. Izmēģinājumi nesākas, kamēr subjekts nav piekritis." Viņa lauza pirkstus, un parādījās grāmata. Viņa plīvurēja ar spārniem, radot vēju, kas pagrieza lapas. "Redziet, šeit ir rakstīts, ka spārnus uzstāda tikai PĒC tam, kad subjekts ir apstiprināts. Tātad, kad viņš teica "jā", tas droši vien apstiprināja vienošanos." Viņa pacēla rokas, un grāmata pacēlās augšup, it kā tā grasījās atsisties pret griestiem, bet tā vietā pazuda caur tiem.

Tās lidoja, viena no tām piezemējās uz E-Z pleciem, bet otra uz viņa galvas.

"Es to nedarīju," viņš teica, neatverot acis.

"Vēl gulēt, zoom-zoom," viņa teica, pieskaroties viņa acīm.

"Pššš, pīp-pīp."

"Mamma atgriezies. Lūdzu, atgriezies!"

"Viņš ir ļoti nemierīgs, zoom-zoom."

"Viņš sapņo, pīkst-pīkst."

E-Z atvēra muti un nopūta kā zilonēns. Vējš tos noturēja gaisā - nebija vajadzības vicināt spārnus. Viņi ķiķināja, līdz viņš aizvēra muti. Sūtot viņus brīvajā kritienā. Spārniem nikni plīvojot, viņi ātri atguvās.

"Ak, nē, viņš sasmalcina zobus, pīp-pīp."

"Cilvēkiem ir dīvaini ieradumi, zoom-zoom."

"Šis cilvēkbērns ir pietiekami daudz pārdzīvojis. Piešķirot šīs tiesības, viņš jutīs mazāk sāpju, pīkst-pīkst."

Pirmais radījums uzlidoja uz E-Z krūškurvja un piezemējās, uzspiedis zodu uz priekšu un ar rokām uz gurniem. Būtne pagriezās vienu reizi pulksteņa rādītāja virzienā. Pagriezās straujāk, no viņa spārnu plīvuriem skanēja dziesma. Dziesma bija zems stenēšana. Skumja dziesma no pagātnes, kas svinēja dzīvi, kuras vairs nebija. Būtne noliecās atpakaļ, galvu atbalstīdama pret E-Z krūtīm. Griešanās apstājās, bet dziesma turpināja skanēt.

Otrs radījums pievienojās, veicot to pašu rituālu, bet griezdamies pretēji pulksteņrādītāja rādītāja virzienam. Viņi radīja jaunu dziesmu bez pīkstieniem un tālummaiņām. Jo, kad viņi dziedāja, onomatopejas nebija nepieciešamas. Savukārt ikdienas sarunās ar cilvēkiem tā bija nepieciešama. Šī dziesma pārklājās ar otru un kļuva par priecīgu, augstpiedošu svētku dziesmu. Oda par gaidāmajām lietām, par dzīvi, kas vēl nav izdzīvota. Dziesma nākotnei.

No viņu zeltaino acu zīlēm izsprāga dimanta putekļu putekļi. Viņi pagriezās pilnīgā sinhronitātē. Dimanta putekļi no viņu acīm izšļakstījās uz guļošā E-Z ķermeņa. Apmaiņa turpinājās, līdz pārklāja viņu ar dimanta putekļiem no galvas līdz kājām.

Pusaudzis turpināja mierīgi gulēt. Līdz brīdim, kad dimanta putekļi caurdūra viņa miesu - tad viņš atvēra muti, lai kliegtu, bet nekāda skaņa neiznāca.

"Viņš mostas, pīkst-pīkst."

"Paceliet viņu, zoom-zoom."

Kopā viņi pacēla viņu, kad viņš atvēra savas stiklotās acis.

"Vēl gulēt, pīp-pīp."

"Nejūti sāpes, zoom-zoom."

Šūpuļojot viņa ķermeni, abas radības pieņēma viņa sāpes sevī.

"Celies augšā, pīp-pīp," viņš pavēlēja.

Un ratiņkrēsls piecēlās. Un, novietojies zem E-Z ķermeņa, tas gaidīja. Kad asins piliens nolaidās, krēsls to noķēra. Absorbēja to. Patērēja to - kā dzīvu būtni.

Palielinoties krēsla spēkam, tas arī ieguva spēku. Drīz vien krēsls varēja noturēt savu saimnieku gaisā. Tas ļāva abām būtnēm pabeigt savu uzdevumu. Viņu uzdevums bija savienot krēslu un cilvēku. Sasaistīt viņus uz mūžīgiem laikiem ar dimanta putekļu, asiņu un sāpju spēku.

Pusaudža ķermenim drebot, viņa ādas punkti sadzija. Uzdevums bija izpildīts. Dimanta putekļi bija daļa no viņa būtības. Tādējādi mūzika apstājās.

"Tas ir izdarīts. Tagad viņš ir ložu necaurlaidīgs. Un viņam ir superspēks, pīp-pīp."

"Jā, un tas ir labi, zoom-zoom."

Ratiņkrēsls atgriezās uz grīdas, un pusaudzis uz gultas.

"Viņam par to nebūs atmiņas, bet viņa īstie spārni sāks darboties pavisam drīz, pīp-pīp."

"Kā ir ar citām blakusparādībām? Kad tās sāksies un vai tās būs jūtamas zoom-zoom?"

"To es nezinu. Viņam var rasties fiziskas izmaiņas... tas ir risks, ko ir vērts uzņemties, lai mazinātu sāpes, pīp-pīp."

"Piekrītu, zoom-zoom."

Izsmeltas abas radības satupās E-Z krūšu kurvī un aizmiga. Nezinot, ka tās tur atrodas, kad viņš no rīta izstaipījās - tās nokrita uz grīdas.

"Ak, atvainojiet," viņš teica spārnotajām radībām, pirms apgāzās un atkal aizmiga.

$$\ast\ast\ast$$

"Tu **esi** nomodā?" Sems pajautāja, pirms mazliet atvēra durvis. Viņa brāļadēls krākstēja, bet viņa krēsls nebija tur, kur viņš to bija atstājis, kad palīdzēja viņam gultā. Viņš paraustīja plecus un atgriezās savā istabā, kur izlasīja dažas Deivida Koperfīlda nodaļas. Pēc stundām viņš atgriezās brāļadēla istabā.

"Klauvēt, klauvēt."

"E, labs rīts," sacīja E-Z.

"Labi, ja es ieeju?"

"Protams."

"Vai tu labi gulēji?"

"Domāju, ka jā." Viņš izstaipījās, tad atspiedās pret galvgaldu.

"Kā tavs krēsls nokļuva šeit? Man likās, ka es to novietoju pie sienas." Viņš paraustīja plecus.

"Un paskaties uz roku balstiem - vai tu tos nokrāsoji?"

Viņš noliecās, ieraudzīja sarkano nokrāsu un atkal paraustīja plecus. "Kas ar mani notika?"

"Jūs zaudējāt samaņu. Es nesaprotu, kāpēc. Jūs teicāt, ka jūtaties tā, it kā jūsu pleci degtu. Es meklēju internetā, izmantojot jūsu aprakstu, un man parādījās homeopātiskais līdzeklis. Apbrīnojami, ko tur var atrast. Es sajaucu nedaudz lavandas eļļas ar ūdeni un alveju izsmidzināmajā pudelītē, tad uzpumpēju to tieši uz jūsu ādas. Viņi teica, ka tas sniegs tūlītēju atvieglojumu. Viņi nemeloja, jo jūs atslābinājāties un aizmidzāt."

"Paldies, tagad jūtos daudz labāk." Viņš mēģināja piecelties no gultas, bet zzzzzs lidoja viņa galvā, it kā viņš būtu Vails E. Kojots. "Es domāju, ka vēl kādu laiku palikšu gultā."

"Laba doma. Vai es varu jums kaut ko atnest?"

"Kādu grauzdiņu? Ar zemeņu ievārījumu?"

"Protams, mazulis." Viņš izgāja no istabas, sakot, ka drīz atgriezīsies. Kad viņš atgriezās ar ēdienu uz paplātes, brāļadēls mēģināja ēst, bet nespēja neko noturēt.

"Varbūt tikai nedaudz ūdens."

Sems atnesa pudeli, no kuras E-Z mēģināja dzert, pat to viņš nespēja noturēt.

"Domāju, ka es turpināšu atpūsties." Viņa acis palika atvērtas, raugoties priekšā un skatoties uz neko. "Cik ir pulkstenis?"

"Ir pieci no rīta, un šodien ir sestdiena. Tu esi izgājis ārā jau divpadsmit stundas. Tu mani pārbiedēji."

Savienojums, lavandas abās vietās, E-Z šķita dīvains. Vai viņš bija piedzīvojis reālu krustcelšanos? Tā bija pārāk liela sakritība, tas ir, ja bunkurs patiešām pastāvēja. Vai arī tas bija sapnis? Drīzāk līdzinājās murgam. Taču viņa kājas tomēr darbojās šajā metāla konteinerā. Viņš tūlīt atgrieztos atpakaļ - uzņemtos jebkādu risku -, lai atkal iegūtu iespēju izmantot savas kājas.

"E-Z?"

"E, ko? Es. Godīgi sakot, domāju, ka gribētu aizvērt acis un vēl nedaudz atpūsties."

Sems izgāja no istabas, aizverot aiz sevis durvis.

E-Z ieplūda un izplūda no apziņas, kamēr negadījums atskaņojās cilpā. Baltos spārnos tērpusies Stīvija Niksa (Stevie Nicks) nodrošināja pavadošo skaņu celiņu. Kamēr fonā divas gaismas - viena zaļa un otra dzeltena - lēkāja uz augšu un uz leju.

Nākamajās dienās viņš centās sakopot visas kopīgās iezīmes, veidojot kopīgo lietu sarakstu:

1. Balti spārni - balti spārni uz viņa pleciem. Stīvijam Nikam sapnī bija balti spārni.

2. Lavanda - tēvocis Sems izmantoja lavandu un alveju, lai nomierinātu apdegumus. Silosā lavanda apsmidzināja gaisu, lai viņu nomierinātu.

3. Dzeltenā un zaļā gaisma. Viņš tās redzēja pēc negadījuma un savā istabā.

4. Ratiņkrēsls - bija lidojis, lai viņš varētu glābt mazo meitenīti. Kad viņš bija ķērājs, viņa pēcpuse bija atstājusi krēslu, lai viņš varētu noķert bumbu.

5. Roku balsti - tagad bija sarkani. Līdzīgu negadījumu nebija. Nav paskaidrojuma.

6. Degšanas sajūta uz pleciem/ uz pleciem parādījās tetovējumi. Nav paskaidrojuma.

Viņš vairs neticēja dievam, kopš negadījuma. Neviens dievs nebūtu ļāvis kokam sadragāt viņa vecākus. Viņi bija labi cilvēki, nekad nevienu nav sāpinājuši. Tas, kas notika ar viņa kājām, nebija svarīgi. Jebkurš dievs, kas būtu kaut kā vērts, būtu izstiepis roku un apturējis to, pirms tas notika.

Ja vien, ja vien dievs nebūtu dievs, viņš nebūtu devies pusdienās. Jā, pareizi.

Viņa ķermenī notika pārmaiņas, un viņš vēlējās saņemt atbildes. Dziļi iekšienē viņš zināja, ka vienīgais veids, kā viņš tās saņems, ir atgriezties tajā nolādētajā bunkurā - ja tāds eksistēja.

# NODAĻA 6

Nevienu rītu E-Z bija pacēlies gaisā virs savas gultas, jo viņam bija izauguši spārni. Ceļā, lai apskatītu savus jaunos papildinājumus garderobes spogulī, viņš gandrīz ietriecās sienā.

"Tur viss kārtībā?" Sems piezvanīja no savas istabas blakus.

"Jā," viņš atbildēja, lidinādams uz sāniem un apbrīnojot savu jauniegūto lidotprasmi. Spalvu plīvuri viņu fascinēja. Īpaši tas, kā tās dzina viņu uz priekšu, it kā tās būtu vienotas ar viņa ķermeni. Viņš jutās vairāk kā putns nekā eņģelis un centās atcerēties, ko skolā mācījās par ornitoloģiju. Viņš zināja, ka lielākajai daļai putnu ir primārās spalvas, iespējams, desmit. Bez primārajām spalvām tie nevarēja lidot. Viņam uz spārniem bija vairāk nekā desmit primārās spalvas, kā arī vairāk sekundāro. Viņš mēģināja pagriezties pa kreisi, tad pa labi, novērtējot savas manevrēšanas spējas. Jūtoties bezsvara stāvoklī, viņš lidoja pa savu istabu. Pacēlās virs ratiņkrēsla, kas viņam vairs nebija vajadzīgs. Ar šiem spārniem viņš varēja pacelties pāri visai pasaulei. Uzlicis rokas uz gurniem kā Supermens, viņš pavērās durvju virzienā. Viņš tur nonāca, kad Sems tās atvēra.

"Tu mani līdz nāvei nobijies!" Sems gandrīz izlēca no ādas.

Pusaudzis, pārsteigts, mēģināja saglabāt kontroli pār situāciju. Viņš mainīja virzienu, grasoties doties uz gultu. Taču pāreja nebija tik viegla, kā viņš bija cerējis, un viņš pārgāja brīvajā kritienā.

Sems skrēja pēc ratiņkrēsla, kustinādams to turp un atpakaļ, lai noturētu to zem brāļadēla.

E-Z atguvās un atkal pacēlās.

"Tu nāc šurp lejā, tūlīt!" Sems iesaucās, vicinot dūres gaisā.

Viņš lidoja pret gultu un droši piezemējās. Viņa spārni aizvērās kā akordeons bez mūzikas. "Tas bija tik jautri. Es nevaru sagaidīt, kad lidosim uz skolu."

Sems nokrita sava brāļadēla krēslā. "Kas tas viss bija? Un vai tu tiešām domā, ka varētu lidot ar šīm lietām uz skolu? Tu būtu par izsmieklu."

"Viņi pierastu pie tā, un tā vietā, lai mani sauktu par "koku zēnu", viņi varētu mani saukt par lidotāju zēnu. Jā, tas man patīk."

"No tā, ko es redzēju, tas bija neveiksmīgs mēģinājums. Un mušu puisis izklausās smieklīgi."

"Tas bija mans pirmais mēģinājums. Es to sapratīšu."

Sems pakratīja galvu, jo ziņkārība viņu pārņēma un pārņēma emocijas, lai aizbēgtu.

"Vai es varu paskatīties tuvāk? Proti, bez tavas pacelšanās?" viņš pajautāja, stāvot kājās, kad E-Z pagrieza savu ķermeni pret viņu. "Viņu vairs nav. Pilnīgi. Es domāju tetovējumus. Tās ir aizstātas ar īstiem spārniem - un tu vari lidot. Ak, brīnums!" Viņš apsēdās, pirms nokrita.

"Es pamodos, spārni parādījās, un nākamais, ko es zinu, bija lidojums."

"Tā ir maģija. Jābūt. Vai varbūt mēs sapņojam, tu esi manā sapnī vai es tavā, un drīz mēs pamodīsimies un..." Sems brāļadēla dēļ centās saglabāt mieru, bet iekšēji sirds pukstēja.

"Tas nav sapnis."

"Kā viņi izlēca ārā? Vai tev bija kaut kas jāsaka? Vai ir maģiski vārdi, kas tev jāsaka?"

"Es neatceros, ka būtu ko teicis. Bet es varētu pamēģināt." Viņš dažas sekundes par to domāja, ieņemot tādu pašu pozu kā Rodēna "Domātājs". "Pagaidi, ļauj man kaut ko pamēģināt." Viņš svaidīja gaisu ar kustību bez nūjiņas: "Autem!"

"Kad tu iemācījies latīņu valodu?"

"Manā telefonā ir bezmaksas lietotne."

"Es arī, es mācos franču valodu. Pamēģini en haut."

"En haut!" Joprojām nekas. "Pacel mani uz augšu! Qui exaltas me!" Sašutis viņš sakrustoja rokas. "Labi, ka jūs ienācāt un redzējāt mani lidojam, citādi jūs man neticētu!" "Es domāju, ka labi, ka jūs ienācāt un redzējāt mani lidojam!" Viņš brīnījās, ko dara PJ un Ardens - viņš viņus nebija redzējis jau vairākas dienas. Nākamais, ko viņš zināja, bija viņa spārnu atvēršanās, un viņš pacēlās virs savas gultas.

"Ro-ro," teica Sems, kad spārni savilkās, un E-Z nokrita uz grīdas.

"Tas būtu bijis foršs brīdis, kad tu būtu paķēris manu krēslu."

Sems pasmaidīja. "Vieglāk pateikt, nekā izdarīt. Atvainojiet. Vai ar tevi viss kārtībā?"

"Es neesmu ievainots. Es domāju fiziski, bet garīgi, kas zina?" Viņš smējās. "Vai neiebilstat, ka palīdzat man uzkāpt krēslā?"

Sems pacēla viņu un droši iesēdināja krēslā. Kad viņš atliecās atpakaļ, spārni tā vietā, lai līdz galam savilktos, izspruka atpakaļ ar pilnu spēku. E-Z pacēlās, skraidīdams apkārt kā Tinkerbell.

"Tātad, tā tas ir, a?" Sems teica.

"Man tas ir jāprot - nezinu, kāpēc - bet..."

"Kad būsi gatavs, nāc lejā, un mēs iesim brokastot. Es ņemšu līdzi savu klēpjdatoru, un mēs varēsim veikt kādu pētījumu."

"Uh, tā ir gudra ideja. Mēs varētu aiziet uz Ann's Cafe. Un es *iešu* uz leju - ja vien es varētu." Spārni savilcās, kad E-Z atradās tieši virs viņa ratiņkrēsla. "Lūk, ko es saucu par apkalpošanu," viņš teica, maigi ieslīdot krēslā.

Viņi sarunājās, kamēr viņš ģērbās. Tad E-Z devās uz vannas istabu, kamēr Sems gatavojās.

Kad viņi devās ārā no mājas un devās uz Annas kafejnīcu, E-Z bija divējādā prātā. Pirmkārt, ka viņam pietrūka tur aiziet, un otrkārt, "Es jau sen tur nebiju bijis. Kopš..."

"Es zinu, mazulis. Vai esi pārliecināts, ka nav par agru?"

Brokastis Annas kafejnīcā bija viņa ģimenes tradīcija. Turklāt tā atvērās agri, sešos no rīta, un tā atradās pastaigas attālumā. Iekšā atradās privātas kabīnes, kas bija izklātas mākslīgā ādā ar sarkaniem rūtainiem galdautiem. Tētis vienmēr teica, ka šai vietai ir "tālu ārzemju" tematika. Sešdesmito gadu mūzika skanēja no mūzikas automātiem - tie bija uzstādīti tā, lai cilvēkiem nebūtu jāmaksā. Sienas piepildīja Merilinas Monro, Džeimsa Dīna un Marlona Brando plakāti. Ēdienkarte bija milzīga - no kluba sviestmaizēm līdz siera burgeriem un fondī. Taču viņa personīgi iecienītākie bija īpaši biezie kokteiļi un ābolu pankūkas.

Tiklīdz viņa tos ieraudzīja, īpašniece Anna uzreiz pienāca klāt. "Esmu tevi nokavējusi." Viņa apskāva viņu ap rokām.

"Tas ir mans tēvocis Sems, Ann." Viņi paspieda rokas. "Starp citu, paldies par kartīti un ziediem, tas bija ļoti uzmanīgi."

Viņas acis piepildījās ar asarām. "Tagad ej šurp. Man tev ir ideāls galds."

Tas atradās klusā stūrī, tāpēc viņam nebija jāuztraucas, ka viņa krēsls traucēs virtuves personālam vai apmeklētājiem.

"Es tūlīt pagatavošu jūsu ierasto ēdienu. Vai zini, ko vēlies, Sems, vai man jānāk atpakaļ?"

"Ko tu ēdīsi?"

"Ābolu pankūkas a la mode. Tās ir labākās uz planētas, un Anna vienmēr atnes papildu sīrupu un kanēli."

"Tas izklausās labi, bet, manuprāt, es izvēlēšos garlaicīgo bekonu un olas ar sēnēm."

"Saprotu," teica Anna. "Un vai tu vēlies šokolādes biezu kokteili?" Viņš pieskārās. "Tev kafiju, Sems? "

"Melno," viņš atbildēja. "Un paldies, ka mani tik laipni uzņēma."

"Jebkurš E-Z tēvocis šeit ir laipni gaidīts."

Kad Anna aizgāja pēc dzērieniem, viņš izplūda: "Tēvoņdēls Sems, man šķiet, ka es pārvēršos par eņģeli."

"Tev vispirms būtu jāmirst," viņš teica, kad Anna nolika dzērienus uz galda un devās atpakaļ uz virtuvi.

"Varbūt es tiešām nomiru, autoavārijā. Uz dažām minūtēm. Kas zina, cik ilgs laiks nepieciešams, lai kļūtu par eņģeli? Filmās, ja tu nokļūsti pie Pērļu vārtiem, lielais vīrs var visu apgriezt un aizsūtīt tevi atkal atpakaļ uz leju. Tas ir, ja jūs ticat šādām lietām - bet es neticu."

"Arī es. Nav tādu lietu kā eņģeļi. Ne velni. Izņemot to, kas ir katrā no mums. Es gribu teikt, ka mūsos visos ir gan labais, gan sliktais. Tas mūs padara par cilvēkiem. Kas attiecas uz miršanu, viņi man būtu teikuši, ja viņiem būtu nācies tevi reanimēt. Viņi neko tādu neteica."

"Kā tad izskaidrot pēkšņo tetovējumu parādīšanos, un tagad tie ir pārtapuši par īstiem spārniem? Vakar man to nebija. Kas notika no vakardienas līdz šodienai? Nekas tāds, kas varētu pamatot jaunu piedēkļu augšanu."

"Nekas tāds, par ko tu vari iedomāties," teica Sems. Viņš pasmējās.

E-Z iekost pankūku un iebāza to mutē, ļaujot sīrupam notecēt pa zodu. Anna izklīda.

"Nu, tu šobrīd noteikti neizskaties pārāk eņģeliski," sacīja Sems, paņemot sauju olu kultenīšu. "Mm, tās ir patiešām labas." Pēc vēl dažiem kumosiem viņš aizsniedzās pie sava portfeļa un izvilka no tā klēpjdatoru. Viņš to ieslēdza un ierakstīja "definēt eņģeli". Viņš pagrieza ekrānu tā, lai viņi varētu lasīt informāciju, ēdot.

"Vēstnesis, īpaši dieva," Sems izlasīja, "persona, kas pilda dieva uzdevumu vai rīkojas tā, it kā to būtu sūtījis dievs." "Eņģelis", - teica Sems.

"Rīkojas tā, it kā būtu," atkārtoja E-Z, bāžot mutē vēl pankūkas.

Sems lasīja: "Neformāla persona, īpaši sieviete, kas ir laipna, šķīsta vai skaista. Tu esi diezgan skaista ar saviem gaišajiem matiem un zilajām acīm."

"Noklusē."

"Tradicionāls priekšstats," viņš ieturēja pauzi. "Jebkura no šīm būtnēm, kas attēlota cilvēka veidolā ar spārniem." Sems iedzēra vēl vienu malku kafijas, laikus, lai Anna varētu uzpildīt viņam krūzi.

"Jūs, puiši, dabūsiet gremošanas traucējumus, lasot un ēdot vienlaicīgi."

E-Z smējās.

Sems sacīja: "Nē, es strādāju informācijas tehnoloģiju jomā, tāpēc man diezgan labi padodas daudzuzdevumu veikšana." Sems atcirta: "Nē, es strādāju informācijas tehnoloģiju jomā, tāpēc man diezgan labi padodas daudzuzdevumu veikšana."

Anna nopriecājās un aizgāja prom.

"Ko viņi domā ar "šīs būtnes"?" E-Z jautāja.

"Viduslaiku eņģeloloģijā rakstīts, ka eņģeļus iedalīja rindās. Deviņas kārtas: serafīni, ķerubi, troņi, valdījumi (saukti arī par valdījumiem)," viņš iepauzēja, iedzēra malku ūdens. Tad turpināja: "Precības, valdīšanas (sauktas arī par valdībām), erceņģeļi un eņģeļi."

"Vau! Pamēģini tos pateikt desmit reizes ātri." Viņš pasmaidīja. "Man nebija ne jausmas, ka ir tik daudz eņģeļu veidu."

"Arī es. Šis ēdiens ir tik garšīgs, ka es aizvien domāju, vai mēs ar tevi sapņojam."

"Tu vēlies, lai mēs sapņojam - un mani spārni pazustu?"

"Tie varētu aiziet tikpat ātri, cik ātri parādījās." Viņš pietuvināja klēpjdatoru tuvāk un ierakstīja "Cilvēkam izaug eņģeļa spārni." E-Z nopriecājās, bet noliecās tuvāk, lai redzētu, kas parādījās. Sems noklikšķināja uz zinātniskā raksta.

"Kā jau teicu, nav pierādījumu par eņģeļu spārniem. Es tā nedomāju. Es domāju, ka tam incidentam, ziniet, kad es izglābināju mazo meitenīti, bija kāds sakars ar to, ka tie parādījās. Tas bija iedarbinātājs, jo dedzināšana sākās uzreiz pēc tam, kad es atgriezos mājās, un tad, nu, pārējo jūs zināt."

"Kā jums abiem klājas šeit?" Anna jautāja.

"Es tev pasūtīju vēl divas pankūkas, E-Z, kā parasti. Ja vien tu vari ēst vairāk?"

"Lieliski."

"Un kā ar tevi, Sems?"

"Tikai uzpildīt," viņš teica, piedāvājot savu tukšo krūzi, kuru viņa paņēma un atgriezās ar līdz malām piepildītu. Virtuvē atskanēja zvans, un viņa devās atnest pankūkas.

E-Z uz tām uzlēja kļavu sīrupu, kam sekoja sviesta gabaliņš. "Tu esi vislabākā," viņš teica Annai. Viņa pasmaidīja un atstāja viņus pabeigt maltīti.

Tēvocis Sems uzmanīgi vēroja savu brāļadēlu. Viņš vēlējās pasūtīt ābolu pankūkas, taču jau bija paēdis.

"Ko?"

"Es nezinu, tas ir tā, ka, kad tu nogaršo ēdienu, tava seja iedegas kā eņģelim Ziemassvētku eglītē." "Es nezinu.

E-Z nolika dakšiņu. "Ļoti smieklīgi. Tu esi kārtīgs komiķis."

Kad viņi bija beiguši ēst, Sems jautāja: "Tātad pēc tam, kad esi lasījis par eņģeļiem, vai esi mainījis domas? Vai tu joprojām domā, ka pārvērtīsies par vienu no tiem? Un, ja jā, ko tu ar to darīsi?"

"Ko tu domā, DO? Man ir spārni, varētu tos arī izmantot."

"Es to redzu tā, ka, ja tu tos neizmantosi, ja noliegsi to esamību, tad tie pazudīs."

E-Z pakratīja galvu. "Tā nav izvēle. Jūs redzējāt, kas notika. Viņi iznāca ārā, man neko nedarot, un es tev teicu, ka šorīt, kad pamodos, es lidoju virs savas gultas. Es biju, kur nu vēl, ATVĒRIES."

"E-Z, es domāju par nākotni. Varbūt tev ar kādu jārunā, mums ar kādu par to ir jārunā."

"Negadījums notika pirms vairāk nekā gada, konsultants teica, ka ar mani viss ir kārtībā. Turklāt tas viss ir jauns."

"Tas varētu aizkavēties. Kaut kas varēja to izraisīt."

"Apskatīsim faktus. Pirmkārt, man bija tetovējumi laikā, kad man nebija tetovējumu. Otrkārt, mans krēsls pacēlās no zemes, un es izglābu mazu meitenīti - turklāt es pacēlos no krēsla, lai spēles laikā noķertu bumbu. Vēl nesen es to noliedzu... Trešais - tetovējumi dedzināja kā ellē. Ceturtkārt, parādījās īsti spārni. Piektais, es varu lidot. Vai tev kaut kas no tā šķiet pazīstams? Es domāju, citos gadījumos."

"Tas ir tas, ko es nesaprotu. Kā tas varēja notikt, bet prāts ir ārkārtīgi jaudīgs dators. Tas ir tas, kas mūs atšķir no dzīvnieku valstības un kāpēc cilvēks ir izdzīvojis tik ilgi. Esmu dzirdējis stāstus, kad cilvēks bija nonācis galējās briesmās, un palīdzība ieradās. Vai arī gadījumi, kad cilvēks bija iesprostots zem automašīnas - un kāds garāmgājējs spēja pacelt automašīnu, lai glābtu viņa dzīvību".

"Es par to lasīju, to sauc par histērisku spēku - bet es nekad neesmu dzirdējusi par gadījumu, kad būtu izauguši spārni."

"Varbūt spārni parādījās, lai tevi glābtu."

"No kā? No pārāk ilgā miega?" viņš smējās. "Nelaimes gadījumā tie būtu bijuši jauki. Es būtu varējis aizlidot mammai un tētim pēc palīdzības, nevis gaidīt tur ar asiņainu baļķi pie sevis. Turētu mani pie zemes. Tas nav nekāds brīnums. Es, nezinu, kas tas ir tēvocis Sems, es zinu tikai to, ka tas ir."

"Mēs runājamies. Novērtējam. Apmaināmies idejām. Mēģinām atrast atbildes."

"Būtu jauki saņemt atbildes, bet… kurš būtu eksperts, kam mēs varētu jautāt šajā situācijā?" "Būtu jauki saņemt atbildes.

"Kā būtu ar mācītāju vai priesteri?"

E-Z pakratīja galvu. Viņš nebija bijis baznīcā kopš vecāku bēres.

"Ko mēs varam zaudēt?"

"Es domāju, ka ir vērts pamēģināt, bet. Ak, ak."

"Kas tas ir?"

"Es jūtu, ka mani spiež pret lāpstiņām. Man ir jāiet, un mēs šeit nebraucām. Piedod, man jāsteidzas. Uz tikšanos mājās." Viņš izskrēja no kafejnīcas un turpināja iet, līdz viņa spārni izsprāga no kapuces un viņš pacēlās virs zemes. Mājās viņš saprata, ka viņam nav atslēgas, bet viņš nevarēja palikt uz priekšpagalma - ne ar izplestiem spārniem. Viņš mēģināja latīņu valodā panākt, lai tie atgrieztos iekšā, bet nekas nedarbojās. Tāpēc viņš uzlidoja un spēja iekļūt pa guļamistabas logu, nevienam neredzot.

"E-Z!" Sems uzsauca, kad viņš ieradās mājās. "E-Z!"

"Es esmu šeit augšā."

"Vai ar tevi viss kārtībā? Es ierados tik ātri, cik vien varēju."

"Nāc iekšā, apsēdies. Pagaidām nav pazīmju, ka viņi būtu atkāpušies." Redzot atvērto logu. "Kā es saprotu, jūs te lidojāt?"

"Jā, labi, ka aizmirsu vakar vakarā aizslēgt logu. Mēs varētu turpināt mūsu diskusiju, līdz es atkal varēšu doties ārā."

"Es pazīstu priesteri. Ja kāds var palīdzēt, tad viņš."

Pēc divām stundām, no radio atskaņotajām melodijām, viņi bija ceļā pie priestera. Hozier dziesma Take Me to Church piepildīja ētera viļņus. Sakritība? Viņi domāja, ka nē, un dziedāja līdzi dziesmas tekstam balss augstumos. Par laimi, ar paceltiem logiem neviens viņus nevarēja sadzirdēt.

B aznīcā nebija piekļuves ratiņkrēsliem un bija daudz kāpņu, pa
kurām jākāpj.

"Tu dodies uz baznīcu lielā ozola ēnā, bet es sameklēšu tēvu
Hopperu," ierosināja Sems.

"Vai tas ir viņa īstais vārds?" E-Z smējās.

"Cik man zināms. Tu paliec uz vietas, un es tūlīt atgriezīšos."

"Pieņemšu."

Pusaudzis izvilka telefonu. Lai gan viņš izbaudīja koka sniegto ēnu
- tā neļāva saskatīt ekrānu. Viņš pārkārtojās krēslā, pamanot neparastu
dungošanu gaisā. Troksnis, kas, šķiet, nāca no paša koka.

Viņš pacēla acis, mēģinot noteikt, vai tas ir putns, kad skaļums pieauga
un skaļums palielinājās. Viņš pieklusināja tālruni. Skaņa beidzās, un
atskanēja jauna skaņa. Šī bija melodiska, hipnotizējoša, un viņš iekrita
sapņainā stāvoklī.

Viņa galva noliecās uz priekšu, līdz jauna skaņa viņu pamodināja. No
virs viņa galvas atskanēja čuksti. Balsis, kas plūda no koka lapotnes. Viņš
sakrustoja rokas, jo viņu pārņēma aukstums, liekot spārniem izspraukties
brīvībā. Pirms viņš apjauta, viņa krēsls pacēlās no zemes. Viņš atvairīja
zarus, kad pacēlās masīvā ozola sirdī.

"Nolieciet mani!" viņš pavēlēja.

Viņš turpināja celties. Kad viņa locekļi saskārās ar koku, viņam no
apakšdelmiem un galvas pilēja asinis.

"Apstājies! Tu stulbais…"

"Tas nav pārāk jauki, pīp- pīp," atskanēja pīpīga, augsta balss.

"Man likās, ka tu teici, ka viņš ir jauks, kad viņš ir nomodā zoom-zoom," atskanēja otra balss.

"Vau!" E-Z sacīja, cenšoties savaldīties un izvairīties no pilnīgas vājprāta sajūtas. Viņš izdarīja dažus dziļus ieelpas vilcienus. Nomierināja sevi. "Kas, kas un kur tu esi?"

"Kas mēs patiešām esam, pīp-pīp."

Viņa acu priekšā atkal dejoja tās pašas gaismas, zaļā un viena dzeltenā.

Ziņkārīgs viņš teica: "Sveiki."

Dzeltenā gaisma pazuda.

Kliedziens.

Tad pazuda zaļā.

"Kas tas? Jūs abi, lai kas jūs būtu, pārtrauciet to. Jūs esat man parādā paskaidrojumu. Es zinu, ka esat mani vajājuši. Iznāc un stājies man pretī!"

POP.

Uz viņa deguna piezemējās maza, zaļa, eņģelim līdzīga lieta. Viņa virzienā ieplūda dīvaini nepievilcīga, gandrīz vai limburgera smārdaina smaka. Viņš aizsedza degunu.

"Labdien, E-Z, pīp-pīp," tā sacīja un paklanījās.

Kad tā pateica viņa vārdu, viņš zaudēja kontroli pār spārniem. Viņš šūpojās un šūpojās gaisā kā putns, kas mācās lidot. Viņš gribēja, lai spārni atkal izsprāgst, bet tie viņu ignorēja. Krītot viņš pieķērās krēsla rokām.

POP!

Tagad tie bija divi. Katrs no tiem satvēra vienu no viņa ausīm un droši nolaida viņu un krēslu uz zemes.

"Auš," E-Z sacīja, berzējot ausis, kad priesteris un viņa tēvocis iznāca aiz stūra. "E, paldies, es domāju."

POP.

POP.

Abas radības pazuda.

"E-Z, tas ir tēvs Bredlijs Hoppers, un viņš vēlas palīdzēt."

Hoppers izstiepa roku, E-Z izdarīja to pašu. Kad viņu miesas savienojās, pusaudzis pazuda.

Hoppers un Sems palika viens otram līdzās, ar ieplestām acīm. Abi bija ieskatījušies nebūtībā kā divi manekeni veikala skatlogā.

# NODAĻA 7

E-Z kājas pieskārās zemei, un sākumā viņu apžilbināja baltā krāsa. Viņš lika vienu kāju priekšā otrai, vispirms ejot, tad skrienot uz vietas, tad pārtraucot pilnu skrējienu. Viņš metās pret sienu, atlēca, lēkājot, it kā viņš būtu lecamaukājošajā pilī.

**POP**

**POP**

Viņš vairs nebija viens. Viņam priekšā bija divas daudzspārnu lietas, ziedos. Viena bija zaļa, otra dzeltena. Kad viņš pietuvojās tuvāk, to spārni kā kaleidoskops griezās ap zeltainām acīm.

Vispirms viņš pieskārās zaļā zieda ziedlapiņām. Viņš vēl nekad nebija redzējis pilnīgi zaļu ziedu, nemaz nerunājot par ziedu ar acīm. Acis, kuras viņš atpazina no viņu iepriekšējās tikšanās. Spārni glāstīja viņa pirkstu, un zaļais zieds smējās. Viņš izvairījās ar degunu pietuvoties pārāk tuvu, gaidot, ka uz priekšu atplūdīs siera smarža - taču tā nenotika.

Otram ziedam, dzeltenajam, bija vairāk ziedlapiņu-spārnu nekā otram. Ziedlapiņas reaģēja uz viņa pieskārienu, gluži kā koraļļi, kas kustas okeānā. Zeltainās acis bija ar izteiktām skropstām. Viņš noliecās, lai aplūkotu tuvāk.

Kamēr viņš turpināja tos abus vērot, gaisā atskanēja PFFT. Līdz ar to radās spēcīga un ļoti slikta, saldi saldena smaka, kas viņam lika sajusties nelabi. Viņš atkāpās, aizsedzot degunu un noslaukot no acīm dzēlienu.

Dzeltenais zieds runāja. "Mans vārds ir Reiki, un mēs tevi atvedām šeit, pīp-pīp."

"Kur tieši šeit? Un kāpēc man darbojas kājas?"

"Nav nozīmes, kur, E-Z Dikensi, un kāpēc tu esi tāds, kāds esi, pīp-pīp."

Viņš šķērsoja istabu un ar labo roku pacēla dzelteno ziedu, bet ar kreiso - zaļo. VĒSAS! Šoreiz viņu pārsteidza asa migla, un viņš sāka šķaudīt un turpināja šķaudīt.

"Lūdzu, nolieciet mūs uz leju, pirms nometāt mūs, pīp-pīp."

"Tur ir salvešu kaste, tur, zoom-zoom."

"Ak, atvainojiet." Viņš tos nolika, paņēma salvetes - bet viņam tās vairs nebija vajadzīgas. Viņš noturēja distanci, atspiedis muguru pret balto sienu.

"Mēs tevi tagad atvedām, pīp-pīp."

"Es esmu Hadžs, starp citu, zoom-zoom."

"Tāpēc, ka jums vajadzēja zināt, pīp-pīp."

"Ka tu nedrīksti runāt ar priesteri par saviem spārniem zoom-zoom."

"Patiesībā tu nedrīksti runāt ne ar vienu cilvēku par jebko, pīp-pīp."

Viņš, uzlikdams roku uz sienas, gāja, domājot. "Pirmkārt, kāpēc jūs sakāt pīp-pīp un zoom-zoom?"

Reiki un Hadžs pārmeta acis. "Vai jūs neesat dzirdējuši par onomatopeju?"

"Protams, esmu dzirdējis."

"Tad tev vajadzētu zināt, pīp-pīp."

"Ka tas palielina uztraukumu, darbību un interesi, zoom-zoom."

"Lai nodrošinātu, ka lasītājs dzird un atceras, beep-beep."

"Ko jūs vēlaties, lai viņi zina, zoom-zoom."

Viņš smējās. "Tas ir taisnība, ja tu kaut ko lasi, bet sarunā tas nav nepieciešams. Es atceros, ko saka Reiki, jo viņš to saka, un es atceros, ko saka Hadža, jo viņa to saka. Es pieņemu, ka viens no jums ir meitene, bet otrs - zēns, vai tas ir pareizi?"

"Jā," Hadz apstiprināja. "Es esmu meitene. Es priecājos, ka man nav jāturpina teikt zoom-zoom."

"Un es esmu zēns. Man pietrūks pīp-pīp."

"Ja gribi, vari tos teikt, bet tas ir mazliet kaitinoši, un sarunas laikā atkārtošanās var būt garlaicīga." "Ja gribi, vari tos teikt.

"Mēs negribam būt garlaicīgi!"

"Tas izjauktu mūsu mērķi, lai jūs šeit atvestu."

"Labi," E-Z sacīja. "Tātad, tagad atgriezīsimies pie tā, ko jūs teicāt, pirms mēs sākām runāt par literāro līdzekli." "Un tagad mēs runājam par to, ko jūs teicāt, pirms mēs sākām runāt par literāro līdzekli." Viņi pieskārās. "Ja es nevienam nevaru pastāstīt par to, kas ar mani notiek, tad es šajā lietā - lai kas tā būtu - esmu viens. Es izglābju mazu meiteni. Es pieņemu, ka tas ir kaut kā saistīts ar tevi?"

"Jā, jums ir taisnība šajā pieņēmumā, pīkst, ak, atvainojiet."

"Es gribu zināt, kas tas ir un kāpēc tas notiek ar mani?"

"Aizveriet acis," teica Hadžs.

"Es to izdarīšu, bet bez jokiem."

Ziedi ķiķināja.

Viņa kājas atstāja zemi, un viņš piezemējās cita telpā. Šajā istabā, tāpat kā pirms tam, viņu sākumā apžilbināja baltā krāsa. Kad acis pierada pie apkārtējās vides, viņš pamanīja grāmatas. Plaukti un plaukti, kuros līdz debesīm bija sakrautas grāmatas.

"Nebaidies," teica Hadžs.

Viņš nebaidījās. Patiesībā viņš bija sajūsmā. Jo šajā telpā viņš ne tikai varēja izmantot kājas, bet arī juta, kā tajās pulsē asinis. Viņa maņas saasinājās; viņa virzienā virmoja vecās grāmatas smarža. Viņš ieelpoja saldās prunus dulcis (saldo mandeļu) smaržas. Sajaucoties ar planifolia (vaniļas) smaržām, tas radīja perfektu anizolu. Viņa sirds pukstēja, asinis pumpa - viņš nekad nejutās tik dzīvs. Viņš vēlējās palikt uz visiem laikiem.

Apavu iekšpusē katra pirksta kustība viņam sagādāja baudu. Viņš atcerējās spēli, ko spēlēja kā mazs zēns. Viņš novilka kurpes un zeķes un pieskārās katram pirkstiņam, sakot rindu: "Šis cūciņš devās uz tirgu."

"Viņš ir zaudējis prātu," sacīja Reiki, kad E-Z iesaucās: "Vī!"

"Dodiet viņam brīdi. Šī ir diezgan pārsteidzoša vieta."

E-Z uzvilka zeķes atpakaļ. Viņš slīdēja pa istabu uz baltajām grīdām, kas spīdēja kā ledus kārta. Viņš smējās, kad metās pret pirmo, tad otro sienu, atlēca un piezemējās uz grīdas. Viņš nespēja beigt smieties, līdz pamanīja, ka ar grāmatām virs viņa notiek kaut kas dīvains. Viņš pakratīja galvu, kad viena no plaukta uzlidoja viņam rokā. Tā bija viņa priekšteča Čārlza Dikensa grāmata. Grāmata atvērās pati no sevis, vētraini pāršķirstīja no sākuma līdz beigām un tad aizlidoja atpakaļ uz augšu, no kurienes tā bija atlecis.

"Laipni lūgti eņģeļu bibliotēkā," sacīja Reiki.

"Wow! Tikai wow! Tātad jūs abi esat eņģeļi?"

"Jūs pareizi," sacīja Hadžs. "Un jūs esat šeit, jo mēs esam iecelti par jūsu mentoriem."

"Iecelti? Kas iecēlis? Dievs?" viņš nopriecājās.

Hadžs un Reiki paskatījās viens uz otru, purinādami savas puķainās galvas.

"Mūsu mērķis."

"Ir izskaidrot jums jūsu misiju."

"Arī parādīt jums ceļu. Palīdzēt jums," viņi teica kopā.

"Misija? Kāda misija?" Viņa prāts aizplūda. Viņa galvā skanēja tēma no filmas "Neiespējamā misija". Redzēja, kā Tomu Krūzu pa kabeli ielaida datora telpā. "Ei, pagaidi! Jūs taču bijāt manā istabā, vai ne? Un jūs man sekojat kopš negadījuma."

"Mēs gaidījām īsto brīdi, lai iepazīstinātu ar sevi," sacīja Reiki. "Mēs cerējām to izdarīt mazāk formāli, bet, kad jūs bijāt...."

"...gājāt runāt ar priesteri, mums nācās spiest uz priekšu."

"Nu, jūs noteikti nesteidzāties. Man šķita, ka man ir halucinācijas," viņš teica skaļāk, nekā gribēja.

POP.

Reiki pazuda.

"Paskaties, ko tu esi izdarījis!" Hads sacīja.

**POP.**

Tā kā viņi bija pazuduši, un viņam nebija ne jausmas, kur, kad un vai vispār viņi atgriezīsies. Tomēr viņš negrasījās zaudēt ne mirkli. Viņš nokrita uz grīdas un izdarīja divdesmit atspiešanās vingrinājumus, kam sekoja tikpat daudz lēcienu. Viņa acis no atspīduma sāpēja, un viņš vēlējās, lai viņam būtu saulesbrilles.

**TICK-TOCK.**

Saulesbrilles parādījās no gaisa. Viņš uzvilka tās, kamēr vēders saraustījās. Viņš uzņēma selfiju, tad pārbaudīja laiku. Ar pulksteni notika kaut kas dīvains. Tas trakojās. Un skaitļi nepārstāja mainīties. Viņa vēders atkal sarauca.

**TICK-TOCK.**

Parādījās siera burgers un frī kartupeļi, tagad viņa rokas bija pilnas. Viņš domāja par šokolādes biezu kokteili ar maraschino ķirsi virsū.

**TICK-TOCK.**

Īpaši liels kokteilis ar ķirsi virsū nonāca uz balta galda, kura tur iepriekš nebija. Vai arī bija? Varbūt viņš to nebija pamanījis, jo abi bija balti.

Pirms viņš sāka ēst, viņš izbaudīja kokteiļa smaržu un pēc tam ar katru kumosu - garšu. Bija tā, it kā viņš nekad iepriekš nebūtu ēdis siera burgeru vai frī kartupeļus. Un ķirši, garšoja tik saldi, kam sekoja šokolādes šokolāde. Viņš apēda maltīti stāvus. Ēdiens vienmēr garšoja labāk, kad to ēda stāvot. Šis pasūtījums garšoja tik labi; tas bija smieklīgi.

Kad viņš pabeidza, viņš nevienam nepateicās par maltīti. Tad pievērsās bibliotēkai un baltajām kāpnēm, kuras viņš iepriekš nebija pamanījis. Tikai ar domu par to pietika, lai kāpnes pietuvinātos viņam tuvāk, it kā tās gribētu būt noderīgas. Viņš uzkāpa uz tām, un tās kustējās kā disks uz Ouija tāfeles, ejot garām grāmatu plauktam pēc plaukta. Tad tā apstājās.

Kāpjot, viņš lasīja virsrakstus uz muguriņām. Tie, kas atradās tieši viņam priekšā, bija Čārlza Dikensa darbi, un katram sējumam bija savs spārnu pāris.

Viens no tiem lidoja viņam pretī: "*Ziemassvētku dziesma*". Tas pāršķirstīja pāris lappuses, lai parādītu viņam, ka tas ir pirmais izdevums, publicēts 1843. gada 19. decembrī. Tā turpināja pāršķirt lapas, un viņš apbrīnoja ilustrācijas. Cik detalizētas tās bija, turklāt pilnkrāsainas. Un fonā, aiz Mazā Tima un viņa ģimenes uz viena no zīmējumiem, kaut kas kustējās. Acis. Divi pāri. Hadžs un Reiki! Viņš gandrīz nometa grāmatu. Tā kā tai bija spārni, tā atgriezās tur, kur atradās plauktā. Tikmēr viņš zaudēja līdzsvaru, nokrita lejā pa trepēm un pakārās, lai saglabātu dzīvību. Kad viņš atkal bija stabils, viņš pamazām nolaidās lejā un stingri stādīja kājas uz zemes. Viņš brīnījās, kāpēc viņa spārni nebija izšķīlušies, lai viņam palīdzētu. Visiem pārējiem šeit bija spārni, kas darbojās, patiesībā eņģeļiem bija vairāki spārnu pāri. Pasaulē tur ārā viņa kājas nedarbojās, bet viņam bija spārni, kas darbojās. Šeit, lai kur viņš arī atrastos, viņa kājas darbojās, bet spārni tagad nedarbojās.

Viņš pakasīja galvu. Ja vien tēvocis Sems būtu šeit. Un tomēr viņš nevarēja ar viņu runāt. Tas bija aizliegts. Bet kāpēc? Ko viņi varēja viņam nodarīt? Eņģeļi viņu vajāja jau kopš negadījuma. Viņš pieņēma, ka tie ir labie eņģeļi, jo viņi viņam vēl nebija nodarījuši pāri. Mājas ilgas uzbruka viņam kā milzīgs vilnis, draudot paņemt viņu zem ūdens.

"Es gribu mājās!" viņš iesaucās, kad ievibrēja telefons. Pirms viņš paspēja to atbloķēt...

**POP.**

Reiki to satvēra un iemeta...

**POP.**

Hadzam, kurš to meta pret vistālāko balto sienu. Tas atsitās, atsitās pret grīdu un sadrupēja gabaliņos.

"Tu man esi parādā četrus simtus dolāru par jaunu telefonu! Es ceru, ka tev, eņģeļi, ir skaidra nauda."

Hadzs aizsniedzās un ar spārnu iesita E-Z pa seju. Spalvas nevis sāpināja, bet gan ķeksēja. "Tagad tu, E-Z Dickens, apsēdies šeit." Baltais krēsls piespieda viņam pie kājas, piespiežot apsēsties.

"Un pārstāj būt kā dīkdienis," sacīja Reiki.

"Vau! Vai eņģeļi var tā teikt? Kas jūs vispār esat par eņģeļiem? Apmācībā esošie eņģeļi? Vai es esmu tas puisis, kas tev palīdzēs nopelnīt spārnus?"

Viņš saprata, ka viņiem jau ir spārni. Patiesībā vairākiem pāriem. Tāpēc jautājums, ko viņš mēģināja pateikt, šķita nesvarīgs, kad viņi pacēlās virs viņa.

"Vai es esmu tas puisis, kurš tev palīdzēs, vai arī tev ir jāpalīdz man? Jo, ja tu esi, par ko tu teici, ka esi, tad tu dari briesmīgu darbu. Es tuvākajā laikā par jums abiem labu vārdu neteikšu."

"Mēs gaidām atvainošanos."

"Nu, jūs to gaidīsit ilgi. Jo es esmu izslāpis."

**TICK-TOCK.**

Matētā glāzē parādījās krūze ar sakņu alu. Viņš to izdzēra vienā glāzē. "Tāpēc, ka jūs mani atvedāt šurp bez manas piekrišanas. Un..."

"Klusē!" atskanēja skaļa balss, kad viņa apklusa no vienas no baltajām sienām.

Viņa bija augsta kā griesti. Patiesībā augstāka. Viņa bija izliekta, taču milzīga izmēra un auguma. Viņas spārni sita pret sienām un griestiem. "TURIET PALIKTIES!" pieprasīja pārmēru lielais eņģelis, ar ŠŪKSTU pavelkot savus spārnus uz E-Z, līdz viņš atradās viņam tieši pretī.

"E-Z Dickens, tu esi izsaukts manā priekšā," milzīgais eņģelis sacīja. "Es esmu Ophaniel, Mēness un zvaigžņu valdnieks. Un šie ir mani padotie. Jūs NEESIET pret viņiem nekaunīgi. Tev jāizturas pret viņiem laipni un ar cieņu, jo tās ir manas acis un ausis pret tevi. Bez viņiem jūs neesat NEKAS."

Viņš izkliedza nesaprotamu teikumu, cīnoties ar vēlmi bēgt.

"Nepārtrauciet, kamēr es nepabeigšu runāt," pavēlēja Ophaniels.

Viņš klanījās, ķermenim trīcot, pārāk bailīgs, lai pateiktu kaut vārdu.

"E-Z," viņa balss atskanēja. "Tu esi izglābts. Mēs esam tevi izglābuši, un tam ir kāds mērķis."

Reiki un Hadžs pielidoja tuvāk un apsēdās Ophanielam uz pleciem.

"Klusējiet," pavēlēja Ophaniel.

Viņi salocīja spārnus, noliecās, lai nepalaistu garām nevienu vārdu.

E-Z pierakstīja, lai pajautā viņiem, kā tikpat efektīvi salocīt savus spārnus, kā viņi to darīja. Ja vien viņš atgūs spārnus.

Ophaniels turpināja. "Kad nomira tavi vecāki, E-Z Dickens, arī tev vajadzēja nomirt. Tāds bija tavs liktenis. Tāds, ko mēs izmainījām savam mērķim. Mēs veiksmīgi aizstāvējām tavu lietu. Mēs apsolījām, ka tu izdarīsi ievērojamas lietas. Ka tu palīdzēsi citiem. Mēs tevi izglābām, un parāds bija parādā. Parādu, kura lielāko daļu jūs pilnībā samaksājāt, nododot savas kājas."

Padevāties? Tas izklausījās tā, it kā viņam būtu bijusi izvēle. Ka viņš ir pieņēmis galīgo lēmumu nekad vairs nestaigāt, kas bija meli. Viņš atvēra muti, lai runātu, bet Ophaniela balss gremdēja tālāk.

"Joprojām ir parāds, parāds, ko tu mums esi parādā."

E-Z ievilka lielu elpas vilcienu. Viņš gribēja runāt, bet nespēja. Viņa lūpas kustējās, bet neiznāca neviena skaņa. Kā šis, eņģelis, uzdrīkstējās pieņemt lēmumus viņa vietā un teikt, ka viņam ir parāds?

"Mēs tev iedevām rīkus - spēcīgu krēslu. To, lai tev palīdzētu. Lai kādu dienu tu varētu būt šeit kopā ar saviem vecākiem un staigāt kopā ar mums, kopā ar viņiem, mūžībā." Ophaniels dažas sekundes vilcinājās, lai ļautu tam iedziļināties. "Šodien tu vari uzdot man vienu jautājumu, bet tikai vienu. Lai tas būtu labs."

Tā vietā, lai pārdomātu savu jautājumu, E-Z izplūda: "Kad es atkal redzēšu savus vecākus?"

"Kad būsi pilnībā samaksājis savu parādu."

"Vēl vienu jautājumu, lūdzu."

"Būs laiks jautājumiem un būs laiks atbildēm. Pagaidām tu esi manu padoto aprūpē. Jūs varat uzdot viņiem jautājumus, un viņi var izvēlēties atbildēt. Vai arī viņi var izvēlēties neatbildēt. Viņu izvēle būs atbildēt "jā" vai "nē". Tāpat arī jūs varēsiet izvēlēties, vai atbildēt viņiem, kad viņi jums uzdos jautājumus. Izturieties pret viņiem tā, kā vēlaties, lai izturas pret jums, un neatklājiet detaļas par šo vietu vai mūsu tikšanos. Nevienam cilvēkam par to nerunājiet. Es atkārtoju, paturiet šos jautājumus tikai sev."

Viņš joprojām nespēja runāt. Neprasot to, Ophaniels turpināja atbildēt uz viņa nākamo jautājumu.

"Ja tu lauzīsi šo solījumu, tavi spārni būs kā makaroni - vāji - un tu nekad nespēsi atmaksāt savu parādu."

Viņš izdomāja vēl vienu jautājumu.

"Jā, kad tu izglābi to mazo meitenīti - sadedzināšana - bija daļa no šī procesa. Taviem spārniem vajag sadegt, lai nostiprinātos, lai tie pieķertos tev, lai tu būtu gatavs nākamajam izaicinājumam."

Viņš nodomāja, ko darīt, ja es negribu.

Ofaniels pasmējās un aizlidoja uz istabas augstāko daļu. Tad viņa pazuda caur griestiem.

# NODAĻA 8

Pēc tam viņš atkal sēdēja ratiņkrēslā pretī priesterim.

"Ē, tēvo tēvo tēvo, mums jāiet. TAGAD."

"Ak," teica Sems, vērojot, kā viņa brāļadēls aizbrauc uz riteņa. "Atvainojos, ka tērēju jūsu laiku, viņam jābrauc mājās." Sems steidzās līdzi, kamēr Hoppers viņam sekoja. Viņš palielināja tempu, panāca brāļadēlu un, pārņemot kontroli pār rokturiem, stūma ratiņkrēslu. Hoppers skrēja un drīz vien jau soļoja viņiem līdzās, lai gan aizdusmots.

"Redzam, tad tev tiešām nav spārnu, E-Z."

Viņš paskatījās pāri plecam, pie lūpām paceļot izlikto glāzi, pēc tam pārmeta acis.

"Man nav problēmu ar dzeršanu," izaicinoši sacīja Sems.

Pusaudzis atkal saritināja acis, kad viņi tuvojās autostāvvietai. Priesteris viņam nesekoja.

Kad viņi nonāca pie automašīnas, Sems, cenšoties atvilkt elpu, sacīja: "Kas, pie Sema elles, tas bija?", atverot durvis un palīdzot brāļadēlam iekāpt.

"Vispirms brauksim prom no šejienes." Viņš vilcināja laiku, jo nevarēja viņam pastāstīt, kas notika. Viņam vajadzēja izdomāt pārliecinošus melus - un viņš nekad nebija labs melis. Māte viņu vienmēr pieķēra, jo viņa ausis vienmēr kļuva sarkanas, kad viņš meloja.

"Es gaidu paskaidrojumu," Sems sacīja, stingrāk satverot stūres ratu.

Automašīnas skaļruņos skanēja Bostonas dziesma Don't Look Back.

"Atvainojiet, man bija jāiet. Es nedomāju, ka Hoppers varētu palīdzēt, un es negribēju, lai viņš uzzinātu ko vairāk, nekā tu viņam jau esi stāstījis."

"Tu joprojām neesi paskaidrojis, kāpēc tu man lika noprast, ka man ir problēmas ar dzeršanu."

"Ak, tas. Tas man ienāca prātā, un es to pateicu bez domāšanas. Atvainojos."

"Es lepojos ar to, ka nelietoju alkoholu. Protams, es laiku pa laikam iedzeru alu. Lai būtu sabiedrisks darba pasākumā. Bet es neesmu tāds kā pārējie I.T. dzērāji. Un nekad tāds nebūšu."

E-Z nedomāja par to, ko teica tēvocis Sems. Tā vietā viņš pārcilāja informāciju, ko viņam bija teicis Ophaniels. Viņš bija parādā, eņģeļiem par viņa glābšanu, un viņš bija iemainījis savas kājas pret dzīvību. Eņģeļu darījums bija viņu pašu nolūkiem - un tagad viņi gaidīja, ka viņš atmaksās parādu, bet kā?

Vienīgais, ko viņš zināja droši, bija tas, ka viņam bija jāuzvar. Lai kādus uzdevumus viņi mestu viņam ceļā, viņam tie bija jāpārvar. Ar Reiki un Hadža palīdzību - lai cik mazi viņi būtu, viņš samaksās, kas bija parādā. Tad, ja nekas cits, viņš atkal ieraudzīs savus vecākus. Viņš domāja, ka tas nozīmē, ka viņš nomirs, un viņi satiksies debesīs, ja tāda vieta būs. Viņš to drīz uzzinās.

# NODAĻA 9

Atgriezies mājās, pusaudzis devās uzreiz uz savu istabu.

"Ja tev vajadzīga mana palīdzība," - tas bija viss, ko Sems paspēja pateikt, pirms brāļadēls aizcirta durvis.

E-Z aizsedza seju ar rokām. Tas bija kaut kas tāds, ka viņam atkal atgriezās kājas. Viņš iesita ar dūri pa roku balstiem, jo viņa spārni izsprāga un aizlidoja līdz gultai. "Paldies," viņš teica tiem, it kā tie būtu atsevišķi un nebūtu viņa daļa.

"Uzmanieties," sacīja Hadžs, kurš bija atslējies uz spilvena. Eņģelis aizlidoja līdz apgaismes ķermeņam un teica: "Pamosties, viņš ir mājās." "Viņš ir mājās," viņš teica.

E-Z tagad bija ērti iekārtojies uz gultas, aizvērtām acīm, gandrīz aizmidzis.

"Šovakar tu lidosi," eņģeļi dziedāja.

"Redzi, kā tu zini, man ir bijusi nogurdinoša diena, un viss, ko es vēlos, ir gulēt."

"Tu vari piecas minūtes pagulēt," sacīja Reiki.

"Pēc tam celsies augšā un meties pie viņiem!"

Viņš jau gandrīz atkal bija aizmidzis, kad iebruka Sems. "Atvainojiet, ka traucēju, bet PJ un Ardens saka, ka viņi visu dienu mēģinājuši jūs izsaukt. Vai jūsu akumulators ir izlādējies?"

"E, nē, es pazaudēju telefonu," viņš pārmetās, skatīdamies uz abiem palīgiem.

"Lācis, lācis, bikses deg," viņi aizrādīja. Sems, ņemot vērā viņa reakcijas trūkumu, nedzirdēja viņu augstās balsis. E-Z viņus atvairīja.

"Tāpēc es vienmēr iegādājos apdrošināšanu kopā ar savu plānu. Neuztraucieties, mēs jums rīt sagādāsim aizvietotāju. Jums tik un tā ir pēdējais laiks to uzlabot. Jūs varat saglabāt to pašu tālruņa numuru. Es paziņošu puišiem, ka tad ar jums sazināsies."

"Paldies, tēvoci Semi. Labas nakts."

"Nakts, E-Z."

# NODAĻA 10

Sapnī viņš kopā ar vecākiem devās slēpošanas ceļojumā. Patiesībā tās bija atmiņas, bet viņš tās pārdzīvoja kā sapni.

E-Z bija seši gadi. Slēpošanas instruktors viņam un viņa mātei mācīja visus soļus. Tikmēr viņa tēvs - kurš nebija tāds iesācējs kā viņi - devās lejup pa sniegotu kalnu.

Viņi mācījās slēpot uz bērnu kalna - tā viņi dēvēja izmēģinājuma kalnus.

"Vai esat gatavi?" instruktors teica, "doties uz vienu no lielajiem kalniem?".

Viņi atbildēja, ka ir. Viņi domāja, ka ir. Bet teikt un darīt ir divas dažādas lietas.

Pirmajā mēģinājumā viņi netika tālu, pirms viens no viņiem nokrita. Tā bija viņa mamma, un, kad viņa noslīdēja, viņa sēdēja uz aukstā sniega un smējās. Viņš palīdzēja viņai piecelties, un viņi atkal devās ceļā.

Šoreiz tas bija E-Z, kurš krita, iesitot seju aukstajā baltajā masā. Viņš to nokratīja, instruktors viņam palīdzēja piecelties, kamēr māte devās garām, pa ceļam izsmidzinot sniegu. Viņš to uztvēra kā izaicinājumu un, smaidīdams apsteidza viņu.

Nākamais, ko viņš zināja, bija viņa, kas tuvojās viņam aiz muguras. Viņa uzbrauca uz sabērtā putekļainā sniega un atstāja viņu putekļos, atrodot savu soli. Tomēr viņš piekērās, atdeva visu, ko varēja, un panāca viņu. Viņi nobrauca lejup, viens otram blakus, tad šķīrās, tad atkal kopā. Visu laiku smējās kā divi mazi bērni.

Kalna pakājē, no galvas līdz kājām ģērbies debeszilā, atradās viņa tēvs. Viņš izcēlās; zila šķipsniņa, ko ieskauj neskarts sniegs - ar ratiņkrēslu rokās.

"Sniegs," sacīja E-Z, ieelpojot vēl vienu zefīru. Tas viss izkusis garšoja vēl labāk. Tad viņš sajuta aukstumu un pamodās, ieskauts ledus vannā. Tēvocis Sems bija tur, sēdēja viņam blakus.

"E-Z, šoreiz tu mani patiešām pārbiedēji."

"Ko? Kas notika?

"Es dzirdēju kaut kādus trokšņus, tāpēc iegāju pārbaudīt, kā tu jūties. Tavs logs bija plaši atvērts, aizkari plīvoja. Es sataustīju tavu pieri, un tu dedzēji. Es baidījos, ka tev varētu sākties pilnīgs krampju lēkme. Pat tavi spārni izskatījās nokaltuši.

"Es apsvēru iespēju izsaukt neatliekamo medicīnisko palīdzību, bet tad nolēmu to nedarīt. Es nevarēju tevi aizvest uz neatliekamo palīdzību, ne jau ar šiem spārniem. Man vajadzēja iesēdināt tevi ratiņkrēslā, piepildīt vannu ar ledu un mēģināt pazemināt temperatūru. Es gāju ārā un gāju pēc ledus, lūdzot ziedojumus no draugiem kaimiņos. Viņi man ļoti palīdzēja."

"Tagad jūtos labāk, paldies," viņš teica, mēģinot piecelties. Viņš tālu nebija aizgājis, pirms atkal nogāzās.

"Tev man ir jāstāsta, kas notiek."

"Es nevaru, tēvocis Sems. Tev man ir jāuzticas."

Pusaudzis atkal mēģināja piecelties. "Pagaidiet šeit," teica Sems, izejot no vannas istabas un atgriežoties ar ratiņkrēslu. "Lūk," viņš ielika termometru brāļadēlam mutē. "Ja tas ir normāli, tu vari iekāpt krēslā."

Tas bija normāli, tāpēc, apvilcis ap viņu halātu, E-Z tika pacelts no vannas un iesēdināts krēslā. Viņa spārni izpletās, pēc tam atslābinājās un vairs nejutās, ka tie deg.

Ejot garām viesistabai, viņš ieraudzīja ziņas.

"Pagājušajā naktī tika novirzīta lidmašīnas avārija," teica preses pārstāvis. "Viņi to dēvē par brīnumainu nolaišanos, bet šeit ir daži neapstrādāti kadri, ko uzņēmis viens no mūsu skatītājiem, kad tas notika."

Viņš noskatījās klipu, kurā bija redzama lidmašīnas piezemēšanās, bet nebija nekā cita - neviena kadra ar viņu. Viņš jutās atvieglots un atgriezās savā istabā.

"Es tūlīt atgriezīšos, lai palīdzētu jums ģērbties."

Viņš tik ļoti vēlējās, lai varētu visu izstāstīt tēvocim, bet nevarēja. "Paldies," viņš teica, kad bija ģērbies.

"Es vienmēr tevi atbalstīšu."

"Tev tieši pretī," pusaudzis atbildēja. "Domāju, ka aiziešu uz savu kabinetu, lai kaut ko uzrakstītu."

"Laba ideja, manā darāmo darbu sarakstā ir mājas darbi, kurus es gribētu šodien paveikt." Viņš sāka doties prom, bet tad pagriezās atpakaļ. "Zini, mazulis, tev nav uzreiz jāsagatavo romāns. Tu vari rakstīt dienasgrāmatu vai žurnālu. Pierakstīt lietas, ko kādu dienu varētu aizmirst. Piemēram, vērtīgas atmiņas."

"Es domāju, ka es kaut ko uzrakstīšu un nosauktu to par tetovēto eņģeli."

"Man tas patīk."

Nonācis savā kabinetā, viņš kādu brīdi sēdēja un domāja par lidmašīnu - brīnījās, kā viņš varēja izdarīt to, kas no viņa tika prasīts. Viņš nebūtu spējis to paveikt bez gulbja un viņa putnu draugu palīdzības vai bez sava krēsla palīdzības. Pat tie divi gribētāji-angēli bija savā veidā palīdzējuši, uzmundrinot viņu fonā.

Viņš koncentrējās uz rakstīšanu un ierakstīja virsrakstu: Tatuējums eņģelis.

Viņa pirksti vēlējās rakstīt vairāk, bet prāts vēlējās klejot. Viņš atgāzās krēslā un ieskatījās tukšajā ekrānā. Viņam vajadzēja fantastisku pirmo teikumu, tādu, kādu bija uzrakstījis viņa priekšgājējs Čārlzs Dikenss - "Es esmu piedzimis.

Kad pēc kāda laika viņš vairs nespēja izturēt balto ekrānu, viņš uzrakstīja -

*Es vēlos, lai es nekad nebūtu piedzimis.*

Un viņš turpināja rakstīt.

*Es vairs nevaru staigāt.*

*Es nekad profesionāli nespēlēšu beisbolu vai hokeju un nesaņemšu sporta s tipendiju.*

*Es nevaru skriet.*

*Es nevaru lēkt.*

*Ir tik daudz lietu, ko es nevaru darīt.*

*To es nekad nedarīšu.*

Viņš pārtrauca rakstīt, ieraugot kaut ko ekrāna augšējā labajā pusē, kas kustējās uz leju. Plūst.

Asaras. Mazas, sīkas asaras.

Savienošanās. Palielinājās un palielinājās.

Kaskādes lejup pa ekrānu.

Viņam šķita, ka viņš kaut ko dzird - palielināja skaļumu.

**"VAH! WAH!** "WAH!" dziedāja augsta balss.

Pievienojās otra balss.

**"WAH-WAH!**

**WAH-WAH!**

**WAH-WAH!"**

E-Z izslēdza datoru.

Tā bija tikai bļaustīšanās, un viņš jutās labāk. Ikvienam laiku pa laikam bija vajadzīga žēlošanās ballīte. Tas bija no viņa sistēmas.

Vienu viņš zināja droši - kā rakstnieks viņš nebija Charles Dickens.

Tomēr Charles Dickens nevarēja lidot.

"Celieties,ir laiks doties ceļā!" Reiki sacīja, lidojot pie loga.

Hadžs gaidīja pie atvērta loga. "Gatavs?"

Tātad viņi gaidīja, ka viņš lēks no sava nama trešā stāva. "Es neiešu ārā! Paskaties, cik augstu mēs esam."

"Jūs aizmirsāt, ka jums ir spārni."

"Un, ja nokritīsi, tu to sapratīsi."

Vismaz viņš joprojām bija apģērbts, kad viņu iemeta ratiņkrēslā. Viņš sakustējās, raugoties lejup, domādams, kā viņa spārniem bija paredzēts noturēt gaisā gan viņu, gan krēslu.

"Kā ar manu ratiņkrēslu?"

"Atceries, ko teica Ophaniel? Tagad - ārā!"

Kad viņš bija izkāpis ārā, spārni pilnībā izpletās. Pār pleciem viņš varēja redzēt spārnus darbībā.

Mazie, bet spēcīgie radījumi pacēla viņu augšup, arvien augstāk un augstāk, vedot pusaudzi pāri nakts debesīm, kamēr spožas zvaigžņotās acis raudzījās uz viņu. Kad tās uzskatīja, ka viņš ir gatavs, tās atlaida viņu.

"Es varu lidot," viņš teica. "Es tiešām varu lidot!"

"Beidz izrādīties," sacīja Reiki, "un sāc pildīt programmu."

"Es to darītu, ja zinātu, kas tas ir," viņš nopriecājās.

Hadžs lidoja uz priekšu. E-Z un Reiki pacēlās virs skolas, pie beisbola laukuma. Tālāk pilsētas centra virzienā. Gaismas uz skrejceļa pie lidostas tieši konkurēja ar zvaigznēm virs viņa.

"Tev klājas ļoti labi," sacīja Reiki.

"Paldies."

Viņa uzmanību piesaistīja dzinēja atskanēšana jumbo reaktīvajā lidmašīnā, kas atradās viņiem priekšā.

"Paskaties tur, lidmašīnai ir problēmas. Vēlētos, lai man būtu telefons, lai izsauktu palīdzību." Dzinējs aizsprāga, un lidmašīna nedaudz samazinājās, tad izlīdzinājās.

"Jums nav vajadzīgs telefons. Laipni lūgti savā otrajā pārbaudījumā."

"Jūs sagaidāt, ka es, ko? nest lidmašīnu uz muguras? Es nevaru glābt lidmašīnu, man nepietiek spēka. Es to nespēju."

"Labi," teica Hadžs, kuru viņi tagad bija sasnieguši.

"Taču tev jāzina, ka, ja tu viņus neizglābsi, visi lidmašīnā esošie cilvēki aizies bojā."

"Visi 293 pasažieri. Vīrieši, sievietes un bērni."

"Plus divi suņi un viens kaķis," piebilda Reiki.

Viņa galvu piepildīja lidmašīnā esošo cilvēku kliedzieni. Kā viņš tos dzirdēja caur biezajām metāla sienām? Suņi rietoja, un kaķis mīguļoja. Kāds bērns raudāja.

"Pārtrauciet, izslēdziet to, un es to izdarīšu."

"Mēs to neizslēgsim."

"Bet tas beigsies, tiklīdz jūs droši noliksiet lidmašīnu lidostā, tur." "Bet tas beigsies, tiklīdz jūs droši noliksiet lidmašīnu lidostā, tur."

"Mēs jums ticam," sacīja Hadžs.

"Bet vai viņi mani neredzēs? Ja viņi mani ieraudzīs, spēle būs beigusies, es domāju ar Ophaniela nosacījumiem - es nekad neredzēšu savus vecākus."

"Vai viņi tevi redzēs?"

"Tas ir mazākais, par ko tu uztraucies!"

"Tagad dodies prom," sacīja Hadžs. "Ak, un tev varētu noderēt tas."

Tagad viņam bija drošības josta, lai noturētu viņu ratiņkrēslā, kad viņš lidoja pa debesīm pretī krītošajai lidmašīnai.

"Mēs vērosim," viņi sauca.

"Vai jūs man palīdzēsiet, ja man būs vajadzīga jūsu palīdzība?"

"Tie ir tavi pārbaudījumi, kas attiecas tikai un vienīgi uz tevi. Mēs esam šeit, lai jūs uzmundrinātu. Veiksmi."

"Pagaidiet, vai jūs negatavojaties man dot kārtīgas nodarbības? Parādīt, kas man jādara?"

**POP.**

**POP.**

"Paldies par neko!" viņš iesaucās.

L idostā, gaisa satiksmes vadības tornī, dispečers pamanīja, ka lidmašīnai ir problēmas. Nespēdams sazināties ar pilotu, viņš radarā pamanīja neidentificētu lidojošu objektu.

E-Z, iedvesmojoties no Supermena un Mighty Mouse, pacēla rokas. Viņš nostājās zem varenā metāla zvēra ķermeņa un sasauca visus savus spēkus.

"Es domāju, ka tev noderētu neliela palīdzība," sacīja lielāks nekā parasti gulbis. Viņš piekodināja, un putni ielidoja no daudzām pusēm. Kad jumbo lidmašīna ar viņu savienojās, īstie putni izlīdzinājās. Palīdzēja viņam noturēt lidmašīnu stabili. Stabilizēt to, lai viņš un viņa krēsls varētu uzņemties visu tās svaru.

Iekšpusē lietas ripināja kā bumbiņas. Viņam vajadzēja steigties, un viņš vēlējās, lai viņam būtu vēl viens spārnu komplekts vai jaudīgāki spārni. Ja vien viņš atrastos baltajā istabā. Viņš koncentrējās uz veicamo uzdevumu un garīgi gatavojās nolaišanai. Nolaižot skatienu uz leju, viņš pamanīja, ka arī viņa krēslam ir spārni - uz kāju balstiem un uz riteņiem. "Paldies," viņš čukstēja nevienam. Tad putniem: "Tagad es to dabūju, paldies jums par palīdzību."

Tagad gatavs, viņš nolaida jumbo lejā, turot to stabilu un līdzenu. Viņš pieskārās lidmašīnas priekšgalam uz asfalta. Tad, tā kā šasija nebija nolaidusies, viņam vajadzēja izkāpt no ceļa. Viņš izstiepa labo roku, cik tālu vien tā sniedzās, un novietoja savu krēslu tālu no lidmašīnas vidusdaļas. Viņš nolaida lidmašīnas vidu, tad asti. Viņam tas izdevās! Jā! Viņš atkāpās, dzirdot biedējošās skaņas, kad no visām pusēm tuvojās ugunsdzēsēju, ātrās palīdzības un policijas automašīnu sirēnas.

Pirms viņi viņu pamanīja, viņš aizlidoja prom. Pateicīgie pasažieri iekšā priecājās, fotografēja un ierakstīja viņu savos telefonos. Drīz viņš bija atpakaļ kopā ar Hadžu un Reiki.

"Jums veicās ļoti labi. Mēs lepojamies ar tevi, protežē."

Viņš smaidīja, līdz viņa spārni jutās tā, it kā kāds tos būtu aizdedzinājis. Nākamais, ko viņš saprata, bija dedzināšana, un viņam tik ļoti sāpēja, ka gribējās nomirt. Viņš vēlējās nāvi. Ilgojās pēc tās. Tagad, atrodoties brīvajā kritienā, ar krēslu uz leju, viņš turēja plaši atvērtas acis un gaidīja, kad viņa lūpas skūpstīs zemi. Tad viņu aiznesa divi eņģeļi, kuri viņu aizveda mājās un nolika gulēt.

Sāpes nemazinājās, bet E-Z zināja, ka šodien viņš nemirs. Viņš būs drošībā vēl vienu dienu. Vēl viens pārbaudījums. Viss, kas viņam bija jādara, bija jāizdzīvo.

"Kad **sāks** darboties dimantu putekļi?" Hadžs jautāja. "Viņam joprojām ir milzīgas sāpes."

"Tas bija jauns ārstēšanas veids, tāpēc es nevaru pateikt, kad tas iedarbosies, bet tas iedarbosies - galu galā."

"Ceru, ka viņš izturēs tik ilgi!"

"Ar tēvoča Sema palīdzību viņš to izturēs. Kad tas sāks darboties, mēs redzēsim pazīmes. Kādas fiziskas izmaiņas."

E-Z turpināja krākstēt

**POP.**

**POP.**

Un viņi atkal pazuda.

# NODAĻA 11

**D**ienu vēlāk E-Z bija saplānojis savu dienu. Vispirms viņam bija jāsagatavo mugursoma sestdienas braucienam uz parku. Viņš paēdīs brokastis, nedaudz pastrādās, tad dosies ceļā. Kamēr viņš gatavoja mugursomu, viņš izdzirdēja Hadža un Reiki augstās balsis, pirms viņš viņus ieraudzīja.

"Es jūs dzirdu," viņš teica.

**POP.**

Hadz parādījās pirmais.

**POP.**

Tad Reiki - abi pilnībā pārtapuši eņģeļu krāšņumā.

"Labs rīts," viņi dziedāja slimīgi saldā unisonā.

E-Z iebāza mugursomā piezīmju grāmatiņu un dažas pildspalvas, ignorējot tās. Viņš cerēja, ka parkā atradīs ko iedvesmojošu, par ko rakstīt. Viņš aizsniedzās, lai aiztaisītu mugursomas rāvējslēdzēju, kad pamanīja, ka abi eņģeļi sēž uz rāvējslēdzēja.

"Ak, atvainojiet. Es tevi gandrīz nepamanīju."

"Fū, tas bija tuvu," sacīja Reiki.

Hadžs trīcēja pārāk stipri, lai izrunātu kaut vienu vārdu.

Tās lidoja viņam uz pleciem, kad viņš norādīja krēslu uz aizvērtajām durvīm.

"Mums ar tevi jārunā," sacīja Hadžs.

"Tas ir... svarīgi. Mēs kaut ko izdarījām..."

"Man?"

Tās pacēlās viņa acu priekšā.

"Jā. Kamēr tu pirms dažām nedēļām gulēji."

"Pirms dažām nedēļām! Labi, es klausos..." Patiesībā viņš centās neaizrauties. Doma par to, ka viņi kaut ko ar viņu darītu. Kamēr viņš gulēja. Bez viņa atļaujas. Tas bija briesmīgs uzticības pārkāpums. Viņš saspieda plaukstas. Klusums. Viņš sakrustoja rokas. Viņš negrasījās viņiem to atvieglot.

Sems pieklauvēja pie durvīm: "Brokastis E-Z, vai jums vajadzīga palīdzība?"

"Nē, man viss ir kārtībā. Būsi tur pēc dažām minūtēm." Klusums aizšķīra skaņas ārpusē, kad Sems atgriezās virtuvē.

"Pirmkārt," teica Hadžs, "mēs darījām to, ko darījām, tikai tāpēc, lai tev palīdzētu."

"Ar izmēģinājumiem. Mēs darījām kaut ko, lai palīdzētu jums sasniegt jūsu mērķus."

"Jūs gribat teikt, ka varējāt man palīdzēt ar lidmašīnu? Es noteikti būtu varējis izmantot jūsu palīdzību. Par laimi, mums tas izdevās, pateicoties tam gulbim un putniem."

"Uh, jā, par to, palīdzība nav atļauta - ne no draugiem, ne putniem. Mēs ziņojām par šo incidentu attiecīgajām iestādēm."

E-Z pakratīja galvu, viņš nespēja noticēt tam, ko dzirdēja. "Tikai nesakiet, ka kāds savainojis gulbi vai putnus? Labāk man to nesakiet... Ak, un kāpēc tieši tas gulbis uz mani runāja angļu valodā. Viņš to darīja, tu zini."

"Šis jautājums ir konfidenciāls," sacīja Hadžs, plīvodams tuvu pie sejas ar rokām uz gurniem. Reiki ieņēma tādu pašu stāju, un viņu spārni pieskārās viņa plakstiņiem.

"Ei, noklusē," viņš teica skaļāk, nekā bija plānojis.

"Tur viss kārtībā?" Sems jautāja caur aizvērtajām durvīm.

"Man viss ir labi," viņš teica, vicinot roku sejas priekšā, izmetot radības pāri telpai. Reiki atsitās pret sienu un noslīdēja lejā. Hadžs jau tālāk lejā mēģināja noķert Reiki, bet par vēlu. Abi eņģeļi nogāzās un piezemējās uz grīdas.

"Atvainojiet," teica pusaudzis. Viņš pietuvināja savu ratiņkrēslu tuvāk viņiem. Viņš brīnījās, vai viņu galvās riņķo zvaigznes kā veco laiku multfilmu varoņiem. Viņam patika, kad tas notika ar Vails E. Kojotu. Viņi nedaudz pakustējās, tāpēc viņš viņus noguldīja uz gultas. Kad eņģeļi atguvās, viņš teica: "Atvainojiet vēlreiz. Es negribēju jums iesist. Tavi spārni aizskāra man acis."

"Jā, tu to izdarīji!" Reiki sacīja.

"Un mēs to neaizmirsīsim."

Viņš jutās slikti. Tie bija tik mazi; viņš nenojauta, ka tikai mirkšķināšana varēja viņus tā aizsūtīt lidojumā. Bija tā, it kā viņš tos būtu izsitis no parka, un viņš tiem tikko bija pieskāries.

"Par to..." Reiki teica.

"Kamēr tu gulēji, mēs ar tevi veicām rituālu." Hadžs piebilda: "Kamēr tu gulēji, mēs ar tevi veicām rituālu."

E-Z atkal saglabāja vēsu prātu, bet tikai par nieka tiesu. "Jūs sakāt, rituālu?" Viņi paskatījās uz viņu, vainīgi kā grēkāži. "Ja jūs būtu cilvēki, jums mestu grāmatu par to, ka esat kaut ko darījuši ar mani bez manas atļaujas. Tas ir uzbrukums nepilngadīgai personai. Tu būtu cietumā..."

Eņģeļi satraucās un turējās viens pie otra.

"Mums nebija citas izvēles."

"Mēs to darījām jūsu pašu labā."

"Es to saprotu, bet šajā brīdī jūsu atvainošanās NAV pieņemama."

"Godīgi," eņģeļi sacīja. "Pagaidām." Viņi skandēja: "Mēs izsaucām spēkus, lielos un iluzoros spēkus virs jums un visapkārt jums. Mēs lūdzām tās sniegt jums palīdzību, palielinot jūsu spēku, drosmi un gudrību. Vienkāršāk sakot, mēs uzskatījām, ka tev vajag vairāk, un tāpēc mēs tev to izlūdzām."

"Saprotu. Atvainošanās joprojām NAV pieņemta."

"Mēs to izdarījām, radot jums pēc iespējas mazāk diskomforta," sacīja Hadžs.

E-Z apsvēra šo jaunāko informāciju. Tajā pašā laikā viņš skatījās uz savu ratiņkrēslu. Tagad tas patiešām šķita citāds, neskaitot acīmredzamo roku balstu krāsas maiņu.

"Kas pēdējā laikā notiek ar manu krēslu?" viņš jautāja. "Šķiet, ka tam ir savs prāts."

Eņģeļi atkal trīcēja.

"Ko tu esi izdarījis? Tieši tā? Jo man ir aizdomas, ka jūs ne tikai uzbrukāt man, bet arī uzbrukāt manam krēslam."

Beidzot eņģeļi paskaidroja visu par dimanta putekļiem un asinīm. Par spēkiem, kas bija piešķirti viņam un krēslam. "Tā kā uzdevuma grūtības pieaugs, jums vajadzēs palielināties."

"Es jau zinu, tāpēc mani spārni ir deguši. Palielinoties temperatūrai pēc katra uzdevuma. Bet es turpinu sev iestāstīt, ka tas viss būs tā vērts, kad es atkal ieraudzīšu savus vecākus."

"Ja pabeigsi izmēģinājumus noteiktajā laikā. Un precīzi ievēro norādījumus," teica Hadžs.

"Pagaidi," E-Z sacīja, uzspiežot rokas uz roku balstiem. "Neviens nav teicis, ka ir noteikts termiņš. Ne Baltajā istabā. Nevienā laikā. Un, ja ir noteikumu grāmata, pēc kuras man ir jāvadās, tad iedod man to, lai es varu to izlasīt. Arī no nevienas puses nav bijušas nekādas saistības. Neviens nav teicis, cik pabeigti izmēģinājumi ir nepieciešami, lai noslēgtu darījumu. Mums viss ir jānoformē rakstiski? Vai ir tāda lieta kā Eņģeļu jurists vai vēl labāk Eņģeļu juridiskā palīdzība?"

Hadžs pasmējās. "Protams, mums ir Eņģeļu juristi, bet tev ir jābūt Eņģelim, lai kvalificētos viņu saņemt."

Reiki sacīja: "Jūs izpildījāt pirmo uzdevumu bez jebkādas palīdzības. Tu izglābi tās mazās meitenītes dzīvību ar sava krēsla iniciatīvu, gribasspēku un veiksmi. Ar šīm trim lietām tu vari tikt tikai tik tālu, tāpēc mēs tev esam sagādājuši vairāk ugunsspēka. Visvairāk, ko mēs varējām vēlēties."

"Visvairāk, ko mēs varētu riskēt jums dot."

"Ei, ko jūs domājat ar risku? Vai jūs sakāt, ka šis rituāls var man kaitēt?"

"Mēs tev izdarījām pakalpojumu. Mēs riskējām, lai tev palīdzētu. Ja jūs nevarat mums piedot tagad, tad kādu dienu jūs mums piedosiet."

"Runājiet par izvairīšanos no mana jautājuma! Vai kādreiz esat domājis par iesaistīšanos eņģeļu politikā - ja tāda ir?"

Hads sacīja. "Apkārtējie cilvēki var pamanīt zināmas izmaiņas tavā izskatā."

"Jā, var," Reiki smaidot atbildēja.

"Ko tu domā ar fiziskām pārmaiņām?" viņš iesaucās.

POP.

POP.

Un viņu vairs nebija.

E-Z atkal palika pavisam viens. Dodoties uz durvīm, viņš prātoja, ko viņi domāja. Lai kas tas būtu, viņš to drīz uzzinās. Pa to laiku viņš domāja par to, ka viņa krēslā tagad bija viņa asinis. Kā krēsls bija viņa paša turpinājums. Viņš devās uz virtuvi, kur viņu gaidīja tēvocis Sems.

"Nu, tas neizdevās tieši tā, kā bijām plānojuši," sacīja Reiki. "Viņš bija diezgan dusmīgs uz mums. Es nedomāju, ka viņš kādreiz mums atkal uzticēsies."

"Mēs viņam esam vajadzīgi vairāk nekā viņš mums."

"Mēs varētu izdzēst viņa prātu, kā to izdarījām ar pārējiem."

"Ja viņš mums nepiedos, mēs neko nevaram darīt. Izdzēst viņa prātu nav risinājums. Bez viņa piekrišanas un ja, nē, kad viņš to uzzinātu, mēs viņu atsvešinātu uz visiem laikiem. Un tu zini, kam tas nepatiktu."

"Tev kā vienmēr taisnība," sacīja Hadžs.

"Kā tu domā, vai kāds šodien pamanīs viņa ārējā izskata izmaiņas?"

"Mēs pamanījām, vai ne!"

"Varbūt mums vajadzēja viņam par to pastāstīt, vismaz par viņa matiem. tas varētu viņu mums iepriecināt. Ja mēs paskaidrotu."

"Es domāju, ka pārmaiņas būtu labāk, ja tās nāktu no kāda cita, nevis no mums."

"Cilvēki ir ļoti dīvaini," sacīja Reiki.

"Tādi viņi ir. Bet darbs ar viņiem ir vienīgais veids, kā mūs var paaugstināt par īstiem eņģeļiem."

"Mums paveicās, ka viņš ir diezgan jauks."

# NODAĻA 12

E-Z iebāza dakšiņu šķīvī ar pankūkām. Viņš bija izsalcis, it kā nebūtu ēdis vairākas dienas. Un slāpes. Viņš izdzēra glāzi pēc glāzes apelsīnu sulas. Viņš piepildīja savu šķīvi ar pankūkām, turpināja ēst, līdz tās visas izdzisa.

Sems pasmējās, ieraugot brāļadēlu, un turpināja mērcēt kafijā sviesta grauzdiņa šķēli.

"Kas te smieklīgs?" E-Z jautāja.

"Uh, šķiet, nekas."

Virtuvē skanēja tikai šļakstīšana, griešana un košļāšana. Bez pulksteņa, kas tikšķēja uz sienas aiz viņiem.

"Ko?" E-Z pieprasīja, pamanījis, ka tēvocis smaida un slēpj to aiz rokas.

"Kaut kas tavā, nu, zini, šorīt ir savādāk. Ko tu man vēlies pastāstīt? Piemēram, kāpēc?"

Abas radības ieskrēja un katra apsēdās uz viena no E-Z pleciem. Tās noklausījās, un viņam nemaz nepatika viņu nelūgtais iejaukšanās, tāpēc viņš tās atvairīja.

**POP.**

**POP.**

Viņi pazuda.

"Nezinu, ko jūs domājat."

Sems uzlēja sev vēl vienu kafijas tasi. "Vai tas ir meitenei? Jo jebkurai meitenei vajadzētu pieņemt tevi tādu, kāds esi."

E-Z smējās. "Neviena meitene. Tu esi tālu no pamata."

Abi vēl dažus mirkļus klusēja, pulksteņa rādītāji tikšķēja.

"Es sapakoju somu un pēc tam, kad šorīt mazliet pastrādāšu, dodos uz parku. Es paņemu blociņu un dažas pildspalvas gadījumam, ja parks mani iedvesmos."

"Izklausās pēc plāna, bet vispirms tu palīdzi man sakopt," Sems piecēlās no galda.

Pusaudzis atgrūda savu krēslu, kopā viņi ātri sakopa. E-Z devās uz savu kabinetu un aizvēra aiz sevis durvis, kad atskanēja ieejas durvju zvans.

Sems ielaida Ardenu un PJ. "Viņš ir savā kabinetā un strādā. Vai viņš jūs gaida? Ja viņš gaida, viņš man par to neko neteica."

"Es viņam aizsūtīju īsziņu, bet viņš neatbildēja," sacīja PJ.

"Tāpēc mēs nolēmām, ka šodien apciemosim un aizvedīsim viņu ārā. Pārliecināsimies, ka viņam ir mazliet jautri. Tas puisis pārāk daudz strādā. Mamma teica, ka mūs aizvedīs. Tikai jānoskaidro ar E-Z un tad viņai jāzvana."

"Mans brāļadēls ir aizrāvies ar šo grāmatu, ko viņš raksta. Viņš varētu iebilst."

"Tā vai citādi mēs viņu šodien aizvedīsim," teica PJ.

"Viņš plāno doties uz parku pēc tam, kad būs nedaudz uzrakstījis. Bet ejiet lejā, viņš var tikties ar jums vēlāk?" Sems atgriezās virtuvē, no saldētavas izņemdams maltu liellopu gaļu. Viņš pārbaudīja skapī mērci, spageti, olas, sīpolus, rīvmaizi un spinātus. Viņam bija viss nepieciešamais, lai vēlāk pagatavotu spageti un kotletes.

Pēc mēteļu novietošanas abi zēni devās pa gaiteni.

Sems uzvilka mēteli. Zāliena pļaušanu viņš jau kādu laiku bija atlikis uz vēlāku laiku. Šodien bija tā diena, kad viņš to izdarīs.

E-Z mēģināja rakstīt, taču radošums nevilkās. Kad ieradās viņa draugi - viņš priecājās par pārtraukumu. Viņš atvēra Facebook, izlikdamies, ka pārbauda atjauninājumus. "Sveiki, puiši." Viņš pagrieza savu krēslu pret viņiem.

"Ak, cilvēk, kas, pie velna, ir noticis ar taviem matiem? Vai jūs bez mums esat bijuši skaistumkopšanas salonā?"

"Vai jūs viņiem parādījāt fotogrāfiju un lūdzāt, lai jums piešķir apgrieztu Pepe Le Pew izskatu?"

"Un arī uzacis! Es pat nezināju, ka tās var krāsot?"

E-Z izlaida pirkstus cauri matiem, nemaz nenojaušot, par ko viņi runā. Pagaidiet - vai tas bija tas, par ko Sems bija runājis?

"Un viņa acis, tās arī ir citādas."

Ardens noliecās: "Jā, tajās ir zelta plankumiņi. Lieliski!"

"Ei, cilvēk, atkāpies," teica E-Z. "Jūs abi mani uztraucat. Iejaukties manā telpā nav forši."

"Viņš vismaz nesmird kā Pepe," Ardens atkāpās. PJ pievienojās viņam otrā telpas pusē, kur viņi savā starpā čukstējās.

"Neiebilda, ja mēs nofotografējamies?"

E-Z pasmaidīja un teica: "Mozzarella."

PJ parādīja Ardenam uzņemto kadru. "Redziet!" viņi teica, atklājot lielo atklāsmi.

E-Z nespēja noticēt tam, ko redzēja. Viņa gaišajiem matiem pa vidu vijās melna svītra, bet uz tembriem bija pelēkas plankumiņas. Pelēki! Viņš pietuvināja attēlu, viņiem bija taisnība, viņa acīs bija zeltaini plankumiņi. Viņš domās atgriezās pie dimantu putekļiem, vai tā izskatās dimantu putekļi? Tie divi idiotiski eņģeļi to izdarīja! Un viņiem labāk zināt, kā to labot! Nākamreiz, kad viņš viņus ieraudzīs, viņš liks viņiem samaksāt. Pa to laiku viņš mēģināja izkliedēt situāciju.

"Liela lieta. Man bija smaga nakts."

Ardens jautāja: "Ko tu mums nesaki?"

PJ piebilda: "Tavi mati kļūst sirmi, un tu vēl mācies vidusskolā. Tu domā, ka tas ir normāli?"

"Es domāju, ka viņam ir taisnība; mēs taisām lielu problēmu no nekā. Ko par to teica tavs tēvocis?"

"Viņš to nepamanīja, vai arī, ja pamanīja, tad neko neteica."

"Ko? Tu gribi teikt, ka Sems to nemanīja?"

"Vai viņa acis bija atvērtas?"

E-Z mēģināja atcerēties. Vispirms tēvocis Sems bija pajautājis, vai viņam ir kaut kas sakāms. Vai tieši to viņš domāja?

"Tikai mirkli," E-Z teica, dodoties uz vannas istabu. Viņš izmantoja spoguļa desmitkārtīgo palielinājumu, lai tuvāk apskatītos. Viņš aizturēja elpu. Zvaigznes vai plankumi viņa acīs bija citi. Ne kaitīgas, patiesībā tās padarīja viņu foršu. Viņš aplūkoja pelēkos matiņus gar templiem.

Un kas no tā? Viņš bija daudz ko pārdzīvojis, kad nomira viņa vecāki. Turklāt arī ikdienas spiediens vidusskolā. Un pierašana pie ratiņkrēsla. Nemaz nerunājot par darījumiem ar arhaņģeļiem un pārbaudījumiem.

Tas, ka viņa mati kļuva priekšlaicīgi sirmi, nebija problēma. Viņš pārbīdīja spoguli, ar pirkstiem izbraucot cauri saviem matiem. Kad viņš pieskārās melnajai strīpai, to tekstūra bija citāda. Tā šķita raupja, sariņiem līdzīga. Nebija problēma, viņš uzsmērēja uz tiem nedaudz želejas un...

Ārā pļaujmašīna ieslēdzās. Sems beidzot veica šausmīgo darbu. Pirms negadījuma zāliena pļaušana bija E-Z visvairāk ienīstais pienākums.

"YEOW!" Sems iesaucās, kad zāles pļāvējs apstājās.

E-Z krēsls aizskrēja uz priekšējām durvīm, kas pašas no sevis atvērušās. Viņš aizskrēja, izlaižot pakāpienus un piezemējoties uz zāliena aiz Sema.

"Velns!" Sems iesaucās. Viņš ar zāles pļāvēju bija trāpījis pa akmeni, un tas uzlidoja un trāpīja viņam netālu no acs. Asins pilieni notecēja viņam pa vaigu un uzšļakstīja uz zāles.

Invalīdu ratiņkrēsls piebrauca vietā, kur bija asinis, ar riteņiem tās sūcot.

"Vai ar tevi viss kārtībā?"

"Es esmu vesels," Sems atbildēja. Viņš iebāza kabatā, izvilka kabatlakatiņu un pielika to pie brūces.

Ardens un PJ ieradās. "Mēs dzirdējām kliedzienu."

"Man tiešām viss ir kārtībā," teica Sems. "Neliels negadījums. Nevajag uztraukties vai raizēties. Dosimies atpakaļ iekšā."

Viņš satvēra ratiņkrēsla rokturus un stūma. Bija ārkārtīgi grūti manevrēt ar to pa zāli.

Tikmēr Ardens atnesa zāles pļāvēju un novietoja to šķūnī.

"Vai tu esi pieņēmies svarā?" PJ jautāja, pamanot, ka Samam ir grūti.

"Šorīt apēdu apmēram divdesmit pankūkas."

"Varbūt melnā svītra ir smagāka nekā tavi parastie mati?" Ardens ar smaidu atgriezās pie viņiem.

"Ak, viņi pamanīja," Sems sacīja.

"Jā, viņi mani par to apsaukā jau kopš ierašanās. Kāpēc tu neko neteici?"

Tagad iekšā E-Z izņēma plāksteri un uzlika to uz tēvoča brūces brūces.

"Tā bija smalka pārmaiņa," teica Sems. "Nē!" viņš pasmaidīja. "Ak, un vai tu kādreiz esi apsvēris iespēju kļūt par medmāsu profesijā? Tev ir smalks pieskāriens."

PJ un Ardens nopriecājās.

# NODAĻA 13

E-Z un viņa draugi atgriezās birojā. Viņš nolēma turēties tuvu mājām, ja Sems būtu vajadzīgs. Sems bija pārāk aizņemts ar vakariņu gatavošanu, lai domātu par to, kas varētu būt noticis ar zāles pļāvēju.

"Vakariņas gatavas," viņš piezvanīja dažas stundas vēlāk. "Nāc un paņem."

E-Z vadīja viņu pa priekšu: "Smaržo garšīgi!"

Viņi apsēdās un pasniedza ēdienu un garšvielas.

"Tev tur jau ir krietns spīdeklis," Ardens sacīja Semam.

Sems, kurš līdz šim nezināja, ka viņam ir redzama brūce, tagad to nēsāja ar lepnumu. Viņš iedūrās vēl vienā gaļas bumbiņā un iebāza to savā šķīvī.

"Kas tur vispār notika," PJ pajautāja.

"Tas bija akmens. Iesprūda pļaujmašīnā un trāpīja man." Viņš turpināja stumdīt ēdienu uz šķīvja. "Kā veicas ar rakstīšanu?" viņš jautāja brāļadēlam, novēršot uzmanību no sevis.

"Man šorīt nebija laika tajā iedziļināties."

Sems mainīja tēmu un pajautāja, vai skolā vai komandā kaut kas notiek.

"Šovakar mums ir treniņš," teica PJ.

"Un mēs ceram, ka E-Z rītdienas mačā varēs spēlēt."

E-Z pakratīja galvu, lai pateiktu skaidru "nē", un turpināja ēst.

"Viens metiens, tikai viens, un, ja tu negribi turpināt spēlēt, mums nekas pretī," teica Ardens.

"Lieliska ideja," teica tēvocis Sems. "Iemērc savu pirkstu. Ja nejūties labi, izkāp. Ko tev ir ko zaudēt?"

PJ atvēra muti, lai kaut ko teiktu, bet nolēma to nedarīt. Viņš iebāza gaļas bumbiņu sev mutē. Viņš košļāja, iedzēra. "Kad tu esi tur, E-Z, tu paaugstini visu morāli. Puiši par tevi daudz domā. Vienmēr tā ir bijis un vienmēr būs."

"Labi," E-Z sacīja. "Es sēdēšu uz soliņa, ja tu domā, ka tas palīdzēs. Pēc vakariņām dosimies uz parku un nedaudz patrenēsimies. Skatīsimies, kā mums veiksies."

"Godīgi," sacīja PJ.

Viņi pateicās Samam par lieliskajām vakariņām.

"Jūs gatavojāt ēst, tāpēc mēs sakopsim," piedāvāja Ardens.

E-Z un PJ apmainījās skatieniem.

Kad Sems vairs nebija dzirdams, PJ sacīja: "Tu esi tāds bučs uz augšu."

Ardens iešļakstīja nedaudz ūdens PJ virzienā, bet E-Z lielāko daļu no tā saķēra sejā.

PJ atbildēja ar šļaksti, kas izšļakstījās pa virtuves grīdu, trāpot Sema kurpēm.

"Mopa un spainis ir skapī," viņš teica, pa ceļam paķerot mēteli.

Viņi pabeidza uzkopšanu, līdz tam brīdim viņi lielākoties bija jau sausi, izņemot E-Z, kurš pārģērbās kreklu. Beidzot viņi nonāca pie beisbola laukuma, un tas jau bija aizņemts.

"Lieliski," teica E-Z. "Iesim."

Pie malas bija dažas meitenes no pretinieku komandas karsējmeiteņu komandas. Viena no viņām, rudmataina meitene, paskatījās E-Z virzienā. Viņa izdarīja apgriezienu un viegli piezemējās.

"Domāju, ka mēs varētu uz brīdi palikt," sacīja E-Z.

Viņi devās pāri laukumam uz soliņiem. Viņiem vajadzēja vismaz sasveicināties, citādi viņi izskatītos pēc stulbeņiem.

Mazā rudmatainā meitene kaut ko čukstēja savai draudzenei, un viņas ķiķināja.

E-Z bija pārliecināts, ka viņas smejas par viņu.

"Mums ir kompānija," teica rudmatainā meitene.

"Jā, čalis ratiņkrēslā ar zebru matiem un divi nūģi," izsaucās trešais brazīlietis. Viņš gaidīja, ka visi smiesies par viņa neveiklo joku, taču neviens tā arī nedarīja.

"Nerunā par viņu," teica sarkanmatainās meitenes draugs. "Viņš ir nožēlojams."

"Atkāpies," kliedza kreisais laukuma spēlētājs. "Te nav vietas kretīnam."

E-Z ignorēja visus komentārus. Taču viņa krēsls to nedarīja. Tas stumdījās, reiboņojās kā bullis, kas cenšas izlauzties no sprosta. "Vau!" viņš sacīja, kad krēsls kā mežonīgs zirgs sastinga.

Ardens satvēra krēsla rokturus, un krēsls atsāka normāli darboties.

Aiz laukuma plāksnes ķērājs nometa mušu un sameta metienu. "Redzam, ka jums vajadzīgs kārtīgs ķērājs," teica E-Z.

Karsējmeitenes ķiķināja.

"Dodiet man piecas minūtes aiz plates, tikai piecas. Ja man izdosies noķert katru metienu, ko sūtīsiet manā virzienā, tad mēs izdarīsim jums pakalpojumu un paliksim."

"Un ja tev neizdosies?" jautāja piķis.

Ķērājs noņēma masku. "Jūs nopirksiet mums burgerus un frī kartupeļus."

"Un kokteiļus," piebilda pirmais brazīlietis.

"Vienojāmies," sacīja E-Z, kad viņa krēsls virzījās uz priekšu.

Viņš pacietīgi sēdēja, kamēr Ardens piesprādzēja ceļgalus. PJ pārvilka krūšu aizsargu viņam pāri galvai un uz sejas uzlika ķērāja masku. E-Z iespieda dūri ķērāja cimdā.

"Labi, met man bumbu," E-Z pavēlēja.

"Es ceru, ka tu zini, ko dari, draugs," Ardens un PJ teica.

"Uzticieties man," sacīja E-Z. Viņš novirzījās pozīcijā aiz groza. "Uz augšu!"

Pičers pamāja Ardenam, lai viņš sit. Viņš izvēlējās nūju un stājās pie plates.

E-Z signalizēja smaiļotājam, lai viņš met augstu ātru bumbu. Tā vietā pičers iemeta līkumaino bumbu, un tā bija tieši zonā. Ardenam trāpījums neizdevās, taču ne pavisam, jo viņš ar bumbu saskārās tikai nedaudz, un tā atlēca atpakaļ. E-Z piecēlās krēslā un satvēra to.

"Vau!" pičers kliedza. "Labs glābiņš."

"Paveicās," teica pirmais brazīlietis.

Uzmundrinātājas pietuvojās tuvāk.

Otrais metiens Ardenam, viņš izlēca uz labo laukumu.

PJ uzkāpa uz nūjas un izsita. E-Z viegli noķēra visas bumbas, taču pēdējais metiens bija mežonīgs, un viņš gandrīz zaudēja. PJ devās uz pirmo laukumu, bet E-Z bumbu nometās, un viņš izkrita.

Viņi spēlēja, līdz bija pārāk tumšs, lai redzētu bumbu.

Pēc spēles viņi nolēma, ka rezultāts ir neizšķirts. Viņi devās uz tuvējo ēstuvi, un katrs pats samaksāja par ēdienu.

"Rītdienas spēlē mēs jūs nogalināsim, puiši," komandas kapteinis Breds Viperis lielījās.

"Jūs spēlējat E-Z?" Lerijs Fokss, pirmās maiņas spēlētājs, jautāja.

"Ak, viņš noteikti spēlē," atbildēja Ardens un PJ.

"Noteikti."

Sarkanmatainā meitene bija Sally Swoon, un viņa kaut ko čukstēja Ardenam, kurš pakratīja galvu. "Pajautā viņam pašam," viņš teica.

"Ko man jautāt?"

Viņas vaigi apsarkanēja.

"Jūs taču vēlaties uzzināt, kas notika, vai ne?"

Viņa piekodināja. "Vai jūs lūdzāt savu frizieri to izdarīt, vai arī viņi..."

"Kļūda?" viņš teica.

Viņa pieskārās.

"Es pamodos šorīt, un tas bija tā. Stāsta beigas."

"Izvelciet otru," spēlētājs teica. "Tagad pastāstiet, kāpēc esat ratiņkrēslā."

E-Z izstāstīja savu stāstu. Visi klusēja, kamēr viņš to darīja. Neviens neēda un nedzēra. Kad viņš pabeidza, viņš uztraucās, ka visi pret viņu izturēsies savādāk, taču tā nenotika.

Viņi runāja par gaidāmajām Pasaules sērijas spēlēm un citām ar sportu saistītām sarunām.

Vēlāk, kad draugi viņu pavadīja mājās, viņi visi bija klusi. Viņš atvadījās no puišiem un atgriezās savā istabā. Viņš mēģināja skatīties televīziju, mazliet rakstīt, bet, lai ko viņš darītu, viņš turpināja domāt par visu, ko bija zaudējis. Viņš nokrita atpakaļ uz gultas, skatījās uz griestiem un galu galā aizmiga.

# NODAĻA 14

E-Z gulēja, sapņoja.

"Pamosties, E-Z! Pamosties!" Reiki sacīja, lēkājot uz viņa krūtīm.

"Nogāzies!" viņš iesaucās.

Hadžs viņam uz sejas izsmidzināja ūdeni.

Viņš to nokratīja. "Jums abiem ir kaut kas jāizskaidro un jāizlabo. Noliec man matus atpakaļ tādus, kādi tie bija. Un manas acis arī!"

"Nav laika!" viņi sacīja, kad viņa krēsls apgāzās, iemeta viņu tajā un tad izlidoja pa jau atvērto logu.

"Es pat neesmu ģērbies!" E-Z iesaucās.

Reiki un Hadžs ķiķināja un lika E-Z vēlēties to, ko viņš gribēja ģērbties. Kad viņš atkal paskatījās uz leju, viņam bija uzvilkti džinsi, josta un t-krekls. Viņš paskatījas uz savām kājām, kur skriešanas kurpes sasēja savas mežģīnes. Kamēr tie lidoja pa debesīm, E-Z tiem pateicās.

"Tātad jūs mums piedodat?" Hads jautāja.

"Dodiet tam laiku," sacīja Reiki.

E-Z klanījās, kamēr viņa krēsls pacēlās arvien augstāk un augstāk. Virs lidmašīnas, garām lidmašīnai. Acīmredzot ne viņu galamērķis. Tālāk viņi lidoja, līdz viņa ratiņkrēsls pilnībā apstājās, tad pavērās uz leju.

"Tur tas ir," sacīja Reiki.

Zemāk pie augstas biroju ēkas pulkā stāvēja cilvēku grupa.

"Vai jūs to jūtat?" E-Z jautāja, pamanījis, ka gaiss ap šo incidentu ir citāds. Tas vibrēja ar enerģiju.

"Jā," sacīja Hadžs.

"Labi, ka šoreiz pamanījāt," sacīja Reiki.

"Jūs domājat, ka citās reizēs bija vibrācijas?"

"Jā, bet, pieaugot tavām spējām, tu spēsi noteikt vietas, kurās tās ir."
"Jā, bet, pieaugot tavām spējām, tu spēsi noteikt vietas, kurās tās ir."

"Un ne tikai tu, arī tavs krēsls spēj tās uztvert."

"Tu gribi teikt, ka man ir super-duper gudrs krēsls? Es zināju, ka tas ir modificēts, bet tas ir satriecoši!"

Eņģeļi smējās.

Krēsls spīdēja, kamēr zem viņiem atskanēja šāvieni. Viņi redzēja, kā cilvēki skrien, kliedz, krīt.

E-Z un viņa krēsls lidoja pretī haosam, pretī tuvojošos ložu šļakatām. Viņš sastinga, jo ratiņkrēsls tās atvairīja. Viņš domāja, kas notiks, ja krēsls kādu no tām netrāpīs.

"Mēs esam diezgan pārliecināti, ka tu esi bruņojuma necauršaujams," Reiki sacīja, viņam neprasot. "Tā bija daļa no rituāla."

"Un dimanta putekļiem vajadzētu darboties."

"Diezgan pārliecināti?" viņš sacīja, cerot, ka viņiem ir taisnība. "Ja tas darbojas, tad tas ir labs kompromiss par manu matu stāvokli!"

Wannabe eņģeļi smējās.

# NODAĻA 15

His ratiņkrēsls aizstūma uz leju, uz ēkas jumta uzbraucot uz kāda vīrieša. Viņš šaudīja uz pūli, kas atradās zemāk, un uz viņiem, kad tie tuvojās viņam. Ratiņkrēsls aizskrēja uz priekšu, E-Z izdzirdēja dīvainu skaņu, līdzīgu lidmašīnas nolaižamajam šasijai. Tā nāca no ratiņkrēsla, jo metāla futrālis nolaidās un piezemējās uz puiša. Pistole izlidoja no viņa rokas pāri jumtam, pirms izdomājums iekērās. Vīrietis mēģināja atvairīt E-Z un ratiņkrēslu no muguras, taču nekas neizdevās.

Tālumā atskanēja sirēna, pēc tam tā kļuva arvien skaļāka, jo tā aizvēra plaisu.

"Ja es jūs palaidu augšā," E-Z jautāja, "vai jūs uzvedīsieties labi?"

Lai gan vīrietis piekrita, ratiņkrēsls atteicās kustēties.

E-Z vajadzēja atslēgt ieroci un aizmukt no turienes, pirms ieradās policija. Viņš interesējās, vai kāds apakšā nav ievainots. Viņš gaidīja, ka ātrās palīdzības mašīnas jau būs ceļā. Tomēr viņš un viņa krēsls varēja nogādāt smagi ievainotos uz slimnīcu daudz ātrāk.

Viņš raudzījās uz ieroci jumta otrā pusē. Viņš koncentrējās, tad izstiepa roku. It kā viņa roka būtu magnēts, ierocis ielidoja tajā, un viņš, sasienot to mezglā, atvienoja ieroci. E-Z izņēma jostu un ar tās palīdzību saseja šāvēja rokas aiz muguras.

Krēsls pacēlās un aizlidoja prom kā raķete, jo durvis uz jumta atplīsa. Modificētais izgudrojums pacēlās, pakāries gaisā, kamēr E-Z vēroja, kā SWAT komanda ierodas pie šāvēja un viņu aiztur. Policista sejas izteiksme, kurš atrada mezglā sasietu ieroci, bija nenovērtējama.

Vienu vai divas sekundes viņš vilcinājās, apsverot savu pilnvarojumu, taču apakšā bija ievainoti cilvēki, un viņš varēja viņiem palīdzēt ātrāk nekā jebkurš cits, un to viņš arī izdarīja. Par sekām viņš uztrauksies vēlāk un cerēs, ka viņi sapratīs.

E-Z piezemējās netālu no pūļa. Viņš savāca četrus vissmagāk ievainotos, un, tā kā viņi bija bezsamaņā, viņš izmantoja daļu sava spārna, lai droši noturētu viņus uz krēsla, kamēr viņi lidoja pa debesīm.

Krēsls uzsūca ievainoto pasažieru asinis, kas pilēja no viņu brūcēm. Viņu asinis sajaucās ar E-Z un Sema Dikensa asinīm. Šī sajaukšanās izspieda lodes no viņu ķermeņiem, un viņu brūces sāka dziedēt.

Pagāja vairākas minūtes, līdz viņi nonāca slimnīcā. Līdz brīdim, kad viņi ieradās, visi pacienti bija sadzijuši, it kā viņu ievainojumi nekad nebūtu bijuši. Viņi apskāva E-Z un pateicās viņam.

Slimnīcas stāvlaukumā katrs izlēca no ratiņkrēsla.

Pie ieejas stāvēja apkalpojošais personāls ar gataviem nestuvēm.

E-Z paskatījās viņu virzienā. Viņš pamāja ar roku un aizlidoja debesīs. Zem viņa tie, kurus viņš bija izglābis, atbildēja viņam ar vilcienu. Viņš cerēja, ka gaidošos aprūpētājus pārāk kaitinās tas, ka viņi galu galā nav vajadzīgi.

"Paldies," sauca kāds jauns vīrietis un pamāja ar vilcienu.

"Es ceru, ka jūs vēl redzēšu," izsaucās pusmūža sieviete.

"Jūs esat īsts varonis!" sacīja kāds vīrietis, kurš viņam atgādināja tēvoci Semu.

"Jūs man atgādināt manu mazdēlu - izņemot dīvaino svītru jūsu matos!" sacīja kāda vecāka gadagājuma sieviete.

Apkalpotāji pienāca pie četriem un jautāja: "Vai kādam vajadzīga palīdzība?"

Jaunais vīrietis sacīja: "Jūs neticēsiet, bet mani pirms brīža divreiz nošāva. Domāju, ka esmu zaudējis samaņu. Kad pamodos," viņš pacēla krekla priekšējo daļu, kas bija asiņaina, "brūces bija pazudušas".

Vecāka gadagājuma sieviete, kuras kleita bija aptraipīta ar asinīm, paskaidroja, ka viņa tikusi nošauta tuvu sirdij.

"Es būtu mirusi, ja tas puisis ratiņkrēslā nebūtu izglābis manu dzīvību."

Pārējiem diviem pacientiem bija līdzīgi stāsti. Viņi slavēja E-Z un vēlreiz pateicās viņam. Lai gan viņš vairs nebija kopā ar viņiem.

"Es domāju, ka jums visiem vēl vajadzētu ierasties slimnīcā," sacīja pirmais aprūpētājs.

Otrais aprūpētājs sacīja: "Jā, jūs esat piedzīvojuši traumatisku pieredzi. Jums vajadzētu doties pie ārsta un saņemt apstiprinājumu." Viņš teica: "Jums vajadzētu doties pie ārsta un saņemt apstiprinājumu.

Visi četri bijušie cietušie pilsoņi ļāva apkalpojošajam personālam palīdzēt viņiem iekļūt iekšā. Viņi mēģināja vecāko no četriem cilvēkiem uzcelt uz nestuvēm.

"Es esmu vesela kā dadzis!" vecākā sieviete iesaucās.

Viņi sekoja viņai slimnīcā.

"**M**umslabāk to darīt tagad," sacīja Reiki.

"Tas ir skumji. Viņš izdarīja tik ievērojamas lietas, un tagad neviens to neatcerēsies."

Viņi noslaucīja prātus visiem, kas atradās tuvumā.

"Viņš paveica apbrīnojamu darbu."

"Jā, viņš bija labi izvēlēts," sacīja Hadžs.

E-Z atgriezās mājās, lidojot tur tik ātri, cik vien spēja. Viņš zināja, ka gaidāmas sāpes, taču nezināja, cik stipras tās būs šoreiz. Viņš tikko bija paspējis izkļūt pa logu un nokļūt uz gultas, pirms viņa pleci aizdegās, liekot viņam zaudēt samaņu.

Eņģeļi atgriezās, čukstēdami nomierinošus vārdus, kad viņš raudāja miegā. Kad sāpes kļuva pārāk stipras, viņi tās atviegloja, paņemot tās sev.

"Trešais izmēģinājums ir pabeigts," sacīja Reiki. "Viņš tos iziet cauri ar vieglumu."

"Taisnība, bet mums jāpārliecinās, ka viņš nav identificēts. Viņu var redzēt, bet mums ir jāizdzēš atmiņas. Es tomēr uztraucos, ka mēs varam kādu palaist garām."

"Ja mēs izdzēsīsim atmiņas visiem, kas atrodas tuvumā, viss būs labi."

# NODAĻA 16

Next no rīta E-Z ēda graudaugu pārslas, kad virtuvē ienāca Sems.

"Kafija smaržo labi," teica Sems.

Pusaudzis ielēja tēvocim pilnu krūzi. "Ko?" viņš jautāja ar deja vu sajūtu.

"Ko, ko?" Sems jautāja, pievienojot krūzī nedaudz krējuma.

"Tu skaties uz mani," sacīja E-Z. Viņš pakratīja galvu. Vai viņš bija nokļuvis Groundhog Day? Filmā par dienu, kas atkārtojas atkal un atkal, ar Bilu Mēriju?

"Ak, tas. Vai ir kaut kas, ko jūs gribētu man pastāstīt?" Viņš iemeta kafijā cukura gabaliņu.

Ignorējot tēvoci, viņš iebēra mutē kukurūzas pārslas. "Nezinu, par ko jūs runajat."

Sems pagaidīja, kamēr brāļadēls beigs ēst brokastis. "Pagājušajā naktī es ieskatījos pie tevis, un tava gulta bija tukša, un logs bija atvērts. Es nezinu, kā tu izkļuvi ārā ar savu krēslu. Jebkurā gadījumā, ja tu dodies ārā, tev vajadzētu man pastāstīt. Es esmu atbildīgs par tevi un tavu atrašanās vietu. Nākamreiz apsoliet, ka informēsiet mani, kur dodaties un kad atgriezīsieties. Tā ir pieklājība."

"I..."

POP.

POP.

Hadžs un Reiki parādījās. Reiki pārlidoja pie Sema, plīvojot viņam acu priekšā. Dažas sekundes Sems šķita zombēts. Tad viņš atsāka malkot kafiju. Pacēla glāzi, iedzēra, nolika to uz leju. Atkārto.

E-Z atgādināja putnu rotaļlietu, kur putns iemet galvu glāzē un dzer. Kā tā lieta vispār saucās?

"Dippy bird," teica Sems. Viņš paskatījās uz savu pulksteni.

Ko, pie velna? Vai tagad tēvocis varēja lasīt viņa domas?

"Kas *nevar* lasīt viņa domas?" Hadžs pasmaidīja.

Sems piecēlās un ar stiklotām acīm un robota kustībām aizgāja pie izlietnes, izskaloja savu krūzi un ielika to trauku mazgājamajā mašīnā. Pēc tam viņš paķēra automašīnas atslēgas un aizgāja, neprasot ne vārda.

E-Z mutes kakts bija vaļā, jo viņš apstrādāja informāciju, tad pieprasīja: "Labi, jūs abi. Ko jūs izdarījāt ar manu tēvoci Semu? Jums nebija nekādu tiesību… darīt to, ko jūs darījāt." Viņa seja bija tik sašutusi, ka viņš bija apsarkusi, un dūres bija saspiestas.

**POP.**

**POP.**

Viņš to ienīda. Katru reizi, kad viņi izdarīja kaut ko nepareizi, viņi pazuda, un viņam nācās viņiem atvainoties, lai viņi atgrieztos, lai gan viņš nebija izdarījis neko sliktu.

"Atvainojiet," viņš teica. "Lūdzu, atgriezieties."

**POP**

**POP.**

"Kas izdarīts, tas ir izdarīts," viņš teica mierīgi. "Vai viņš tiešām lasīja manas domas?"

Reiki atbildēja: "Viņš nolasīja, bet tas bija atsevišķs gadījums."

"Tas ir labi. Man nekad nekas neizdosies."

"Mēs esam tava rezerves komanda izmēģinājumu laikā. Mūsu ziņā ir aizsargāt tevi un tavus draugus, ieskaitot tēvoci Semu."

"Ko jūs ar viņu izdarījāt?" viņš atkal jautāja, kad atskanēja durvju zvans. Viņš nekustējās, viņš gaidīja, kad viņi atbildēs uz viņa jautājumu. Zvans atkal atskanēja. "Tikai mirkli," viņš teica. "Pastāstiet, ko jūs viņam izdarījāt. TAGAD!"

"Es izdzēsu viņa prātu," Reiki čukstēja.

"Ko tu izdarīji!"

"Mums vajadzēja, lai aizsargātu tevi un tavu misiju," piebilda Hadžs.

PJ un Ardens ienāca virtuvē. "Durvis bija atslēgtas," teica Ardens.

"Jā, mēs vakar teicām Samam, ka šorīt tevi paņemsim."

"Labs rīts arī jums." Viņš atgrūda sevi no galda.

"Mums ir jārunā, draugs. Bet mēs steidzamies."

Viņš paņēma mugursomu un pusdienas. Viņi devās pie ieejas durvīm. Kāpņu augšgalā krēsls uzpeldēja uz priekšu - it kā gribētu lidot lejā. Viņš lūdza draugus palīdzēt viņam nolaisties pa rampu. Ardens un PJ palīdzēja viņam iekāpt automašīnas aizmugurējā sēdeklī. Ardens ielika ratiņkrēslu bagāžniekā.

"Labdien, Lestera kundze," sacīja E-Z, kad visi trīs zēni iesēdās automašīnas aizmugurējā sēdeklī.

"Labs rīts," viņa sacīja un ieslēdza radio. Diktors stāstīja par jaunu recepti.

"Kad viņi jau bija ceļā," PJ čukstēja: "Ko jūs darījāt pagājušajā naktī?"

"Nekas daudz. Ēdu. Gulēju. Kā parasti."

"Parādi viņam."

PJ pasniedza telefonu un nospieda play.

Tas bija YouTube video. Viņš ratiņkrēslā lidoja pa debesīm, pārvadājot ievainotus cilvēkus. Viņa krēsls bija asiņaini sarkans, pārvietojās tik ātri kā liesma uz uguns. Bija redzami viņa baltie spārni. Un kontrasts, ko radīja melnā svītra uz viņa gaišajiem matiem, izcēla viņa izskatu.

"Beats me," sacīja E-Z, vienlaikus skrāpējot galvu ar nulli dalāmu paskaidrojumu. Viņš gaidīja, kad ieradīsies eņģeļi un izdzēsīs viņa draugiem prātu - viņi tā arī nenāca. Viņš gaidīja, kad pasaule pilnībā apstāsies - tā nenotika. Viņš domāja, vai vēl kādreiz redzēs savus vecākus? Vai tas bija pārbaudījums? Viņš aizvēra tālruni un atdeva to atpakaļ.

"Dude," teica Ardens, kad viņa māte iebrauca atpakaļ stāvvietā.

"Pasteidzies, citādi tu kavēsi," viņa teica, atverot bagāžnieku.

"Uz tikšanos," Ardens teica, kad māte aizbrauca.

Trīs draugi, nerunājot, devās uz skolu. Pēdējais brīdinājuma zvans bija gatavs atskanēt katru mirkli.

E-Z riteņkrēslā devās pa gaiteni, smaidīdams sev, vienlaikus uztraucoties par to, kas vēl varētu redzēt šo klipu. Lai gan bija pārsteidzoši redzēt sevi darbībā. Gluži kā vēsāks Supermens. Īsts varonis. Viņš bija izglābis cilvēkus. Glāba dzīvības. Viņš un viņa ratiņkrēsls bija neuzvarami. Viņi bija dinamisks duets. Viņš brīnījās, vai viņiem vispār bija vajadzīga šo divu eņģeļu, kas vēlējās būt eņģeļi, palīdzība. Tā bija laba sajūta. Katru mirkli. Glābšana. Glābšana. Veiksmīga kārtējā pārbaudījuma pabeigšana. Brīnišķīgi. Ja vien viņš varētu saviem labākajiem draugiem atklāt savu noslēpumu.

"E-Z Dickens!" Klausa kundze, viņa skolotāja, uzsauca.

"Jā, kundze," E-Z sacīja, pāršķirstot lapu, lai izlasītu mācību stundu. Viņš brīnījās, kāpēc viņš velti tērē laiku skolā. Viņam tas vairs nebija vajadzīgs.

Viņš centās stundas laikā neaizmigt. Klausa kundze viņu vēroja vairāk nekā parasti. Katru reizi, kad viņš aizmiga, viņa pacēla balsi, it kā būtu pamanījusi.

Pēc zvaniņa un stundas beigām skolēni atstāja ceļu, lai viņš pirmais izietu pa durvīm. Viņš paskatījās uz dažiem klasesbiedriem, lai pateiktos. Tikai nedaudzi nodibināja acu kontaktu. Lielākā daļa skatījās prom. Viņi vēl nebija pieraduši pie viņa jaunā statusa.

Gaitenī gaidīja pulciņš klasesbiedru un apbrīnotāju. Zibspuldzēja zibspuldzes, jo fotoaparāti un fototelefoni uzņēma fotogrāfijas. Viņš cerēja, ka tur būs arī skolas laikraksts. Viņi pat būs uzrakstījuši rakstu par viņu. Pagaidiet mirkli. Viņš nekad vairs neredzēs savus vecākus - ne, ja visi par to uzzinās! Kā tas varēja notikt!? Viņš stūma sev ceļu cauri. Viņi turpināja aplaudēt, ar laiku arvien skaļāk. Daži sauca: "Runa!"

PJ pieskrēja un jautāja: "Vai jūs pēdējā laikā esat redzējuši Facebook?"

E-Z paraustīja plecus.

"Paskaties jaunāko," teica PJ, rādot draugam virsrakstus.

"Vietējais varonis ratiņkrēslā." Viņš pārtrauca kustēties un uzklikšķināja uz klipa. Tajā bija rakstīts, ka vietējais varonis mācās Linkolna vidusskolā Hartfordas Konektikutas štatā. E-Z drīz vien saprata, ka skolēni domāja, ka viņš ir varonis - viņš tāds arī bija -, taču viņi to nevarēja zināt. Viņiem nebija lemts neko no tā zināt. Tika paredzēts, ka viņi būs izdzēsuši savu prātu, tāpat kā viņi to bija izdarījuši ar tēvoci

Semu. Bet tam nebija nozīmes - viņš nedzīvoja Hartfordas Konektikutas štatā. Viņi kļūdījās. Kāpēc tad viņa klasesbiedri aplaudēja?

Viņš izspieda cauri, un viņi nolaidās no ceļa. Viņš izgāja taisni lietusgāzē. E-Z aizdomājās, vai viņš varētu izmantot savas jauniegūtās krēsla spējas savā personīgajā labā. Lai gan nebija nekādas krīzes vai tiesas procesa, vai viņš varētu burtot vai rituāli atgriezties mājās? Viņš par to domāja, turpinot ripot pa ietvi. Viņa krēsls reiz palīdzēja viņam izglābt mazu meiteni, vēl pirms tam tam bija kādas īpašas spējas.

Viņš domāja par tādiem burvju vārdiem kā bibbidi-bobbidi-boo un expelliarmus. Viņš izmēģināja abus uz sava ratiņkrēsla, taču neviens no tiem neko nedarīja. Viņš paskatījās pāri plecam, dzirdēdams aiz sevis tuvojamies soļus. Viņš gaidīja kādu no saviem draugiem - tā vietā bija jaunāks skolēns, kurš jautāja: "Kur ir tavi spārni?"

E-Z smējās: "Man nav spārnu." Pēc īstā signāla viņa spārni parādījās un pacēla viņu debesīs. Sākumā viņš nodomāja, ka, ak, nē, bet nolēma to darīt un pamāja bērnam, atgriežoties uz ietves. Bērns bija tik sajūsmināts, ka pat nebija iedomājies izvilkt telefonu, lai iemūžinātu šo mirkli. "Mājās!" viņš pavēlēja. Sarkanās gaismas uzplaiksnījums aiznesa viņu pāri debesīm, tieši garām viņa mājai, jo krēslam bija, kur viņiem atrasties.

Viņi turpināja lidot, līdz atradās tieši virs tirdzniecības centra. Tagad viņš juta, kā gaiss vibrē, vilkdams viņu tuvāk vajadzīgajai vietai. Krēsls pavērās lejup, nogāžot viņu krastā, tad apstājās gaisā. Zemāk turpināja rosīties pircēji - viņš bija ārpus viņu redzesloka. Viņam joprojām nebija ne jausmas, kāpēc viņš šeit atrodas.

Vai tas ir vēl viens tiesas process? viņš jautāja. Viņš gaidīja, bet atbildes nesaņēma. Ja šis bija kārtējais izmēģinājums, tad laika starp tiem bija aizvien mazāk un mazāk. Kur bija tie divi eņģeļi - vai viņiem nevajadzēja sargāt viņa muguru? Viņš domāja par citiem pārbaudījumiem. Lielākā daļa no tiem notika naktī. Tumsā. Ko darīt, ja topošie eņģeļi nevarēja iznākt gaismā, tāpat kā vampīri? Viņš smējās par šo dīvaino saistību un cerēja, ka tā ir taisnība. Kaut kā viņam netraucēja tas, ka šoreiz bija tikai viņš un viņa krēsls. E-Z atgriezās pie šī brīža. Tirdzniecības centra iekšpusē kliedza pircēji. Viņš aizlidoja uz priekšu, ārā no bankas un iegāja tuvējā universālveikalā. Vieta bija tukša.

Pieskrienot pie zemes, riteņi paši griezās, vedot viņu līdzi. E-Z mēģināja pārņemt kontroli. Taču arī viņa ratiņkrēsls vēlējās kontroli. Tas paātrinājās, arvien ātrāk un ātrāk. Beigu beigās viņš ļāva tam dominēt, baidīdamies, ka viņam tiks sakropļoti pirksti.

Krēsls pilnībā apstājās, kad apmēram 4 pēdas priekšā uz zemes bija izklīduši klienti. Lielākā daļa no tiem bija izpletušies un gulēja uz grīdas ar seju uz leju. Daži bija ar rokām uz galvas, daži - ar rokām aiz muguras.

Dažādās pozīcijās viņš pamanīja drošības kameras, kas rādīja tikai statisku attēlu. Nekāda laba zīme.

Invalīdu ratiņkrēsls atkal aizrāpoja uz priekšu pretī jaunai sievietei. Viņa bija tērpusies maskēšanās tērpā ar cepuri, kas bija nolaista virs acīm. Viņa bija gaiša auguma, iespējams, dabiski gaišmate un zilām acīm, modeles tipa. Vienā rokā viņa turēja šauteni, bet otrā - medību nazi. Viņu satrauca viņas klusums, turot rokās ieroci. Tas un viņas pārmērīgi lietotā konfekšu ābolu sarkanā lūpu krāsa. Tā bija izsmērēta, pārvēršot biedējošo smaidu draudīgā grimasē.

E-Z apdomāja tos, kam draudēja briesmas uz grīdas. Cik ilgi viņi tur bija atradušies? Ko viņa gaidīja? Vai viņa bija pieprasījusi naudu? Kurš ārpus veikala zināja, ka notiek šī ķīlnieku izrāde, jo kameras nedarbojās?

Viens no uz grīdas stāvošajiem puišiem pievērsa viņa uzmanību. E-Z pielika pirkstu pie lūpām. Puisis pagriezās uz otru pusi, tieši tad viņš pamanīja uz grīdas novietotu telefonu, kurā pulsēja sarkana gaisma. Tas ierakstīja skaņu. Viņš cerēja, ka meitene to nepamanīs - viņa izskatījās tā, it kā jebkurā brīdī varētu zaudēt prātu.

E-Z krēsls pacēlās kā no lielgabala un drīz vien bija pie meitenes. Viņas ierocis lidoja vienā virzienā, bet nazis - otrā. Krēsla metāla apvalks nokrita uz leju.

"Zvaniet 911," E-Z kliedza. Un klientiem uz grīdas: "Ejiet prom no šejienes!" Viņi skrēja, neatskatoties atpakaļ. Tagad viņš palika viens pats ar trako meiteni. "Kāpēc tu to izdarīji?" viņš jautāja.

Viņa nodziedāja kādas dziesmas vārdus, ko viņš bija dzirdējis agrāk: "Man nepatīk pirmdienas," tad pasmaidīja, pārmeta acis un sacīja: "Turklāt tā ir tikai spēle." Dažas sekundes viņa ar aizvērtām acīm atkal sāka skandēt dziesmu. Tad viņa tās atvēra un ar mežonīgām acīm un smiekliem sacīja: "Ak, un, ja tev vajag profesionāli, lai pareizi nokrāsotu matus, es kādu pazīstu."

"Uh, paldies," viņš sacīja, ar pirkstiem šķetinot matus.

Viņš atcerējās dziesmu, ko dziedāja viņa mamma. Patiess stāsts par kādu šaušanu. Grupa bija nosaukta peļu vai žurku vārdā.

Viņš pakratīja galvu. Meitene, kas atradās viņa priekšā, atgādināja varoni no kādas spēles, ko viņš bija spēlējis vairākas reizes. Pat līdz pat izplūdušajai lūpu krāsai. Viņš nevarēja atcerēties, kurā, bet bija pārliecināts, ka viņa atdarina kādu spēlētāju. "Spēlēt spēli ir viena lieta - neviens netiek ievainots. Tā ir īsta dzīve. Ja tev kaut kas nepatīk - pārstāj to darīt! Nekaitē citiem."

"Atkāpies," viņa atbildēja, "it kā man būtu kāda izvēle šajā jautājumā."

Policija iebruka, un viņam nācās doties prom.

Viņi atrada meiteni nostiprinātu ar ieročiem, sasietiem mezglos, drošības ejā pie spēļu konsoles.

Viņš devās mājup, gaidīdams, kad viņu piemeklēs baisā dedzināšana no spārniem. Viņš nokļuva līdz galam, līdz šim viss bija labi. Taču viņš bija tik izsalcis, ka nevarēja vien sagaidīt, kad varēs apēst jebko, kas vien būs pa rokai.

Ledusskapī bija sagatavota pusvistas gaļa, ko viņš apēda, gaidot, kamēr pannā izkusīs siers. Viņš apēda grilēto sieru. Tad viņš pagatavoja vēl vienu, kamēr grauzdēja ābolu. Kad ābols bija gatavs, viņš apēda saldējumu no vanniņas. Sāpes nekad neradās, bet, ja viņš turpinās šādi ēst, viņam būs nopietnas svara problēmas.

"Tēvocis Sems?" viņš piezvanīja, pārbaudot, vai viņš ir kaut kur mājā, - viņa nebija. Viņš iegāja savā kabinetā un izpildīja dažus mājasdarbus, tad uzspēlēja dažas spēles. Sema joprojām nebija ne vēsts. Nekādu īsziņu. Ne zvanu, ne balss ziņu. Sems vienmēr viņam paziņoja, kad viņš ieradīsies mājās vēlu. Dīvaini. Kur viņš bija?

# NODAĻA 17

**B**ijajau pēc pusnakts, bet joprojām nebija ne vēsts par tēvoci Semu. Tā bija pirmā reize, kad viņš bija izlaidis vakariņu gatavošanu, nemaz nerunājot par to, ka viņš nebija pateicis E-Z, kur atrodas. Viņš zināja, cik nemierīgs kļūst viņa brāļadēls, kad lietas ir ārpus viņa kontroles. Šādās reizēs pusaudzim niezēja āda, it kā viņa asinis vārītos zem virsmas.

Sēdēdams ratiņkrēslā, viņš darīja to pašu, ko soļošana. Ritināja krēslu augšup pa koridoru un atpakaļ uz leju. Sarežģītākais bija apgriezties, ko viņš darīja savā kabinetā. Pa ceļam atpakaļ uz virtuvi viņš ieslēdza televizoru, lai radītu balto troksni. Pirms došanās atpakaļ uz gaiteni viņš apstājās, lai noskatītos, un viņu pārņēma ārpusķermeņa pieredze.

Viņš atradās dzīvojamā istabā ratiņkrēslā un skatījās sevi televizorā ratiņkrēslā. E-Z pakratīja galvu, mēģinādams to saprast. Kāpēc Hadžs un Reiki nebija izdzēsuši savas atmiņas? Tad tas notika - reportieris pateica viņa vārdu un īsto adresi, ieskaitot priekšpilsētu. Šoreiz viņam viss bija pareizi - un viņš neapstājās.

"Trīspadsmitgadīgais E-Z Dikenss vēlējās kļūt par profesionālu beisbola spēlētāju. Un viņam bija prasmes. Taču nelaimes gadījums viņam atņēma vecākus - un kājas. Bārenis, kurš kļuva par supervaroņu, tagad dzīvo kopā ar savu vienīgo radinieku Samuelu Dikensu."

Viņš vēlējās iebakstīt televizora ekrānā. Viņi to pateica, tieši tā. It kā visiem supervaroņiem būtu jābūt bāreņiem. It kā tas būtu obligāts priekšnoteikums. Kad zvanīja telefons, viņš cerēja, ka tas ir Sems - tas bija Ardens.

"Vai tu to skaties?" viņš jautāja. "Viņi VISIEM pateica, kur tu dzīvo!"

"Es zinu," sacīja E-Z. "Sliktāk ir tas, ka tēvocis Sems ir dežūrējis. Viņš vienmēr man zvana, lai arī kas notiktu."

Ardenam bija jārunā ar tēvu. "Paliec tur, tētis un es tūlīt atnāksim. Tu vari palikt pie mums, kamēr jūs ar Semu izdomāsiet, ko darīt. Atstāj viņam vēstuli."

"Paldies, bet man šeit būs labi."

"Tētis saka, nekādu "ja", "un" vai "bet". Viņš saka, ka žurnālisti uz tevi būs kā uz rīsiem - lai ko tas arī nozīmētu."

"Es nebiju domājusi, ka reportieri šeit ieradīsies. Labi, es gatavojos."

Viņš aizgāja uz savu istabu, sapakoja nakts somu, tad devās uz virtuvi, lai uzrakstītu zīmīti un piestiprinātu to pie ledusskapja. Ārā pēkšņi apstājās transportlīdzeklis, pīkstot riepām. Aiztrūcās durvis, tad atskanēja šāvieni, stikla lauskām izsitot pa logiem. Priekšējās durvis izsita no eņģēm, jo viņa krēsls pacēlās uz šāvēja pusi, kurš tuvojoties tiem, turēja uguni.

"Viņš ir tikai bērns," sacīja E-Z, izmantojot viņa vilcināšanos. Viņš satvēra pistoli, sasēja to mezglā un nometās pāri zālienam.

Zēns, kurš bija jaunāks par E-Z, izmantoja sekundes, kad viņš meta ieroci, lai notriektu viņu pie zemes.

"Nav forši," sacīja E-Z, kad viņa krēsls viņu atgrūda un nometa metālkalumu uz puisēna, kurš raudāja un lūdza savu mammu. "Atkāpies," E-Z teica krēslam.

Bērns bija saritinājies augļa pozā, trīcēja un raudāja. Krēsls atvilka būru: zēns nekustējās.

Tagad E-Z atkal sēdēja ratiņkrēslā un jautāja: "Kas tevi šurp aizveda? Un kāpēc tā šaušana?"

"Tas nav nekas personīgs," paskaidroja bērns. "Man tas bija jādara. Balss galvā man teica, ka man tas jādara. Vai arī viņi nogalinās mani un manu ģimeni. Tāpēc es nozagu tēva atslēgas un iemācījos braukt ar mašīnu - ātri".

"Tu nekad iepriekš neesi vadījis auto?"

"Tikai spēlēs."

Atkal spēles. "Uz ko tu atsaucies? Kādi ir viņu vārdi?"

"Es nezinu. Es spēlēju dažas spēles tiešsaistē. Spēlē ienāca kāda sieviete un teica, ka nogalinās manu māsu. Es pārslēdzos uz citu spēli; cita sieviete teica, ka nogalinās manus vecākus. Spēlē, ko spēlēju šodien, trešā sieviete man teica, ka, ja es nenogalināšu kādu bērnu, kurš dzīvo šajā adresē, man būs smagas sekas." Bērns metās skriet uz E-Z, bet tālu netika. Krēsls viņu nospieda un nolaida bungas.

"Izcel mani no šejienes!" bērns pieprasīja.

E-Z pasmējās; puisim bija dūšas. "Atkāpies," viņš teica krēslam un palīdzēja bērnam piecelties kājās. Bērns viņam pateicās, spļaudams viņam sejā. Viņš saspieda dūres un apsvēra iespēju noraut puisim galvu, bet to nedarīja. Tā vietā viņš viņu apskāva. Bērns atkal sāka raudāt, un viņa asaras krita uz E-Z pleciem un spārniem.

"Paldies, Dude," sacīja bērns. Viņš atkāpās, uzlika roku uz sirds un pazuda.

Kad beidzot ieradās policija, E-Z sēdēja savā krēslā pie apmales. Tad viņa vairs nebija. Viņš atkal atradās bunkura iekšpusē, izjūtot klaustrofobiju pilnīgā tumsā.

riekš , kad viņš atradās metāla konteinerā, viņš varēja pārvietoties. Tagad viņš atradās ratiņkrēslā un gandrīz nevarēja pārvietoties. Viņš mēģināja pakustināt pirkstus apavos - viņš tos nejuta. Ja kājas šeit nedarbojās, tad viņš bija priecīgs, ka atrodas ratiņkrēslā. Viņi bija komanda: kā Betmens un Batmobilis. Reaģējot uz viņa domām, ratiņkrēsls aizskrēja uz priekšu kā mastifs uz pavadas.

"Izved mūs no šejienes," pavēlēja E-Z.

Viņš sajuta kustību virs sevis. Gaismas maiņa kā mākonis, kas virzās pāri debesīm. Ja vien viņš varētu pacelties un izkļūt cauri jumtam, taču viņa spārniem nebija vietas, kur izplesties.

Viņa āda sāka burbuļot, un viņam sāka niezēt. Kur tagad bija tas nomierinošais lavandas aerosols?

**PFFT.**

"E, paldies," viņš teica. Pat šī lieta tagad varēja lasīt viņa domas.

Viņa pleci atslābinājās, kad viņš formulēja prasību sarakstu:

Pirmā prasība. Viņš gribēja visu izstāstīt tēvocim Semam. Un viņš domāja visu. Nekas netika izlaists.

Otrkārt. Viņš gribēja, lai PJ un Ardens to zina. Ne visu, kā to darītu tēvocis Sems. Bet pietiekami, lai viņi saprastu, kādu spiedienu viņš izjūt. Pietiekami, lai viņi varētu viņu atbalstīt un iedrošināt. Viņam nepatika viņiem melot. Viņam vajadzēja, lai viņi zinātu par pārbaudījumiem. Kāpēc viņš tos veica. It kā viņam būtu kāda izvēle.

Trešais. Viņš gribēja, lai viņi pirms viņa nolaupīšanas prasa viņa atļauju. Tā viņš zinātu, ko gaidīt tālāk. Viņam nepatika, ka viņu ielaida šajā lietā.

Ceturtais skaitlis. Viņš gribēja zināt, kur viņš atrodas. Kāpēc viņš vienmēr tika iemests šajā pašā konteinerā. Kāpēc reizēm viņa kājas darbojās, bet reizēm nē. Kāpēc reizēm viņa krēsls bija kopā ar viņu, bet reizēm ne.

"Gaidīšanas laiks ir divpadsmit minūtes," atskanēja sievietes balss. "Vai vēlaties dzērienu?"

"Ūdens," viņš atbildēja, kad metāls pa labi no viņa izspruka no plaukta, uz kura bija glāze ar ūdeni. "Paldies." Viņš to nometa atpakaļ. Glāze atkal piepildījās līdz augšai. Viņš nolika to uz galda vēlāk.

Tagad viņš bija vairāk atslābinājies, un viņa galvā ienāca dziesma. Viņa tēvs to mīlēja. Ratiņkrēsls šūpojās uz priekšu un atpakaļ, kamēr viņš dziedāja dziesmas vārdus. Krēsls uzņēma apgriezienus - it kā mēģinātu atbrīvoties.

Pēc mirkļa viņš bija atpakaļ mājās, savā guļamistabā, kur visur bija sasists stikls. Uz sienām pulsēja zilas un sarkanas gaismas. Tagad pie izsistā loga viņš paskatījās ārā.

"Viņš ir tur augšā!" kliedza kāds reportieris.

"Nēatkal!" viņš iesaucās, tagad jau atpakaļ metāla konteinerā. "Izcel mani no šejienes!" Viņš iesita ar kāju pa bunkura sienu. "Au!" viņš iesaucās. Tad viņš pasmaidīja, priecīgs, ka atkal jūt kājas, un piecēlās. Viņš pacēla dūri gaisā: "Kā tu domā, kas tu esi, lai atvestu mani šurp, pēc katras savas iegribas!"

"Gaidīšanas laiks ir sešas minūtes, lūdzu, palieciet sēdēt."

No sienām viņam priekšā, aiz muguras un abās pusēs izgāja siksnas. Viņš tika piesiets. Viņš cīnījās, lai atbrīvotos, bet ādas siksnas tikai savilkās. Drīz vien viņš varēja kustināt tikai galvu un kaklu.

**PFFT.**

"Ah, lavanda," viņš teica. Zem viņa ratiņkrēsls sāka trīcēt un drebēt. "Viss būs labi." "Vai jūs, ģļēvi, pārāk baidāties nākt šurp un stāties man pretī?"

**PFFT.**

**PFFT.**

Viņš nomira.

V iņš gulēja mierīgi, līdz bunkura jumts atvērās kā Hjūstonas Astrodoms. Un kaut kas aprija gaismu. Viņš to sajuta, vēl pirms to ieraudzīja. Izdzēsa gaismu no viņa pasaules. Zem viņa trīcēja ratiņkrēsls, jo tas, kas atradās virs viņa, sāka brīvi krist.

Tā apstājās kā zirneklis, kas beidzis savu pavadu.

Lucifers?

Sātans?

Viņš gaidīja, pārāk nobijies, lai runātu.

"Sveiki - o - o - o - o," spārnotā būtne rēca, tās balsij atsitoties no sienām.

Viņš tik ļoti vēlējās aizbāzt ausis.

Tas pasmaidīja, atsedzot skuveklim līdzīgus zobus, vienlaikus izplūdinot smirdīgu pūstošu smārdu.

Viņš aizrāvās, aizkāsējās un vēlējās, lai varētu aizsegt arī degunu.

Briesmonis smējās rēcošā rēkā, kas dārdēja pa metāla cietumu, it kā tas būtu popkorns. Viņš pieskrēja tuvāk pusaudža sejai un izkliedza: "Vai es nerunāju jūsu valodā, kungs?"

E-Z neatbildēja. Viņš nevarēja. Viņš jutās ļoti neheroiski. Tas, ka viņa ratiņkrēsls zem viņa drebēja, nevairoja viņa pašpārliecinātību.

"Vai jūs mani nesaprotat?" lieta sašūpojās, līdz pašiem pamatiem satricinot metāla cietumu. Tā pietuvojās vēl tuvāk: "JĀ. JŪS. NE. DZĪVOT. JŪS?"

Tas bija kā runājošs mākonis ar galvu centrā, kas gatavojās uz viņu gāzties ar pērkonu un zibeņiem. Ieraujot nagus roku balstos, viņš atrada drosmi pateikt: "Jā." Viņš pārcilāja galvā savu prasību sarakstu.

Briesmonis rēca, un no tā mutes lidoja uguns. Par laimi E-Z, karstums paceļas. Pēkšņi viņš jutās ļoti izsalcis pēc speķa.

"Man patīk speķis," radījums atzina.

E-Z aizdomājās, vai viņš būtu skaļi pateicis to par bekonu. Pat ņemot vērā viņa paātrināto baiļu līmeni, viņš zināja, ka to nebija teicis. Tas nozīmēja vienu - visi varēja lasīt viņa domas! Viņš iztaisnojās un mēģināja sevi pasargāt, aizverot prātu. Viņa domas aizskrēja pie ēdieniem, pankūkām Annas kafejnīcā, bieza šokolādes kokteiļa, sviesta sīrupa. Jebkas, kas varētu mazināt bailes un satraukumu. Tā bija spīdzināšana, šī lieta varēja nolasīt viņa domas un ieslodzīt viņu cietumā uz visiem laikiem. Vai bija kāda Supervaroņu savienība, kurā viņš varētu iestāties?

"Bah, ha, ha, ha!" tā smejoties rēca.

E-Z tik ļoti vēlējās, lai viņš varētu aizsniegt tās ausis, bet tā kā nevarēja, viņš mierinājās, ka tai vismaz ir humora izjūta. "Kāpēc es esmu šeit?"

Lietiņa uzreiz neatbildēja, tāpēc viņš mēģināja viņu psiholoģiski atvairīt ar skatienu. Īpaši grūti bija noturēt acu skatienu, jo krēsls nepārtraukti centās viņu no tā izmest. Viņš saspieda dūrienus, ievelkot asinis.

Būtne kustējās ar čūskveida veiklību, tās putojošā mēle strūkšķēja turp un atpakaļ, laizot E-Za dūrienus.

"Fuj!" viņš kliedza. "Tas ir tik pretīgi!"

"Vēl, lūdzu!" radījums pieprasīja, jo asinis uz tā mēles mirdzēja kā lietus pilieni.

E-Z jau iepriekš bija nobijies, bet tagad viņš bija daudz vairāk nekā nobijies. Drīzāk bija sastindzis - bet viņš bija supervaroņa lomā. Viņam vajadzēja no kaut kurienes smelties spēku - pat ja krēsls bija nederīgs.

"Nē, nē, nē, nē, nē, nē, nē," dziedāja lieta, kad tā pieskrēja tuvāk, tad aizpeldēja tālāk, tad atkal tuvāk. Tā atsitās no sienām.

Pēc dažiem mirkļiem radījums apmetās uz vietas. Viņš gaisā sakrustoja kājas. Tad viņš uzlika savu garo kaulaino pirkstu uz sava vaiga. Likās, ka viņš cer draudzīgi aprunāties.

"Hadžs un Reiki ir izņemti no jūsu lietas," būtne čukstēja. "Tie divi bija imbecili. Mazāk nekā bezjēdzīgi. Es esmu tavs jaunais mentors."

Tumšā būtne atkailinājās. Viņš aizlidoja virsū, izpildīja pusloksni ar spārniem un pacēlās augstāk konteinerā.

E-Z dažas sekundes domāja, pirms atbildēja. Šīs divas radības bija viņam uzticīgas. Tās bija viņam palīdzējušas un rūpējušās par viņu - un, pats galvenais, tās nedzēra cilvēku asinis.

"Vai mēs varam to apspriest?" E-Z jautāja. Viņš centās pasmaidīt. Viņš nezināja, kā tas izskatījās no otras puses.

"NĒ!" - sacīja lieta, virzoties tuvāk izejai.

E-Z vēroja, kā tā plūst augšup. Bezpalīdzīgs. Bezcerīgs.

"Pagaidiet!" viņš iesaucās, lieta bija pa pusei iekšā un pa pusei ārā no konteinera. "Es pavēlu tev gaidīt!" E-Z sacīja, kad jumts sāka aizverties, un tad lieta acumirklī atradās viņam priekšā.

"Y-E-S?" tā jautāja.

"Es gribu runāt ar tavu priekšnieku par Reiki un Hadža atgūšanu. Viņi ir vairāk piemēroti maniem, maniem izmēģinājumiem. Izmēģinājumu veiksmei."

"Tev l-nepatīk es?" radījums pīkstēja balsī, kas atgādināja nagus uz tāfeles.

"Apstājies! Lūdzu!"

"Par šo divu idiotu atdošanu nevar būt ne runas," radība griezās kā kāmis ritenī.

"Nokaut to! No jums man reibst galva! Izcel mani no šejienes!"

"Labi," tā sacīja, sakrustojot rokas un mirkšķinot kā sieviete vecajā televīzijas seriālā "Es sapņoju par Dženniju".

Bunkurs pazuda, bet E-Z un viņa krēsls palika nokrist zemē.

"Ahhhhhh!" viņš iesaucās.

Tad viņa ratiņkrēsls pazuda.

Un, turpinot krist, viņš vicināja ar dūrēm pret radījumu virs sevis. Viņš gatavojās kritienam.

"Starp citu, mans vārds ir Ēriels."

"Arrggghhhhhh!" viņš iesaucās.

Viņš atkal atgriezās ratiņkrēslā un turējās pie dzīvības. Viņi joprojām krita.

# NODAĻA 18

**C**RASH!

Tieši caur viņa mājas jumtu. Viņa ratiņkrēsls sasvērās uz priekšu un nogāza viņu uz gultas. Pēc tam nogāzās uz grīdas. Viņiem abiem viss bija kārtībā. Ne sliktāk.

Virs viņa aizlūza caurums, ko viņi bija izveidojuši.

"Ak, te tu esi!" Sems teica. "Ei, laipni lūgti mājās."

E-Z viņu pat nebija pamanījis. Viņš bija cieši aizmidzis stūrī esošajā krēslā.

Sems izstaipījās un iezobās. Tad viņš pārlaidās pāri istabai, kur gaidīja ūdens krūze. Viņš izdzēra glāzi, tad piedāvāja glāzi brāļadēlam.

"Ko par to ļauno radījumu Ēriēlu!" Sems sacīja.

E-Z gandrīz izspļāva ūdeni.

"Kas? KAS?"

Sems turpināja. "Tas Ēriels ir visbriesmīgākā, vispretīgākā, visbriesmīgākā aizaugusī lidojošā radība, kādu es nekad nebūtu cerējis satikt!" Viņš saspieda plaukstas. "Es ceru, ka tu mani dzirdi, lai kur tu arī būtu! Es no tevis nebaidos!"

E-Z žoklis gandrīz nokrita līdz grīdai.

Sems turpināja. "Tā lieta mani bija iedzinusi metāla konteinerā. Tagad es zinu, kāpēc tev bija slikts sapnis. Tas tiešām bija kā bunkurs. Viņš man teica, ka man ir jānodod viņam tava aizbildniecība, citādi tevi nošaus."

"Ak, tas," sacīja E-Z. "Es ceru, ka jūs redzējāt visus saplēstos stiklus. Tas bija bērns, viņš mēģināja mani nogalināt."

"Es par to visu zinu. Es visu vēroju no bunkura iekšpuses. Vai zinājāt, ka tur bija lielais televizors? Un laba apskaņošanas sistēma."

"Ko?" "Es tur tikko biju, un Ēriels man neko neteica par tevi vai par aizbildniecības pārņemšanu." "Ko?" "Es tur tikko biju, un Ēriels man neko neteica. Viņš šķērsoja istabu un paskatījās uz griestiem: "Vai tas ir tests, Eriel? Ja es kaut ko teikšu, vai jūs atcelsiet piedāvājumu? Dodiet man zīmi."

"Ar ko tu runā? Eriela šeit nav. Ja viņš te būtu, mēs viņa smaku sajustu no kilometra attāluma. Nē, mēs esam vieni - kaut arī es pacēlu pret viņu dūres. Es negaidīju, ka viņš mani sadzirdēs."

"Droši vien viņam visur ir acis un ausis."

"Runā, ka dievam visur ir acis un ausis. Ja viņš eksistē."

"Ko vēl viņš tev teica par mani?"

"Viņš man teica, ka tev bija lemts mirt kopā ar vecākiem. Viņš un viņa kolēģi tevi izglāba - un tagad tev ir jāizpilda pārbaudījumu komplekts."

"Tieši tā. Es biju zvērēts ievērot noslēpumu, tāpēc man interesanti, kāpēc viņš jums atklāja šo informāciju."

"Sākumā viņš mēģināja mani iebiedēt, bet tu izkļuvi no tā sastrēguma ar to bērnu. Viņš mani nogādāja atpakaļ šeit, mājā, un es tevi nekur nevarēju atrast." "Es tevi nekur nevarēju atrast?" viņš teica.

"Jā, jo viņš mani bija ielicis konteinerā."

"Viņš mani dažas reizes iebāza un izbāza, bet es atteicos atteikties no tavas aizbildniecības. Pēc otrās vai trešās reizes viņš teica, ka tu esi prasījusi, lai man visu pastāsta, un..."

"Es izdomāju, kā viņam to lūgt. Es viņam neatklāju, kas tas bija, - bet viņš, tāpat kā vairums citu pēdējā laikā, prot lasīt manas domas."

"Kā tas ir, visi pārējie?"

"Pirms Ēriēla bija divi eņģeļi, kurus sauca Hadžs un Reiki." "Ehm, pirms Ēriēla bija divi eņģeļi, kurus sauca Hadžs un Reiki."

"Ak, viņš pieminēja divus imbecilus. Teica, ka viņi tika pazemināti amatā, lai strādātu dimantu raktuvēs."

"Debesīs ir raktuves?"

"Šaubos, ka tā lieta bija no debesīm - ja tādas ir."

"Vai neiebilstu, ja mēs dotos uz virtuvi uzēst?" E-Z jautāja. Viņi devās pa koridoru, Sems uzlika grilu un sagatavoja maizi ar sieru un sviestu. "Kamēr jūs gulējāt, es veicu dažus pētījumus par Ēriēlu. Nācās mazliet pakavēties, lai viņu atrastu, bet, kad sašaurināju meklēšanas loku, es trāpīju uz zelta." Viņš apgāza sviestmaizes uz šķīvjiem un atnesa tās pie galda.

"Paldies, nevaru sagaidīt, kad par to visu dzirdēšu. Vai neiebilstu, ja es uzreiz ieraktu?"

"Nē, turpini." Sems noskatījās, kā viņa brāļadēls iekož četrus kumosus, un tad sviestmaize pazuda. Viņš pasniedza savu, nejūtoties izsalcis. "Es sāku meklēšanu, ierakstot Eriel. Nekas neatradās. Tad es ierakstīju erceņģeļus, un vārds Uriels bija pašā lapas augšpusē."

"Domāju, ka tie ir vienādi?" Viņš paņēma vēl vienu kumosu.

"Sākumā es tā domāju. Tad es atradu erceņģeļu sarakstu un vārdu Radueriels ebreju mitoloģijā. Kad es pārbaudīju viņa aprakstu, tur bija teikts, ka viņš varēja radīt mazākus eņģeļus ar vienkāršu izteikumu."

"Jūs domājat tādus kā Hadžs un Reiki? Pagaidi, ja viņš viņus radīja, tad droši vien tāpēc viņš varēja viņus nosūtīt uz raktuvēm." "Bet, ja viņš viņus radīja, tad, iespējams, tāpēc viņš varēja tos nosūtīt uz raktuvēm?" "Ne," atbildēju.

"Tieši tā es domāju. Tātad, es domāju, ka, balstoties uz šo informāciju, mēs tagad zinām, ka Eriels, pazīstams arī kā Radueriels, ir erceņģelis."

E-Z pieskārās.

"Es turpināju rakt un atradu šo. "Princis, kas ieskatās slepenās vietās un noslēpumos. Arī liels un svēts gaismas un godības eņģelis."

"Vau, viņš ir pilnīgs drāns!

"Viņš arī spēj radīt kaut ko no nekā, manifestējot to no gaisa." "Viņš var arī radīt kaut ko no nekā, manifestējot to no gaisa." "Tas nav nekas.

"Tātad, es saprotu, ka viņš var mainīt savu izskatu, kā arī citu cilvēku izskatu." "Un kā tas ir?" "Tā es saprotu, ka viņš var mainīt savu izskatu.

"Tieši tā. Un es pierakstīju dažus vārdus." Viņš pastūma papīra lapu pāri galdam. "Taču nesaki tos skaļi. Ja tu to izdarītu, tu viņu izsauktu." Vārdi uz papīra bija šādi:

*Ra-Du,EE,El.*

"Iegaumējiet vārdus uz šīs lapiņas, ja kādreiz būs nepieciešams viņu izsaukt pie sevis."

"Kā mēs varam zināt, ka tie darbosies?"

"Izmantojiet tos tikai tad, ja tas ir nepieciešams. Nav vērts viņu izsaukt šeit - ja vien tas nav galējais līdzeklis."

"Piekrītu." Atkārtojot tos prātā atkal un atkal, viņš jutās mierināts, zinot, ka erceņģelis nepārtraukti nelasa viņa domas.

"Ēriels teica, ka man jāpalīdz tev ar pārbaudījumiem. Es domāju, ka tās mazās meitenes glābšana bija pirmais, kas tev bija jāveic?"

"Līdz šim esmu paveicis vairākus. Pirmais, jā, mazā meitene. Otrajā es izglābju lidmašīnu no avārijas."

"Vau! Es gribētu uzzināt vairāk par to, kā tu to izdarīji. Es esmu pārsteigts, ka jūs netikaat ziņās."

"Biju, bet jūs nevarēja pateikt, ka tas biju es. Trešajā gadījumā es apturēju šāvēju uz kādas ēkas jumta centrā. Ceturtā, vēl viens šāvējs tirdzniecības centrā ar ķīlniekiem, un piektā, puisis ārā, kurš mēģināja mani nogalināt."

Sems paņēma šķīvjus un aiznesa tos uz trauku mazgājamo mašīnu. "Nevaru tev pateikt, cik ļoti lepojos ar tevi. Tas viss notiek, un man nebija ne jausmas."

"Es biju zvērēts turēt noslēpumu. Ja es kādam pastāstītu, viņi..."

"Pārliecinies, ka tu nekad vairs neredzēsi savus vecākus - jā, viņš man teica. Man tas izklausās mazliet aizdomīgi. Ēriels nav sentimentāls tips, viņš bija kā liela dusmu bumba, kas gaida mērķi."

"Es ievainoju viņa jūtas, kad viņš domāja, ka man viņš nepatīk."

Sems nopriecājās. "Iedomājies, ka tam ir jūtas." Viņš piecēlās. "Vēlies kafiju?"

"Es gribētu kakao." Viņš zīst. "Diena ir bijusi ļoti gara."

"Mēs varam par to vairāk parunāt no rīta, bet kā tu jūties attiecībā uz termiņu? Jūs esat pabeidzis piecus izmēģinājumus, cik dienās?"

"Tie ir bijuši nejauši. Es neko nezinu par stingru termiņu."

"Ēriels man teica, ka trīsdesmit dienu laikā tev jāpabeidz divpadsmit izmēģinājumi. Ja tu jau esi divās nedēļās, tad viņiem būs jāpaātrina darbs - daudz."

"Pirmo reizi to dzirdu."

"Viņš teica, ka, ja tos nepabeigsi laikus, tu nomirsi."

"Ko?"

"Arī to, ka visi, ko esi izglābis, aizies bojā. Sems apstājās, domājot, ka varētu viņu pazaudēt tagad, kad viņi tikko sākuši. Viņa dzīve atkal būtu tukša, tikai darbs, mājas, darbs, mājas. E-Z skatījās uz viņu, gaidīja. "Piedod, es tikai domāju par to, cik daudz tu man nozīmē, mazulis. Bet vēl kaut ko viņš man teica; viņš teica, ka tu nomirsi kopā ar saviem vecākiem. Tas nozīmētu, ka viss, ko mēs esam darījuši, viss laiks, ko esam pavadījuši kopā, pazudīs. Un es nesaku, ka es varētu vai kādreiz varētu aizstāt tavus vecākus, bet tu taču saproti, ko es saku, vai ne? Es tevi mīlu, bērniņ!"

"Tev tieši pretī," sacīja E-Z. Viņš gribēja apskāviens Semu, un Sems gribēja apskāviens viņu, viņš to varēja pateikt, un tomēr viņu kustējās. Viņš dziļi ievilka elpu: "Tas ir skarbi. Taču tas vairāk atgādina Ēriēlu."

"Vēl viena lieta, viņš teica, ka ikreiz, kad pabeidz kādu izmēģinājumu, tava dvēsele palielinās. Līdz brīdim, kad tu sasniegsi divpadsmit, tā sasniegs optimālo vērtību. Dvēseles valūta, ko tu vari izmantot, lai atkal redzētu un runātu ar saviem vecākiem."

E-Z krēsls atliecās pats no galda, kad ārdurvis izsprāga no eņģēm, un viņš uzspridzinājās debesīs.

"Arrgghhhhhhh!" Sems kliedza viņam aiz muguras. Viņš bija pieķēries pie krēsla un brāļadēla spārniem kā apjucis pūķis.

"Turieties!" E-Z sacīja. "Es domāju, ka Eriels zvana."

Viņi lidoja tālāk.

# NODAĻA 19

"Mēs gatavojamies piezemēties." Viņa ratiņkrēsls devās lejā.

"Vēlētos, lai arī man būtu drošības josta!" Sems iesaucās, apmetot rokas brāļadēlam ap kaklu.

"Neuztraucies, tā būs droša piezemēšanās."

"Ja es pirms tam neatlaidīšu! Arrgghhhhh!"

Kad viņi devās lejup, E-Z ieraudzīja statuju apli. Tā kā viņam nebija ko darīt, viņš tās saskaitīja - bija simts ar kaut ko pa vidu. Dīvaini, viņš pilsētas centrā bija bijis daudz reižu, bet šo betona bluķu grupu neatcerējās. Krēsla riteņi pieskrēja, bet Sems joprojām turējās uz dzīvības.

"Tagad viss kārtībā," teica E-Z. "Tu vari atvērt acis."

Viņš atvērās. "Es nogalināšu to Ēriēlu, kad nākamreiz viņu ieraudzīšu!"

"Šššš. Tas var notikt ātrāk, nekā tu domā." Tas, ko viņš bija ieraudzījis statuju vidū, bija Ēriels cilvēka veidolā, pēc fiziskajām iezīmēm, bet ne pēc izmēra. Turklāt viņš sēdēja ratiņkrēslā, kas karājās kā maģisks tronis.

Viņa mati bija melni kā spīdeklis, un tie plūda pāri pleciem līdz viduklim. Viņa acis bija kā kokogles, bet sejas krāsa - kā alabastrs. Viņa zodu klāja rugāji, kā sešu stundu ēna, lai gan bija tuvāk pusdienlaikam. Viņa lūpas bija ļoti sarkanas, it kā viņš būtu uzklājis svaigu lūpu krāsu. Savukārt viņa deguns izskatījās pēc futbolista, kuram tas ne reizi vien bijis lauzts. Apģērba ziņā viņš valkāja baltu t-kreklu, melnus džinsus, bet kājās bija uzvilcis Jēzus sandales.

E-Z pagriezās pa apli, vēlreiz aplūkojot simt desmit vīriešus. Viņi visi bija ģērbušies mūsdienīgos apģērbos. Lielākā daļa bija ar brillēm un spēka uzvalkos. Tad viņš saprata patiesību: Ēriels bija pārvērtis simt desmit dzīvus, elpojošus vīriešus par statujām.

Un tas vēl nebija viss. Viņš saprata, ka, lai gan viņi atradās centrālajā darījumu rajonā, nebija dzirdamas nekādas ierastās skaņas. Parastā dienā satiksmē iestrēgušas automašīnas signalizētu ar skaņas signāliem un gaisu piepildītu izplūdes gāzes.

Klusums bija traucējošs, taču svaigais tīrais gaiss lika viņam dziļāk ieelpot. Tas viņu nomierināja. Viņš zināja, ka tas ir klusums pirms vētras.

Viņš pacēla acis debesīs. Pasažieru lidmašīna bija apstājusies gaisā. Blakus tai bija putni, kas bija pārtraukuši lidot. Fonā bija mākoņi. Nekustīgi. Nekustīgi.

Tad viss virs viņa no zila kļuva melns.

Un kādreiz briesmīgais klusums tika pārtraukts.

Tā vietā atskanēja stenēšana. Moans. Kā koku saknes tika izrautas no zemes. Un gaiss sabiezēja un apvijās ap viņu rīkli. Krāpa viņu elpu.

Un zem viņu kājām sāka drebēt zeme. Tā plaši izlauzās. Zemestrīce. Plaukšana. Plīsumi.

Un saule, mēness un zvaigznes uzmirdzēja visas kopā, bet tikai uz mirkli. Tad tās saplīsa un sadrupēja miljonos gabaliņu.

"Kāpēc tu pārvērti cilvēkus statujās? Un kāpēc tu mēģini iznīcināt pasauli?" E-Z jautāja. "Un kāpēc tu peldi tur augšā ratiņkrēslā?"

"Ak, nē," Sems iesaucās, vicinot gaisā dūri.

Ēriels smējās: "Ir pēdējais laiks, lai tu ierastos šeit, protežē. Kā tu uzdrīkstējies mani uzrunāt, uzdot man jautājumus. Es esmu dižais un varenais, bet es esmu īsts, nevis viltots kā OZ burvis. Tu eksistē tikai tāpēc, ka es izvēlējos tevi glābt."

"Kad Ophaniel runāja ar mani Eņģeļu bibliotēkā, viņa tevi nemaz nepieminēja." "Es tevi nemaz nepieminēju.

Ēriēla smējās un norādīja ar kaulainu pirkstu, kas izstiepās lejup un pieskārās E-Z degunam. "Tavs gadījums tika uzticēts man pēc tam, kad tie divi idioti Hadzs un Reiki neizpildīja savus pienākumus."

"Nepieskarieties man!" Pirksts atkāpās. "Es tev vēlreiz jautāju, ko tu dari šeit, manā teritorijā, un kāpēc tu sēdi ratiņkrēslā?"

"Viss tiks izskaidrots," sacīja Ēriels. Viņš pacēla kājas uz augšu un pasmaidīja. "Man patīk šie apavi, tie ir ļoti ērti."

"Tās nav kurpes, tās ir sandales," sacīja Sems, pietuvojoties tuvāk uzkarsušajam krēslam.

"Pagaidiet, tēvoci Semi, ejiet aiz manis."

Ēriels atgāza galvu atpakaļ un pasmējās. "Patiesība ir suns, kuram ir jābūt audzētavā" - tas ir citāts no Šekspīra, kas nozīmē, ka tavs tēvocis ir pieradināms."

"Kāpēc tu!" Sems kliedza, paceļot dūri gaisā.

" Ir grūti pārspēt cilvēku, kurš nekad nepadodas" - tas ir Bebija Rūta, viena no slavenākajiem beisbola spēlētājiem, citāts." E-Z krēsls pacēlās no zemes un aizlidoja tuvāk Ērilam.

"Beisbols ir līdzsvara spēle," sacīja Ēriels. "Tas ir rakstnieka Stīvena Kinga citāts." Viņš vilcinājās, tad uzsmaidīja tik lielā smaidā, ka viņa vaigi varētu sabrukt, jo E-Z krēsls nokrita, it kā tas būtu no svina. "Ups," sacīja Ēriels, kad viņš rēca no smiekliem.

Nepagāja ilgs laiks, kamēr E-Z ieguva kontroli pār savu krēslu, un tas pacēlās kā lifts. Viņš centās iegūt spārnus, lai kontrolētu situāciju. Taču tam nebija laika, jo viņš bija pārvērties rotējošā virsotnē un griezās apkārt un apkārt.

"Arrgghhhhhhhh!" viņš kliedza, ieurbdams nagus krēsla roku balstos. Griešanās apstājās, krēsls atkal krita kā svina balons, tad apstājās.

Viņš atkal mēģināja iedarbināt spārnus. Tie negribēja sadarboties, un nākamais, ko viņš zināja, bija atkal griešanās. Bet šoreiz pretēji pulksteņrādītāja rādītāja virzienam.

"Hhhhhggggrrraaa!" viņš iesaucās.

Ēriels smējās tik skaļi, ka satricināja zemi.

Zemāk Sems pacēla no bruģa akmeņus un meta tos uz Ēriēlu, kurš izvairījās un izvairījās no lielākās daļas akmeņu. Viens liels akmens tomēr saskrējās ar radības degunu. "Uzbrūk kādam, kas ir tuvāk tavam vecumam!" Sems kliedza.

Kamēr viņam pa seju ritēja asinis, Ēriels iecēla E-Z tēvoci viņa vietā.

"Nūūūū!" E-Z kliedza, turpinot griezties. Kad viņš pilnībā apstājās, otrādi, to, ko viņš redzēja apakšā, nevarēja sajaukt. Tēvocis Sems tagad bija viena no statujām aplī: tur stāvēja simt vienpadsmit vīri. Viņš bija tik ļoti apstulbis, tomēr viņam ienāca prātā kāds citāts, un, tā kā tas bija viss, kas viņam bija, viņš to kliedza, cik vien skaļi spēja: ""It isn't end "til it's end!

POP.

POP.

Hadžs apsēdās uz viena pusaudža pleciem, Reiki - uz otra.

"Tas ir Jogi Berras citāts, un tas ir no manis un tēvoča Sema!"

Viņa rokās tagad atradās pasaulē lielākā nūja, Bebija Rūta 54 ounčera replika, un tā mirdzēja no dimanta putekļiem. Viņš pat nenojauta, cik smaga ir šī nūja, kad viņš uzšāvās uz Ērisela ratiņkrēslā sēdošā tronī un aizsūtīja viņu ar galu pret galu. Viņš dziedāja: "Sveicinieties ar Mēness vīru, kad satiksiet viņu!".

Tālumā atskanēja Ēriēla balss: "Izmēģinājums pabeigts!"

Hadžs un Reiki aplaudēja. Tāpat kā simt vienpadsmit vīri, kas bija atgriezušies savos cilvēciskajos veidolos, tostarp tēvocis Sems.

"Protams, jūs taču zināt, ka viņš atgriezīsies," sacīja Hadžs. "Un viņš būs ļoti dusmīgs!"

"Paldies par palīdzību!" E-Z teica, kad viņš un Sems lidoja mājās.

Reiki un Hadžs izdzēsa simt desmit prātus, tad atsāka darbu raktuvēs un cerēja, ka neviens nepamanīs, ka viņi ir izdomājuši, kā izbēgt.

Ēriels turpināja nekontrolējami griezties, kamēr formulēja atriebības plānu.

# EPILOGS

Pēc dažām saspringtām dienām E-Z beidzot varēja labi izgulēties. Viņš sapņoja par beisbola spēli, un nākamajā dienā pie viņa ieradās Ardens un PJ, lai aizvestu viņu uz spēli. "Man šodien negribas spēlēt, bet es nāksim līdzi morāles dēļ," viņš teica.

"Protams," atbildēja draugi.

Kad viņi aizveda E-Z uz laukuma, viņi uzstāja, lai viņš spēlē. Viņiem vajadzēja, lai viņš ķer, un viņš piekrita. Kad pienāca viņa pirmā reize, kad viņš bija pie nūjas, viņš gribēja sist pats. Viņš paņēma savu mīļāko nūju un pieskrēja pie laukuma. Pirmais metiens bija augsts, un viņš to aizmeta garām. Tā kā viņš sēdēja, viņa metiena zona bija ļoti sašaurināta.

"Strike one," tiesnesis iesauca.

E-Z aizskrēja prom no laukuma. Viņš izdarīja vēl pāris vingrinājuma metienus, tad atkal atgriezās atpakaļ. Nākamajā metienā viņš ar to saslēdzās, un tā aizskrēja ārā.

"Strike two," izsauca tiesnesis.

"Nav sitēja, nav sitēja," pļāpāja laukuma puiši.

Dīdžejs iemeta līkumaino bumbu, un E-Z noliecās pret šo metienu un pieslēdza. Tā izlidoja ārpus laukuma. Pāri žogam. Ārpus parka.

"Paņemiet bāzi," teica tiesnesis. "Tu to esi pelnījis, zēns."

E-Z apskrēja ap bāzēm, aizturot savu krēslu no lidojuma. Kad viņa krēsls saskārās ar mājas laukumu, komandas biedri pulcējās ap viņu, uzmundrinot. Viņš izbaudīja to, kamēr tas ilga.

Līdz viņš atkal piezemējās atpakaļ metāla konteinerā, tikai šoreiz viņš bija savilkts bumbiņā, un viņš bija bez krēsla. Kā jaundzimušais, viņš dziļi elpoja, jo tas bija vienīgais, ko viņš varēja darīt. Pagaidiet. Zīdaiņi varēja apgāzties. Viņam vajadzēja tikai koncentrēties, koncentrēties.

Jā, viņš to izdarīja. Vienīgā problēma bija tā, ka viņam neklājās labāk. Viņš joprojām atradās tumsā. Saslēgts telpā bez gaismas un iespējas gandrīz nemaz kustēties. Patiesībā šoreiz metāla konteinera forma bija citāda. Vienā galā tas bija slaidāks, lodes formā.

Zinot to, tas nepalīdzēja, jo viņa klaustrofobija un trauksme ieslēdza augstu apgriezienus. Viņš prātoja, cik ilgi viņš spēs elpot šajā noslēgtajā telpā. Ne ilgi. Viņam drīz vien pietrūktu gaisa, un viņš nomirtu. Viņš dziļi ieelpoja, cenšoties noturēt trauksmes līmeni zemāku.

Viens bija skaidrs - Eriels nekādā gadījumā nevarēja ietilpt kopā ar viņu šajā lietā. Ja vien viņš neaizspridzinātu sienas - kas, iespējams, nebūtu nemaz tik slikta ideja.

E-Z pieklauvēja pie sienām un griestiem. Viņš kliedza. Kliedza. Viņš atcerējās savu telefonu. Vai viņš varēja to aizsniegt? Tā tur nebija. Viņš to bija ielicis sporta somā, lai ievērotu noteikumu, ka laukumā nedrīkst atrasties telefoni.

Ārpus konteinera atskanēja satraucošas skaņas. Skrāpēšana. Žurkas? Nē, ne žurkas. Viņš varēja tikt galā ar daudz ko, bet ne ar žurkām. "Izlaid mani ārā!" viņš kliedza.

Ieslēdzās dzinējs. Vecāks transportlīdzeklis, līdzīgs kravas automašīnai. Grīda zem viņa sāka drebēt un grabēt, jo lode ripoja uz priekšu un lēkāja apkārt.

Ārpus konteiners atsitās no sienām. Iekšpusē viņš atradās tik šaurā telpā, ka tur nebija lielas kustības. Tā bija viena no priekšrocībām, ka bija iesprostots lodē.

Transportlīdzeklis uz kaut kā uztriecās, un E-Z galva saskārās ar tās augšdaļu. Viņš iesaucās, bet skaņa izdzisa. Metāla konteiners atkal kustējās, uz sāniem. Tas atsitās pret kaut ko, tad atgriezās sākotnējā pozīcijā. No trieciena viņam sāpēja plecs.

E-Z aizdomājās, vai tas nav Ēriēla uzdevums, bet nolēma, ka tas tā nevar būt. Viņš sāka secināt, ka ir nolaupīts un tiek turēts gūstā. Bet kāpēc tieši tagad?

"Ei!" viņš kliedza, kad metāla priekšmets ripoja un piezemējās uz plakanā dibena - tur, kur bija viņa dibens. Tagad svars bija izkliedēts vienmērīgāk. Viņam bija ērti. Vai arī tik ērti, cik vien viņš šādos apstākļos varēja būt. Tāpēc viņš palika ļoti nekustīgs, līdz transportlīdzeklis pilnībā apstājās un viņš apgāzās galu uz galu.

Viņš dziļi ievilka elpu, nomierinājās un skaļi izrunāja vārdus,

**"Roch-Ah-Or, A, Ra-Du, EE, El."**

Gaidot viņš jautāja: "Kur tu esi, Eriel?

**Roch-Ah-Or, A, Ra-Du, EE, El?"**

"Jūs mani izsaucāt?" Eriels atbildēja. Viņa balss bija dzidra un skaidra, bet viņš nebija redzams.

"Jā, Ēriel, es domāju, ka esmu nolaupīts. Es esmu konteinerā. Vai jūs varat man palīdzēt?"

"Es vienmēr zinu, kur tu atrodies," sacīja Ēriels. "Jautājums, kas tev būtu jāuzdod, ir, vai es tev palīdzēšu."

"Es nezināju, ka jūs mani novērojat 24 stundas diennaktī 7 dienas nedēļā!" E-Z iesaucās, ar katru mirkli kļūstot aizvien dusmīgāks. Viņš izdarīja dažus dziļus ieelpas vilcienus un nomierinājās. Viņam bija vajadzīga Ēriēla palīdzība, un erceņģelis negrasījās viņam to atvieglot. "Es neredzu šīs lietas vadītāju, un es nevaru izstiept spārnus. Un kur ir mans krēsls? Man šeit trūkst gaisa. Ja jūs vēlaties, lai es pabeidzu šos izmēģinājumus jūsu vietā, tad labāk aizvediet mani no šejienes, un ātri."

"Vispirms tu mani apvaino, apšaubot, vai es esmu eņģelis, vai ne, un tad lūdz, lai es tev palīdzu. Cilvēki patiešām ir ļoti nepastāvīgi radījumi."

"Es zinu. Es atvainojos. Lūdzu, palīdzi man."

"Vai tu esi apsvērusi," Eriels ieteica. "Vai tas IR izmēģinājums? Kaut kas tāds, kas tev pašai ir jāpārvar?"

"Vai tu gribi teikt, ka tas noteikti ir pārbaudījums?"

"Es nesaku, ka tā ir. Un es arī nesaku, ka nav," Eriels nopriecājās.

E-Z bija nopriecājies. Viņam tik ļoti pietrūka Hadža un Reiki.

"Tik skumji, ka tu joprojām domā par tiem diviem idiotiem. Tagad, E-Z, ja tā būtu tiesa, kā tu no tās izkļūtu?"

"Pirmkārt, viņi nāca man palīgā, kad tu gandrīz nogalināji zemi. Otrkārt, tā nevar būt tiesa, jo man nav neviena, kas varētu palīdzēt."

Ēriels smējās. "Jūs sevi uzskatāt par nevienu?" Eriels apstājās. "Šodien jūs glābjat sevi un tikai sevi. Izmanto savā rīcībā esošos līdzekļus." Viņš vilcinājās, tad atkal smējās. "Domā ārpus metāla konteinera." Viņa smiekli metāla lodē bija tik skaļi, ka E-Z sāpēja ausis. Viņš tās aizsedza. Tad viņš vairs nedzirdēja Ēriēlu.

E-Z aizvēra acis un koncentrējās. Viņš nolēma savilkt plaukstas un mēģināt izspiest sienas. Lai arī cik ļoti viņš centās, tās nešķīrās. Plāns B bija izsaukt savu krēslu, ko viņš arī izdarīja. Viņš iedomājās, ka tas nav tālu. Vai tas karājās virsū un gaidīja, kad E-Z to izsauks? Viņš tik ļoti koncentrējās uz krēsla izsaukšanu, ka neapjauta, ka kāds staigā ārā. Kāju soļi pa bruģi. Viens vīrietis, zābaki dungoja. Vīrietis virzījās ap transportlīdzekli uz aizmuguri. Ielaida atslēgu. Durvis pagriezās uz augšu.

"Viņš te ir rāpojis," teica vīrietis.

Smiekli. Ne Ēriēla smiekli. Cita vīrieša smiekli.

Tad kliedziens.

Tad vēl kliedzieni.

Tad skriešana. Bēgšana prom.

Vēl vairāk kliedzienu.

Tad kustība. Konteinera kustība. Pacelšana ratiņkrēslā.

Tad uz augšu, augstāk un augstāk. Uz drošu vietu.

"Paldies," E-Z teica savam krēslam. "Tagad aizved mani mājās pie tēvoča Sema."

E-Z zināja, ka tēvocis Sems spēs viņu izcelt no konteinera. Viņam būtu nepieciešams milzīgs skārdeņu atvērējs, bet, ja tāds būtu pieejams, tēvocis Sems to atrastu.

Viņa ratiņkrēsls tomēr ripoja pretējā virzienā.

# OTRĀ GRĀMATA
## TREŠI

# NODAĻA 1

Tālu prom no vietas, kur dzīvoja E-Z Dickens, dejoja maza meitenīte. Viņas baleta nodarbības notika nelielā studijā Nīderlandes centrālajā darījumu rajonā.

Viņa bija jauks bērns ar zeltainiem matiem un vasaras raibumu līniju, kas stiepās pāri degunam un vaigiem. Viņas spilgtākās iezīmes bija viņas lazdu zaļās acis. Tās bija tieši tādas pašas krāsas kā viņas vecmāmiņas acis. Viņas sapnis bija kādu dienu kļūt par Nīderlandes slavenāko baletdejotāju.

Viņas rozā tutu bija no tilla. Tas bija tīklam līdzīgs, viegls audums, ko dizaineri izmantoja profesionāliem dejotājiem. Viņas tutu viņai bija radījusi un uzšuvusi auklīte. Tērps - mākslas darbs pats par sevi - tik ļoti, ka katrs klases bērns vēlējās tādu pašu.

Hannah, Lijas auklīte, saņēma daudz lūgumu no citiem vecākiem uzšūt savām meitām tādu pašu tutu. Viņa stingri pateica bērniem, viņu vecākiem, skolotājiem un daudziem citiem, ka viņai nav laika uzņemties papildu darbu. Lai gan viņai būtu noderējusi nauda.

Visu, ko Hana darīja, viņa darīja tāpēc, ka mīlēja savu padoto Lia. Lia, kuru viņa sauca par savu kleintje, kas tulkojumā nozīmē mazo.

Kad balets (tulkojumā - baleta nodarbības) bija gandrīz beidzies, Lia sapakoja savas kurpes. Viņa berzēja sāpošās kājas.

Visiem baletdejotājiem (tulkojumā - baletdejotājiem) - pat tādiem septiņus gadus veciem bērniem kā Lia - vajadzēja trenēties vismaz divdesmit stundas nedēļā.

Šis papildu darbs, kas papildināja pilnu skolas mācību programmu, prasīja centību un apņēmību. Visiem bērniem, kuri nespēja tikt līdzi, nekavējoties tika parādītas durvis. Neatkarīgi no tā, cik daudz naudas vecāki piedāvāja maksāt, lai viņi paliktu programmā.

Lia cerēja kādu dienu satikt savu elku Igoni de Jongu, visu laiku slavenāko Nīderlandes baletdejotāju. Kopš viņas elks aizgāja pensijā, Lia skatījās viņas priekšnesumus televīzijā.

Hanna pieskatīja Lia darba dienās. Liaas māte Samanta nedēļas laikā bija komandējumā.

Ārpus deju studijas Hannah un Lia iekāpa Volkswagen Golf. Drīz viņi būs mājās.

"Vai tev ir mājasdarbi?" Hanna jautāja.

Lia pieskārās.

"Goed," tulkojumā nozīmē labi. "Ej un sāc, kad es gatavoju vakariņas," teica Hanna.

"Oke," tulkojot kā labi, atbildēja Lia.

Lia uzreiz devās uz savu istabu, kur pakāra baleta tērpu, tad ķērās pie darba pie rakstāmgalda.

Skolā viņi mācījās leģendu par Raganu koku. Viņu uzdevums bija uzzīmēt šo koku un radīt par to kaut ko maģisku. Viņa bija iecerējusi ar krītu uzzīmēt kontūru. Pēc tam izmantot cauruļu tīrāmos piederumus saknēm, bet lapām uzlikt spīdumus, lai radītu maģisko elementu.

Lai gan viņai bija dabas dots talants mākslā, viņai nepatika to radīt. Viņa deva priekšroku dejai. Viņa nesūdzējās un neatlaida uzdevumus, kas viņai ne īpaši patika. Viņas dabā nebija būt nepaklausīgai vai traucējošai.

Lai gan Lia dzīvoja Zumbertā, Nīderlandē, viņa mācījās starptautiskā skolā. Viņas angļu valoda bija teicama. Pati Zumberta bija slavena visā pasaulē kā Vinsenta van Goga dzimtene. Lia zināja visu par Van Gogu, jo viņai un Van Gogam dzīslās ritēja vienas un tās pašas asinis.

Pabeigusi mājasdarbu, viņa atvēra datoru. Viņa ieslēdza un spēlēja spēli. Lai sasniegtu nākamo līmeni, vajadzēja tikai dažus mirkļus. Hanna drīz aicinās viņu uz avondeten (vakariņām).

*Nevienam nekad nav jāuzzina*, - sacīja mazā balss viņas prātā. Lia ieklausījās balsī, bet, lai pārliecinātos, ka neviens to neuzzinās, viņa aizvēra guļamistabas durvis.

Pirkstiem klikšķinot pa tastatūru, virs rakstāmgalda aizdegās spuldzīte. Viņa aizvēra klēpjdatoru un atkal atvēra durvis. Viņa paskatījās uz priekštelpu, kur atradās rezerves halogēna spuldzes. Auklīte turēja to krājumu veļas skapī kāpņu augšdaļā. Lijai vajadzēja tikai aiziet, atnest vienu, atgriezties un pašai nomainīt spuldzīti. Tad viņai būtu vairāk laika spēlēt savu spēli.

Atgriezusies savā istabā, viņa novērtēja situāciju. Viņai nācās nostāties uz sava rakstāmgalda krēsla, kas bija uz riteņiem. Viņa to stingri piespieda pie gultas, lai to nostiprinātu. Jā, tas darbotos.

Krēslu nostiprinājusi zem gaismas ķermeņa, viņa uzkāpa uz tā. Turēdama jauno spuldzīti zem zoda, viņa atskrūvēja veco. Pārdegušo spuldzīti viņa nometa uz gultas. Paņēmusi otru spuldzīti zem zoda, viņa to ieskrūvēja.

TRĀK!

Jaunā spuldzīte eksplodēja.

No tās izšļakstīja stikla lauskas, lielākoties sīkas. Mazās meitenes sejā un acīs.

Lia uzreiz nesāka kliegt, jo istabu piepildīja zila gaisma, liekot laikam apstāties. Gaisma ieskaujot viņu, tā pārvietojās vienā līmenī ar viņas seju.

ZIVS!

Parādījās maza eņģeļa būtne, kas aplūkoja mazās meitenes acis. Pēc tam, nolēmusi, ka tās ir neatgriezeniski bojātas, viņa čukstēja: "Vai tu būsi viena no trim?".

"Ja," tulkojot kā "jā", Lija atbildēja, jo laiks apstājās.

Eņģelis, kura vārds bija Haniels, ieradās. Viņa dziedāja Lijai nomierinošu šūpuļdziesmu, kamēr noņēma stiklu.

Angļu valodā dziesmas vārdi bija šādi:

"Skumja, skumja meitenīte apsēdās.

Uz upes krasta.

Meitene raudāja no skumjām

jo abi viņas vecāki bija miruši."

Holandiešu valodā dziesmas vārdi bija šādi:

"Asn d'oever van de snelle vliet

Eeen treurig meisje zat.

Het meisje huilde van verdriet

Omdat zij geen ouders meer had."

Par laimi, mazā Lia gulēja, tāpēc šūpuļdziesmas vārdi viņu nevarēja nobiedēt.

Kad Haniels pabeidza apstrādāt Lia vissmagākās brūces, viņa uzlika rokas uz gurniem un pārstāja dziedāt. Uzdevums bija gandrīz pabeigts, tagad viņai atlika tikai likt pamatus savas protežē jaunajām acīm.

Lijas abas mazās plaukstiņas bija savilktas bumbiņās. Stingri mazi dūrīši. Haniela ļāva saviem spārniem maigi glāstīt saslēgtos pirkstus, mudinot tos atvērties.

Kad Lia plaukstas bija atvērtas, eņģelis Haniels ar rādītājpirkstu uz abām plaukstām iezīmēja acs formu. Uz pirkstiem viņa uzzīmēja pa vienai līnijai, kas veda no plaukstas līdz pirksta galam. Pildot uzdevumu, eņģelis Haniels maigi noskūpstīja Lia uz pieres, pēc tam ar

ŠVĪKSTU!

pazuda.

Laiks sākās no jauna, un mūsu drosmīgā mazā Lia joprojām nekliedza. Šoks tā rīkojas ar ķermeni kā aizsardzības mehānisms, un, apstādinot laiku, apstājās arī sāpes. Kad Lia beidzot kliedza, viņa nespēja apstāties. Ne tad, kad ieradās ātrā palīdzība. Ne tad, kad viņu uz nestuvēm pacēla transportlīdzeklī, sirēnai pievienojoties viņas kliedzienu korim. Vai arī tad, kad viņu uz nestuvēm stūma slimnīcā. Ne tad, kad viņai sejā iededza lielu gaismu, ko viņa varēja sajust, bet neredzēja.

Viņa pārstāja kliegt, kad viņai iedeva sedatīvus. Tad viņi ar jaunāko tehnoloģiju palīdzību noņēma atlikušo stiklu. Tomēr katrs stikla gabaliņš jau bija izņemts. Ķirurgi devās uz priekšu un pārsēja viņai acis, pēc tam aizveda viņu uz istabu, lai atveseļotos.

Pēc operācijas ieradās Lijas māte Samanta. Viņa bija noķērusi sarkano reisu no Londonas. Viņa tikās ar ķirurgu, kamēr meita gulēja tālāk.

"Man žēl, bet viņa vairs nekad neredzēs," viņš teica.

Lia māte iespieda sev mutē dūri, cīnoties ar vēlmi raudāt.

Ārsts teica: "Viņa var iemācīties Braila rakstu un apmeklēt skolu vājredzīgajiem. Viņa ir lieliskā vecumā, lai mācītos, un viņa uzsūks zināšanas. Pēc neilga brīža viņai zīmēšana kļūs par otro dabu."

"Bet mana meita vēlas kļūt par baletdejotāju. Vai esat redzējuši vai dzirdējuši par neredzīgu profesionālu dejotāju?"

"Alīsija Alonso bija daļēji neredzīga. Viņa neļāva tam viņu atturēt."

Lijas māte noglāstīja guļošās meitas roku. "Paldies, es internetā uzzināsim par viņu sīkāku informāciju. Septiņi gadi ir pārāk mazi, lai būtu spiesti atteikties no sapņa."

"Es piekrītu. Tagad arī tu atpūties. Lia drīzumā pamodīsies, un viņai būs nepieciešams, lai tu būtu viņai spēcīga. Lai tad, kad tu viņai pateiksi. Ja vēlies, lai es arī būtu klāt, dod man zināt."

"Paldies, doktora kungs, vispirms mēģināšu tikt galā pati."

Kad durvis aizvērās, Lijas māte pieskārās zīmēm uz meitas sejas. Atstājušies nospiedumi izskatījās pēc dusmīgiem lietus pilieniem. Tad viņa paskatījās uz Lijas guļošo auklīti Hannu. Ejot viņai garām, lai paņemtu ūdeni, viņa nejauši tīšām iesita viņai pa kreiso kurpi, lai pamodinātu. "Ārā!" viņa sacīja, kad Hanna zīst.

Tagad gaitenī Lijas māte Samanta ļāva vaļu savām emocijām, nevaldot tās. "Kā tu varēji pieļaut, ka tas notiek ar manu bērnu? Kā tu varēji!? Vienu brīdi es biju biznesa sanāksmē - nākamajā man bija jāpārtrauc komandējums un jāķer pirmais reiss no Londonas! Kas notika? Kā tas notika?"

"Mēs tikko bijām atgriezušies no baleta nodarbības. Es gatavoju vakariņas, un Lia gatavoja mājasdarbus. Spuldzīte droši vien bija pārsprāgusi. Viņa paņēma citu no skapja priekštelpā un mēģināja pati to nomainīt, un tā eksplodēja. Kad viņa sāka kliegt, es biju klāt pēc dažām sekundēm, un ziekenwagen (ātrā palīdzība) ieradās nekavējoties. Es lūdzos, lai viņas acis būtu kārtībā, lai viņai viss būtu labi."

"Tad jūs lūdzaties miegā, vai ne?" Samanta jautāja, negaidot atbildi. "Artsen (ārsti) saka, ka viņa nekad vairs neredzēs," Samanta sacīja ar nelaipnu indi savā izteikumā.

Tikmēr Lia bija sapnī, lidojot kopā ar eņģeli. Viņa bija apmetusi rokas viņam ap kaklu, piespiežoties pie viņa krūtīm. Ratiņkrēsla kustība gaisā viņu šūpojās un mierināja.

Tad viņas prāts pagriezās, un viņa no augšas raudzījās uz metāla konteineru. Konteiners sēdēja uz ratiņkrēsla sēdekļa ar spārniem. Tas tika transportēts uz nezināmu vietu.

Viņa pacēla augšup labo roku un tad šeit kreiso, un ar tām viņa varēja redzēt, ka tajā iesprostots eņģelis/jaunietis. Viņam bija laipna seja, acis zilākas par debesīm, ar zelta plankumiem, kas lika tām mirdzēt, kaut arī viņš atradās tumsā. Viņa mati lielākoties bija gaiši, izņemot dažus sirmgalvjus pie deguniem. Bet dīvainākais bija tas, ka pa vidu bija melna svītra. Tā lika zēnam izskatīties vecākam.

Eņģelis/zēns konteinerā, kas brauca uz ratiņkrēsla sēdekļa, lidoja tuvāk meitenei viņas sapnī. Viņa pieskārās konteineram, un, kad viņa to izdarīja, varēja sajust un sadzirdēt iekšā esošā eņģeļa/ zēna sirdsdarbību. Viņa varēja ne tikai lasīt viņa domas un emocijas.

Lia pamodās un sauca: "Māte! Hanna! Nāc ātri!"

"Es esmu klāt, mīļā," sacīja māte, dodoties atpakaļ pie meitas gultas.

Hanna noslaucīja acis un atkal iegāja istabā.

"Tev, māte, nav laika vainot Hannu. Tas bija negadījums. Turklāt ir vajadzīga mūsu palīdzība. Lūdzu, atrodi man papīru un zīmuļus - TAGAD."

"Viņa ir apmulsusi!" Samanta iesaucās. Viņa pārbaudīja meitas pieres pieri, lai noteiktu temperatūru. Šķita, ka viss ir kārtībā.

Hanna izņēma no somas pieprasītos priekšmetus un ielika tos Lijas rokās.

Lia bez vilcināšanās sāka zīmēt. Viņa skrāpēja papīru kā iedvesmota māksliniece. Samanta un Hanna ar ziņkāri vēroja.

Pirmais viņas uzzīmētais attēls attēloja zēnu metāla lodes formas konteinerā. Konteiners atradās ratiņkrēsla sēdeklī, un ratiņkrēslam bija spārni. Eņģeļa spārni. Lia pāršķīra lapu un uzzīmēja otru attēlu, kurā zēns/angels bija iekšpusē no visiem leņķiem. No visām pusēm. Pēc pirmā attēla viņa maniakāli uzzīmēja vēl daudzus citus, un tad viņa tos izmeta gaisā.

Attēli, it kā tos būtu noķērusi vēja brāzma, - dejoja pa istabu, lidinājās augšup, tad lejup, tad visapkārt. Tie bija kā apveltīti ar burvju burvestību. Viena no bildēm aizdzina auklīti, un viņa ar kliedzieniem izskrēja no istabas.

Lia cieši sadevās rokās, tad samulstēja dažus nedzirdamus vārdus.

"Vai man izsaukt ārstu?" viņas histēriskā māte jautāja. "Mans bērns, ak, nē, mans nabaga bērns!"

Hanna atcirta, trīcēdama skatījās, kā Lia bija aizmigusi.

Abas sievietes sēdēja pie bērna gultas. Viņas vēroja, kā viņa mierīgi guļ, līdz beidzot arī viņas aizmiga.

Lia neredzēja ar lazdu krāsas acīm, ar kādām bija piedzimusi. Tās bija aizstātas ar acīm, kas bija redzamas uz viņas plaukstu delnām.

Viņas jaunajās plaukstās novietotajās acīs bija visas parastās acs daļas. Piemēram, acu zīlītes, varavīksnenes, sklēras, radzenes un asaru kanāla. Katrai plaukstas acij bija plakstiņš. Virsotne sākās tur, kur beidzās pirksti. Apakšējā daļa beidzās tur, kur sākās plauksta locītava.

Attiecībā uz skropstām uz katra pirksta bija uztetovēta matu līnija. No plakstiņa augšas līdz pat naga sākumam, tāpat kā īkšķim.

Tas bija labi, jo neviena jauna meitene nevēlētos, lai uz pirkstiem aug mati.

Īpaši ne tādai meitenei kā Lia, kura cerēja kādu dienu kļūt par lielisku baletdejotāju.

# NODAĻA 2

Kad viņa pamodās, plaukstas ļoti niezēja. Patiesībā tās niezēja vairāk nekā jebkad agrāk. Tas viņai atgādināja kaut ko, ko reiz teica viņas vecmāmiņa. Vecmāmiņa teica, ka tad, ja tev niez labā roka, tas nozīmē, ka tu saņemsi naudu un daudz naudas. Ja tev niezēja kreisā roka, tas nozīmēja, ka tu zaudēsi naudu. Viņa nekad neteica, kas notiks, ja abas plaukstas niezēs vienlaicīgi.

Konteinera iesprostotā eņģeļa/jaunieša mirkļbirklis viņu atgriezās realitātē. Viņa atvēra plaukstas, gatavojoties skrāpēties. Tā vietā bija šokēta, ieraugot tajās savu atspulgu. Viņa pasmaidīja, it kā pozētu selfijam.

Joprojām nebūdama simtprocentīgi pārliecināta, vai viņa sapņo, viņa novērsa abas plaukstas no sevis. Viņas nodoms bija uzņemt panorāmas skatu uz istabu.

Tā bija iekārtota tā, it kā viņa peldētu akvārija iekšpusē. Klauna zivtiņas un zelta zivtiņas bija aizņemtas, dzenājot viena otrai astes. Viņa turpināja kustināt rokas pa istabu, līdz atrada Hannu. Tad viņa atrada savu māti. Viņa sajūsmā nopriecājās.

Lijas māte Samanta uzlēca uz augšu, tāpat kā Hanna.

"Kas ir, mazulis?"

"Mammu? Es tevi redzu."

"Protams, tu redzi, mana mīļā."

"Vai tu man tici?"

"Jā, protams, es tev ticu. Bet pastāsti man kaut ko, pirms tam, kāpēc tu zīmēji ratiņkrēslu ar spārniem? Ratiņkrēsliem nav spārnu."

*Viņa neredz manas jaunās acis,* nodomāja Lia. "Es tevi mīlu, mammu, bet dažiem ratiņkrēsliem ir spārni, un daži eņģeļi lido ratiņkrēslos ar spārniem." "Es tevi mīlu, mammu, bet dažiem ratiņkrēsliem ir spārni.

"Arī es tevi mīlu, bērniņ," viņa atbildēja. "Kāds zēns/angels? Vai tev bija sapnis?"

"Ir zēns eņģelis," teica Lia.

"Zēns/angels? Kur, bērniņ?"

Lia atvēra plaukstas un domāja par eņģeļa zēnu. Viņa domāja tik intensīvi, ka varēja viņu redzēt, dzirdēt, sajust viņa klātbūtni savā prātā. "Eņģelis/zinietis ir atnācis šurp, lai mani redzētu," viņa teica.

"Šeit, mīļā?" jautāja viņas māte, skatoties aukles virzienā, kura paraustīja plecus.

"Jā, eņģeļa zēnam ir vajadzīga mana palīdzība. Viņš ieradies pie manis no Ziemeļamerikas." "Viņš ir ieradies pie manis no visas Ziemeļamerikas.

"Kad jūs zīmējāt attēlus," Hanna jautāja, "vai jūs zīmējāt, atceroties eņģeli/ zēnu?" "Vai jūs zīmējāt no atmiņas par eņģeli/ zēnu?"

"Vai no sapņa?" jautāja viņas māte.

"Sākumā tas bija sapnis, bet tagad es viņu redzu arī tad, kad esmu nomodā."

"Ja tu mani redzi, bērniņ, tad ko es esmu uzvilkusi?" - "Ja tu mani redzi, bērniņ, tad ko es esmu uzvilkusi?"

"Es tevi redzu, mammu, bet ne ar savām vecajām acīm. Bet ar savām jaunajām. Tu esi tērpusies sarkanā kleitā ar pērlītēm ap kaklu."

Kāds vecāka gadagājuma pacients, ejot garām viņas istabai, apstājās, ieraugot bērnu, kas turēja plaukstas atvērtas priekšā. *Tā ir viņa*, viņš nodomāja, un, lai to apstiprinātu, viņam nebija ilgi jāgaida. Jo Lia, sajutusi cita cilvēka klātbūtni, pagrieza kreiso plaukstu durvju virzienā.

Vecais vīrs redzēja, kā viņas plauksta mirkšķina, un tad atkāpās no viņas redzesloka.

"Viņa uzmin," ierosināja Hanna, novēršot Lijas uzmanību no durvju ailas.

Pienāca medmāsa, un Lia, kura nekad agrāk viņu nebija redzējusi, sacīja: "Sveiki, medmāsa Vinke." "Es esmu medmāsa," - "Labdien, medmāsa Vinke.

"Vai mēs jau esam tikušās?" Medicīnas māsa Heidija Vinke jautāja.

Lia ķiķināja. "Nē, bet es varu izlasīt jūsu uzvārda birku."

"Viņa saka, ka redz ar savām jaunajām acīm," sacīja Lijas māte.

"Lūk, lūk," atbildēja medmāsa Vinke, pievēršoties mātei, nevis meitenītei. Bērns neiebilda, kad māsa Vinke aizveda māti ārā, lai aprunātos ar viņu privāti.

"Tas ir normāli, ka jūsu meita šādos apstākļos izmanto iztēli, viņa ir zaudējusi redzi. Viņa ir laimīga, lai gan ar viņu ir noticis briesmīgs atgadījums." "Viņa ir laimīga," teica Vinkija.

Samanta pieskārās, un abas atgriezās pie Lijas.

"Jūs, bērns, droši vien esat noguris," sacīja māsa Vinke, izmērījusi meitenītes pulsu.

"Es neesmu," sacīja Lia. "Es tikko pamodos un negribu atkal aizmigt. Ja es tagad aizmigšu, es varētu viņu palaist garām."

"Kam?" Vinke jautāja, noguldot meitenīti.

"Jā, zēns/angels," atbildēja Lia. "Viņš tagad tuvojas. Gandrīz klāt - un viņam ir vajadzīga mana palīdzība. Es nevaru vien sagaidīt, kad viņu satikšu. Viņš ir mērojis garu, garu ceļu, lai tikai mani redzētu."

"Tur, tur, tur, bērns," Vinke nopriecājās. Viņa iespieda Lijas rokā adatu ar miegu izraisošām zālēm.

Lia protestēja, bet tūlīt aizmiga.

"Nakts, nakts, bērniņ," māte rūcināja.

Viņš atgriezās savā istabā un pacēla tālruņa klausuli. Tad viņš pieprasīja ārējo līniju.

"Viņa ir šeit," viņš čukstēja telefonā. "Es pats viņu redzēju - tepat slimnīcā, blakus manai istabai."

Iestājās klusums, tad otrā galā atskanēja klikšķis. Vecais vīrs ieslīga gultā. Viņš ar pulti ieslēdza televizoru.

Viņa mīļākā programma: Šobrīd vai Nekurzemes (pazīstama arī kā baiļu faktors), kas tikko bija sākusies. Viņš vēlējās redzēt, ko šie trakie muļķi darīs šīs nedēļas epizodē.

# NODAĻA 3

Līdz brīdim, kad sudraba lodes iekšpusē E-Z vairs nejutās tik vientuļš. Jo domās viņš runāja ar mazu meiteni.

Viņa bija ienāca viņa prātā kopā ar gaismas uzplaiksnījumu un kliedzienu. Viņa bija ievainota. Viņš vēroja, kā eņģelis Haniels viņai palīdzēja. Viņš klausījās, kad Haniels dziedāja mazajai meitenei dziesmu, kamēr viņa noņēma stiklu.

Nākamais bija negaidīts. Eņģelis Haniels uzzīmēja līnijas uz mazās meitenes plaukstas un pirkstiem. Haniels dāvāja bērnam jauna veida redzi. Un plaukstas acis.

Viņš uzreiz saprata, ka meitenes liktenis ir saistīts ar viņa likteni.

Sākumā, lai gan viņš viņu redzēja savā prātā, viņš nespēja ar viņu sazināties. Bija tā, it kā viņš savā prātā skatītos televīzijas programmu bez skaņas. Tad, kad bērns sapņoja, viņa nāca pie viņa un uzlika savas rokas uz lodes, kurā viņš bija iesprūdis. Tad viņš zināja, ko viņa zināja, un viņa zināja, ko viņš zināja, un viņi bija saistīti.

Pirmie vārdi, ko viņa viņam bija teikusi, bija: "Man nepatīk tumsa."

E-Z bija atbildējis: "Nebaidies. Es esmu šeit. Mans vārds ir E-Z. Un kāds ir tavs vārds?"

"Mani sauc Sesīlija," atbildēja bērns. "Bet mani draugi mani sauc Lia. Jūs varat mani saukt Lia. Man ir septiņi gadi. Cik tev ir gadu?"

E-Z bija domājis, ka bērns ir jaunāks. "Man ir trīspadsmit," viņš atbildēja. "Es esmu no Ziemeļamerikas."

"Es dzīvoju Nīderlandē," atbildēja Lia.

Abi klusēja, kamēr Lia ar plaukstas acīm skatījās uz viņu tērauda lodē.

"Ko tu tur dari?" viņa jautāja.

E-Z padomāja, pirms atbildēja. Viņš negribēja biedēt bērnu, ar patieso stāstu par to, ka viņu kā izmēģinājumu bija nolaupījis kāds erceņģelis. Viņš gribēja viņai izstāstīt patiesību, taču nebija pārliecināts, vai viņa spēs to uztvert, jo bija tik maza.

Viņš sacīja: "Es īsti nezinu, kāpēc mani šeit ielika, bet es domāju, ka tas bija, ka mani šeit ielika, lai es tevi satiktu." Viņš sacīja: "Es neesmu īsti pārliecināts, kāpēc mani šeit ielika. Viņš vilcinājās, pakratīja galvu un jautāja: "Vai tu pazīsti Ēriēlu?"

Lia jutās pagodināta, ka viņš ieradās pie viņas, taču bažījās, ka viņš šādā veidā tiek pārvests viņas labā. "Man ir ļoti žēl, ja jūs esat spiests pret savu gribu ceļot šurp, lai tiktos ar mani. Ak, un nē, šis vārds man nav zināms."

E-Z bija ļoti ziņkārīgs par Lia. Tā kā viņa teica, ka ir holandiete, viņš bija ārkārtīgi pārsteigts, cik lieliska ir viņas angļu valoda.

"Es tevi jutu, bet nevarēju saskatīt, līdz acis, manas jaunās acis izauga. Pirms tam es varēju lasīt jūsu domas. Vai jūs varētu izlasīt manējās? Ak, un paldies par manu angļu valodu."

"Es redzēju, kas ar tevi notika, negadījums. Man ir ļoti žēl, ka jūs esat cietusi. Šīs lietas dēļ es nevarēju jums palīdzēt." Viņš dauzīja ar dūri pret sienām. Viņš aizbāza ausis, jo atskanēja sitienu troksnis. "Kad tu sapņoji, tu biji kopā ar mani. Manā galvā."

Lia aizvēra labo dūri, bet kreiso atstāja atvērtu un pieskārās ārsienai. Viņas plauksta atmirdzēja atvērta un tad aizvērta, atvērta un tad aizvērta.

Viņa neko neteica, bet skatījās uz priekšu kā transā nonākusi persona.

E-Z nolēma viņai izstāstīt savu stāstu.

"Mani vecāki gāja bojā autoavārijā. Un es zaudēju kāju kustību."

Viņš apstājās. Domāja, cik daudz viņam vajadzētu viņai pastāstīt.

Šī vilcināšanās padarīja lēmumu par labu viņam.

Viņa bija cieši aizmigusi.

# NODAĻA 4

Slimnīcā dežurēja jauns ārsts. Viņš uz īsu brīdi ieskatījās Lijas kartē. Redzot, ka Cecēlija joprojām guļ, viņš čukstēja viņas mātei.

"Mums jānogādā jūsu meita uz otro stāvu, lai veiktu vēl vienu skenēšanu."

"Vai tas ir steidzami?" Lijas māte jautāja. "Viņa guļ tik mierīgi, būtu žēl viņu modināt."

Ārsts, kura uzvārda birku aizsedza medicīniskās jakas apkakle, pasmaidīja. "Nav vajadzības viņu modināt. Mēs varam ievietot viņu mašīnā, kamēr viņa guļ. Daži pacienti, īpaši jaunāki, dod priekšroku šim veidam."

Samanta paskatījās uz savu pulksteni. "Protams, es iesēžos kopā ar viņu."

"Nav vajadzības," teica ārsts. "Man tūdaļ klāt būs asistenti. Izmantojiet laiku, lai paēstu sev sviestmaizi vai kumelīšu tēju - mana sieva zvēr uz to. Palīdz viņai atslābināties un aizmigt."

"Paldies," Samanta sacīja, kad ieradās divi palīgi. Divi ielas drēbēs tērpti vīri pacēla Lia no gultas un uzcēla viņu uz nestuvēm ar riteņiem. Ārsts izvilka segu no nestuvju apakšas un uzklāja to Liai. "Mēs viņu sasildīsim un pēc neilga brīža būsim atpakaļ. Neaizmirstiet izmantot šo laiku, lai palutinātu sevi ar tēju vai kafiju."

Kamēr Hanna gulēja tālāk, Samanta vēroja, kā aprūpētāji un ārsts stumj viņas meitu pa koridoru. Tagad, gaidot pie lifta, viņa vēroja vēl uzmanīgāk. Kad lifta durvis aizvērās, viņa devās pa gaiteni, ignorēdama iekšēju sajūtu, kas viņai traucēja. Viņa to atvairīja, sakot sev, ka ir izsalkusi, un devās uz kafejnīcu. Tā bija ļoti aizņemta. Lielākoties ar darbiniekiem, kas bija tērpušies virsdrēbēs.

Gatavojot un malkojot tēju, viņai ienāca prātā, ka neviens darbinieks nevalkā ielas apģērbu.

"Atvainojiet," viņa sacīja vienam no ārstiem. "Kas ir otrajā stāvā? Vai tur tiek veikti rentgena un ķermeņa skenēšanas izmeklējumi?"

Viņš pakratīja galvu: "Otrajā stāvā ir dzemdību nodaļa."

Samanta piecēlās no krēsla, apgāžot savu karsto tēju un izlejot to sev klēpī. Kad viņa iesaucās, no visām pusēm nāca palīgi.

"Mana meita!" viņa sauca. "Ārsts ar diviem palīgiem tikko aizveda manu meitu Lia uz nestuvēm. Viņi teica, ka ved viņu uz otro stāvu, lai veiktu dažus izmeklējumus. Ja otrais stāvs ir paredzēts dzemdību nodaļai, kāpēc viņi viņu būtu aizveduši prom?

Viņas uzliesmojums bija piesaistījis pārāk daudz uzmanības. Tāpēc ārsts, pie kura viņa bija vērsusies vispirms, pierunāja viņu doties ārā.

Viņi atgriezās Lijas istabā. Samanta paskaidroja visu sīkāk. Labi, ka viņa bija paskatījusies uz pulksteni, lai varētu viņiem pateikt precīzu laiku, kad tas viss bija noticis.

"Šī ir nopietna lieta," teica ārsts Brauns. "Atstājiet to ar mani. Mums visā slimnīcā ir drošības kameras. Varbūt jūs nepareizi dzirdējāt par otro stāvu? Iespējams, viņa atrodas septītajā stāvā, kur tieši tagad, kamēr mēs runājam, veic skenēšanu. Atstājiet to ar mani. Sēdi mierīgi šeit, un es pēc iespējas ātrāk atgriezīšos pie tevis."

Samanta apsēdās un visu paskaidroja Hannai. Viņas dalīja sviestmaizi ar tunci un centās neuztraukties.

Kamēr Lia gulēja, vīrietis, kurš patiesībā nebija ārsts, un praktikanti, kuri nebija praktikanti, pameta ēku. Viņi devās uz gaidīšanas mašīnu. Autostāvvietā atstāja nestuves.

Doktors Brauns sasauca tikšanos ar administratoru. Izmantojot videonovērošanu, viņi kļuva par Lijas nolaupīšanas lieciniekiem. Viņi brīdināja policiju, sniedzot automašīnas aprakstu. Diemžēl kameras nefiksēja numura zīmes datus.

"Pagaidīsim nedaudz," teica slimnīcas administratore Helēna Mičela. Pēc dažām dienām viņa bija aizgājusi pensijā. "Pirms mēs informēsim mazās meitenītes māti. Mēs nevēlamies viņu satraukt."

"Es to nevaru darīt," sacīja ārsts Brauns.

"Policija var atvest bērnu atpakaļ pēc neilga laika."

"Es ceru, ka jums taisnība. Tomēr tas rada bažas. Cerams, ka viņi neaizies tālu."

Zvanīja telefons, tā bija policija. Viņi izsludināja visu punktu paziņojumu (APB) par mazo meitenīti. Viņi lūdza jaunāko viņas fotogrāfiju.

"Viņi vēlas jaunāko fotogrāfiju," teica Helēna Mičela.

"Vienīgais veids, kā to iegūt, ir lūgt viņas mātei," teica ārsts Brauns.

Helēna pieskārās, un Brauns pagriezās, lai aizietu.

"Sakiet, ka mēs to pēc faksa nosūtīsim pēc iespējas ātrāk."

"Es nosūtīšu kādu no traumatologu komandas," teica Helēna. Tad policijai pa tālruni: "Viņa akla un tikai septiņus gadus veca. Kādēļ, pie visa svēta, šie trīs vīrieši darīja tik sarežģītus darbus, lai viņu šādā veidā izvestu no slimnīcas?"

"Es nevaru pateikt," atbildēja policists otrā galā.

# NODAĻA 5

E-Z uzreiz saprata, ka ar viņa jauno draudzeni Lia kaut kas nav kārtībā. Viņai vajadzēja gulēt slimnīcas gultā, bet viņas gulta bija kustībā. Kas ar ko?

Viņš apsvēra iespēju viņu pamodināt, bet ko viņa varētu darīt, pat ja viņš to izdarītu? Nē, labāk, ja viņa gulētu tālāk - līdz viņš varētu viņu atrast un izglābt. Patlaban viņa bija aizņemta, sapņojot par sevi, dejojot baleta deju. Viņš nekad iepriekš nebija pievērsis lielu uzmanību baletam, taču viņam šķita, ka šī mazā meitene ir talantīga. Un viņa dejoja, izmantojot acis rokās, kad pārvietojās pa skatuvi.

E-Z bez lielas piepūles domās pārcēla sevi uz viņas atrašanās vietu. Tur viņa atradās, cieši aizmigusi braucoša transportlīdzekļa aizmugurējā sēdeklī. Viņa izskatījās tik mierīga, jo prātā nodarbojās ar to, ko mīlēja, - dejoja.

Viņš paplašināja skatu un ieraudzīja trīs galvas. Viena, kas vadīja automašīnu, bija normāla auguma un auguma. Savukārt pārējie divi vīrieši izskatījās pēc futbolistiem.

"Paātrini!" E-Z pavēlēja savam krēslam, taču tas to jau bija izdarījis.

Kā gan viņš grasījās viņai palīdzēt, ja joprojām bija iesprostots sudraba lodē? Viņam vajadzēja to sadragāt līdz daļai - un drīzāk ātrāk nekā vēlāk. Līdz šim visi centieni to salauzt nebija izdevies.

Viņš brīnījās, kāpēc vīrieši viņu bija paņēmuši. Vai viņi zināja par viņas spējām? Kā viņi to varēja zināt? Lielākajā daļā slimnīcu bija videonovērošanas kameras, vai viņi varēja viņu novērot? Tomēr tam nebija nekādas jēgas. Viņa bija septiņus gadus veca akla meitene. Ko viņi no viņas gribēja?

Kamēr E-Z ar ātrumu dega debesīs, viņš nevarēja nedomāt, kāpēc viņi viņu bija nolaupījuši. Vai viņi bija iecerējuši pieprasīt izpirkuma maksu?

Jebkurā gadījumā, ja viņi to vēlējās, tad tas viņam šķita jēdzīgāk. Labāk, nekā viņi zinātu, ka viņa ir pamanīta. Ar īpašām spējām. Tomēr viņa galvenā prioritāte bija tikt ārā no lodes.

Viņš kliedza. Kā viņš to jau bija darījis daudzas reizes iepriekš: "PALDIES!"

POP.

"Sveiki," sacīja Hadžs, sēžot uz E-Z pleciem. "Ko, pie velna, tu šeit dari? Šī vieta tev ir par mazu." Hadzs pārmeta acis.

E-Z bija vairāk nekā satraukusies, redzot Hadzu. Viņš satvēra mazo radībiņu un cieši apskāva viņu pie krūtīm.

"Ei, skaties uz spārniem," teica Hadz.

E-Z atlaida radījumu. "Paldies, ka atnāci un atsaucies manam aicinājumam. Man pilnīgi noteikti vajag, lai tu man palīdzi izdomāt, kā tikt ārā no šīs lietas. Es zinu, ka tu esi noņemts no manas lietas, bet ir kāda meitenīte vārdā Lia, un viņa ir briesmās, un es viņai esmu vajadzīgs. Jums vienkārši ir jāpalīdz. Es esmu pārliecināta, ka Ēriels sapratīs."

"Ak, tātad jūs nevēlaties būt šajā lietā?" Hads jautāja.

"Nē, es nevēlos šeit atrasties. Es gribu ārā, bet kā?"

"Vienkārši to izdariet," sacīja Hadžs.

"Es esmu izmēģinājis visu. Sānu malas nepiekāpjas. Es izsaucu Ēriēlu, lai viņš man palīdzētu, bet viņš teica, ka šajā esmu viens pats." "Es esmu viens pats," viņš teica.

"Ah, viņam tas nepatiks. Man nav jāpalīdz, bet es tev varu teikt tikai vienu: ņem vērā apkārtni."

"Tas nekādi nepalīdz," sacīja E-Z, cenšoties pilnībā nezaudēt savaldīšanos. "Es lūdzu krēslu aizvest mani pie tēvoča Sema. Viņš noteikti mani no šīs lietas izvilks ārā. Bet krēsls ignorēja manu vēlmi. Tagad kāda meitenīte ir nonākusi nepatikšanās, un viņai ir vajadzīga mana palīdzība. Ja es nevaru izkļūt, tad es nevaru palīdzēt sev, un, ja es nevaru palīdzēt sev, tad es nevaru palīdzēt viņai. Lūdzu. Pastāsti man, kā no šejienes izkļūt. Izcel mani vai kaut ko tamlīdzīgu."

Būtne pakratīja galvu, tad aizlidoja līdz lodes virsotnei. Pieskārās galam. "Ņem vērā fiziku. Ja tu esi lodes iekšpusē, kam šī lieta līdzinās, tad tev jābūt izlādētam. Izšauts. Pareizi?"

E-Z apsvēra savas iespējas. Viņš varēja likt krēslam viņu nomest, palaižot pret zemi. Zeme pārtrauktu viņa kritienu. Vai tā izlauztu lodi? Viņš nolēma, ka ir vērts riskēt. "Labi," sacīja E-Z, "man jāpanāk, lai krēsls mani nomestu, pareizi?"

Būtne smējās. "Tu esi smieklīgs, E-Z. Ja tu nokristu no šāda augstuma, šī lieta tiktu iedzīta zemē. Tas ir ar nosacījumu, ka tā pēc trieciena nesprāgtu. Un ar tevi tajā." Viņa atkal smējās. "Vai arī tu nenomirtu kritiena laikā. Ja tu mirtu, tu nevarētu glābt mazo meitenīti. Ei, par kādu meitenīti tu vispār runā?"

"Viņas vārds ir Cecēlija, Lia, un viņa ir Nīderlandē, netālu no vietas, kur mēs tagad atrodamies." "Viņa ir Cecēlija.

Hadžs aptaustīja konteinera galu, kuru E-Z nebija redzējis un arī nevarēja aizsniegt. Būtne to pastūma. Cilindrs atbrīvojās un izsprāga kā tulpe. Hadžs palīdzēja E-Z izkļūt no lodes, un drīz vien viņš sēdēja krēslā, turēdams šo būtni klēpī. E-Z spārni atvērās. Bija patīkami tos izstiept.

E-Z pacēlās pāri debesīm, nesot balonu, ko viņš iemeta Ziemeļjūrā.

Trijotne - E-Z, krēsls un Hadzis - lielā ātrumā lidoja un lidoja Ziemeļholandes virzienā, pa kuru traucās automašīna.

"Paldies," teica E-Z.

"Nav par ko," atbildēja Hadzs. "Es palikšu tuvumā, ja es jums būšu vajadzīgs."

"Lieliski!"

# NODAĻA 6

E-Z tuvojās Zaandamai, kas jau tuvojās automašīnai. Viņš pārbaudīja, un Lia joprojām gulēja aizmugurējā sēdeklī. Tomēr viņa vairs nesapņoja, tāpēc viņš uztraucās, ka viņa drīzumā varētu pamosties.

Viņa ratiņkrēsls mainīja kursu, palielināja ātrumu un pietuvojās automašīnai, pēc tam pacēlās virs tās. Viltus ārsts, kurš vadīja automašīnu, sānu spogulī ieraudzīja ratiņkrēslu aiz viņiem.

"Wat is dat vliegende contraptie?" viņš jautāja. (Tulkojums: "Kas ir tas lidojošais izgudrojums?" (Kas ir tas lidojošais izgudrojums?)

Abi bandīti pagrieza galvas.

Viens teica: "Ik weet het niet, maar versnel het!" (Tulkojums: "Es nezinu, bet paātrini to!" (Es nezinu, bet paātrini to!)

Otrais bandīts smējās, tad izvilka pistoli no paneļakastes. (Tulkojumā: cimdu kastīte.) Viņš pārbaudīja, vai tajā nav patronu. Aizslēdza to un noklikšķināja uz aizbīdņa.

E-Z ratiņkrēsls ar klauvējienu piezemējās uz automašīnas jumta.

Vadītājs strauji bremzēja, liekot ratiņkrēslam slīdēt uz priekšu. Tas slīdēja pa priekšējo stiklu uz priekšu, tad pāri motora pārsegam.

E-Z pacēlās, pacēlās un pagriezās pret viņiem.

"Ko tas?" autovadītājs kliedza, jo zaudēja kontroli pār mašīnu, liekot tai slīdēt un zigzagot.

E-Z un ratiņkrēsls pacēlās, atkāpjoties un satverot automašīnas bamperi, liekot tai pilnībā apstāties.

Tūdaļ pasažieris tika atvairīts, un atskanēja šāvieni.

Aizmugurējā sēdeklī Lia nopūtās.

Bokseris ar ieroci izskrēja pa durvīm, tad uz ceļgaliem gatavojās raidīt šāvienu uz E-Z.

Hadžs iznira no nekurienes un izsita pistoli bandītam no rokām. Tad viņa sasēja viņam rokas aiz muguras un kājas aiz muguras kā teļam rodeo.

Otrais bandīts metās tieši pret E-Z, kurš ar savu jostu viņu sasita. Bokseris apgāzās, lai viņš varētu viegli aptīt jostu ap kājām.

Puisis mēģināja lēkt prom, bet tālu netika. Tagad, kad viņš bija apstādināts, viņi devās uz ārstu, izmantojot krēsla aptveres mehānismu. Ārsts tika noķerts un imobilizēts.

Lia visu to pārdzīvoja, pat kamēr Hadžs viņu izcēla no transportlīdzekļa un aiznesa uz drošu vietu.

E-Z novietoja trīs vīriešus vienu otram blakus automašīnas aizmugurējā sēdeklī.

"Kam jūs strādājat?" viņš pieprasīja.

"Viņi nesaprot angliski." Hadzs pārmeta: "Viņi nesaprot angliski." Viņa pārtulkoja vīriešiem E-Z jautājumu. Pēc tam, kad viltus ārsts atbildēja, Hadz pārtulkoja. "Viņš saka, ka viņi nezina, kam viņi strādā."

"Tas ir smieklīgi. Viņi no slimnīcas nolaupīja bērnu. Pajautājiet viņiem, kur tad viņi viņu ved? Un kā viņi par viņu uzzināja?"

Hadžs pārtulkoja. Viltus ārsts atkal atbildēja: "Mums teica, lai aizvedam viņu uz piestātni, un tur viņu kāds gaidīs. Tas ir viss, ko mēs zinām."

E-Z viņiem neticēja, bet Hadžs apstiprināja, ka viņi patiešām saka patiesību. "Ko jūs vēlaties ar viņiem darīt?" viņa jautāja.

"Vai jūs varat izdzēst viņu prātus? Un to prātus, ar kuriem viņi ir saistīti, Šie trīs ir mašīnas zobratiņi. Mēs vēlamies izdzēst prātu cilvēkam, kas atrodas dokos. Lai viņi visi aizmirst par viņu - uz visiem laikiem."

"Paveikts," viņa teica.

"Vau, tu esi ātrs!"

E-Z un Hadžs krēslā devās atpakaļ uz slimnīcu, tieši tad, kad Lia sāka mosties. Viņa pakustināja galvu, sajuta, kā vējš pūš viņas matus, un ieslīga E-Z krūtīs. Viņa atvēra labo plaukstu un paskatījās uz savu draugu, zēnu/angelu. Viņa smējās un cieši viņu apskāva. Pamanījusi uz E-Z pleciem mazo, fejām līdzīgo būtni, viņa ar plaukstas acīm paskatījās uz viņu.

"Tu esi tik maza un mīļa," viņa teica.

"Priecājos par tevi," sacīja Hadžs. "Un paldies."

Viņi lidoja slimnīcas virzienā.

"Tagad tu esi drošībā," sacīja E-Z.

"Un tu vairs neesi tajā lietā," teica Lia.

"Hadz palīdzēja man izkļūt," sacīja E-Z, plīvojot ar spārniem.

"Kur tu tos dabūji?" Lia jautāja. "Vai es varu paņemt?"

E-Z smaidīja. Viņš nebija pārliecināts, cik daudz viņam viņai vajadzētu pastāstīt. Viņš uztraucās, ko Eriels teiks, ja viņš atklās pārāk daudz. "Es tos dabūju pēc vecāku nāves."

"Bet kāpēc?" jautāja mazā Lia.

"Es sāku glābt cilvēkus," sacīja E-Z.

"Tu gribi teikt, ka es neesmu pirmais cilvēks, ko esi izglābis?"

"Nē, tu neesi."

Hadža pāršķīstīja rīkli, kas bija signāls E-Z, lai pārtrauc runāt.

Viņi lidoja tālāk klusējot. Mazā meitene apskāva E-Z krūtis. Ratiņkrēsls zināja, kur tam jābrauc. Hadžs atkal jutās vajadzīgs.

E-Z bija iegrimis savās domās. Viņš domāja, vai Lia izglābšana bija galvenais pārbaudījums. Vai arī izkļūšana no lodes bija izpildījusi uzdevumu. Varbūt tas bija divi par vienu! Cik tad tas būtu bijis? Viņam nācās tos pierakstīt, lai sekotu līdzi. To viņš bija darījis savā dienasgrāmatā, taču pēdējā laikā viņam nebija daudz laika, lai kaut ko pierakstītu.

"Es dzirdu, kā tu domā," teica Lia. Viņa bija atvērušas abas plaukstas. Viņa vēroja E-Z ārpusē, vienlaikus klausoties, ko viņš domā iekšpusē. "Es vēlos uzzināt vairāk par šiem izmēģinājumiem. Un es gribu zināt, kāpēc es redzu ar rokām, nevis acīm. Vai jūs domājat, ka šis Ēriels to zinās?"

POP

Hadžs negaidīja atbildi.

"Slimnīca ir zemāk," E-Z sacīja.

Krēsls lēnām nolaidās, un viņi iegāja slimnīcas iekšienē. E-Z un krēsla spārni pazuda. Viņš virzījās pa koridoru un atrada Lia istabu. Tur viņu gaidīja māte.

"Apcietiniet šo zēnu," Lia māte kliedza.

E-Z bija pārsteigts. Kāpēc viņa gribēja viņu arestēt? Viņš tikko bija izglābis viņas meitu.

"Bet mamma," sāka Lia.

Ieradās policija. Viņi aizsniedzās aiz E-Z un uzlika viņam rokās aproces.

Pirms viņi tās saslēdza, Lia kliedza. Tad viņa atvēra plaukstas un izstiepa tās sev priekšā. No viņas plaukstu acīm izstaroja žilbinoši balta gaisma, kas lika visiem telpā, izņemot viņu un E-Z, laikus apstāties. Mazā Lia apturēja laiku.

"Forši! Kā tu to izdarīji?" E-Z iesaucās, kad rokudzelži ar troksni nokrita uz grīdas.

"Es, es nezinu. Es gribēju tevi pasargāt. Izglābt tevi." Viņa apstājās, ieklausījās. "Kāds tuvojas, tev jāiet prom no šejienes. Es jūtu, ka vēl kāds nāk, un tev ir jābūt prom."

"Kāds?" E-Z jautāja. "Vai tu zini, kas?"

"Es nezinu. Zinu tikai to, ka kāds cits nāk, un tev nekavējoties jāiet."

"Vai tu būsi, labi? Vai viņi tevi ievainos?"

"Ar mani viss būs kārtībā - viņi nāk pēc tevis, nevis pēc manis. Ej prom no šejienes, tūlīt."

"Kad es tevi atkal redzēšu?" E-Z jautāja, izsitot slimnīcas logu un izlidojot ārā, un gaidīja, kad viņa atbildēs.

"Tu vienmēr mani redzēsi, E-Z. Mēs esam savstarpēji saistīti. Mēs esam draugi. Tu izkļūsti no šejienes, un es parūpēšos par pārējo." Viņa noskūpstīja viņu.

Lia iegāzusies gultā, aizvilka segu līdz kaklam un izlikās, ka cieši guļ, pirms viņa atkal iekustināja pasauli.

"Kas notika?" jautāja māte.

Viss atkal bija labi. Lia gulēja gultā neskarta.

Pasaule turpinājās tāpat kā iepriekš, kamēr E-Z atkal spārnots atgriezās mājās.

"Paldies, Hadz par palīdzību," E-Z teica, lai gan viņa bija aizgājusi. Kaut kā viņš zināja, ka, lai kur viņa būtu, viņa viņu dzird.

# NODAĻA 7

E-Z lidoja pāri debesīm un saprata, ka ir izsalcis. Zem viņa atradās Big Bens. Viņš nolēma piezemēties un nopirkt sev angļu zivis ar čipsiem.

Kad krēsls nolaidās, viņš pamanīja baltu furgonu, kas ātri virzījās pa ceļu. Tas atradās paralēli skolai. Viņš redzēja vecākus automašīnās un kājām, kas gaidīja, lai paņemtu savus bērnus.

Kad furgons pagriezās pagriezienā, tas palielināja ātrumu.

Viņa ratiņkrēsls aizskrēja uz priekšu, atpaliekot no transportlīdzekļa. Tuvojoties skolai, braukšana kļuva arvien bezrūpīgāka. Bērni sāka iznākt ārā.

E-Z aizķērās pie mikroautobusa aizmugures. Viņš, pielietojot visu savu spēku, ar čīkstēšanu to pavilka līdz pilnīgai apstāšanās vietai.

Autovadītājs nospieda gāzes pedāli, cenšoties aizbraukt. Viņam nepaveicās. Viņi nevarēja redzēt, kas vai kas viņus aiztur.

E-Z salauza bagāžnieka slēdzeni, aizsniedzās iekšā un izvilka džempera kabeļus. Krēsls aizskrēja uz priekšu un piezemējās uz transportlīdzekļa jumta. E-Z izmantoja džempera troses, lai saslēgtu kabīnes durvis. Autovadītājs nevarēja izkļūt.

Gaisu piepildīja sirēnu skaņas.

E-Z pacēlās lidojumā un, pamanījis, ka vairāki cilvēki viņu fotografē telefonos, lidoja arvien augstāk un augstāk.

Viņa vēders saraudāja, un viņš atcerējās par zivīm un čipsiem. Tā kā viņam nebija britu valūtas, viņš tik un tā nevarēja par tiem samaksāt, tāpēc viņš devās mājup.

Domādams par to, ka tēvocis brīnās, kur viņš atrodas, viņš nodomāja atstāt ziņu un sāka to darīt: "Es esmu ceļā uz mājām." Viņš atstāstīja: "Es esmu ceļā uz mājām." Un tad viņš atstāja ziņu.

Noklikšķiniet.

"Kur tu esi?" Jautāja tēvocis Sems.

E-Z bija priecīgs, ka tā nebija ziņa!

"Es tikko lidoju virs Lielbritānijas. Šodien ir patīkama diena lidošanai, vai ne?"

"Ko? Kā?"

"Tas ir garš stāsts, es paskaidrošu, kad atgriezīšos."

"Vai jūs lidojat ar lidmašīnu?"

"Nē, esmu tikai es un mans krēsls."

Zemāk E-Z redzēja, kā cilvēki viņu fotografē. Kad viņš ieraudzīja, ka viņa virzienā tuvojas vietējais pārvadātājs 747, viņš saprata, ka ir nonācis nepatikšanās. Pirms viņš paspēja pacelties augstāk, kameras jau fotografēja un publicēja fotogrāfijas visos sociālajos tīklos.

"Atvainojies, Ēriēls," viņš teica, paceļoties augstāk. "Jūs zināt teicienu, ka jebkura publicitāte ir laba publicitāte? Nu…" E-Z smējās. Ja Ēriels viņu varēja redzēt katru dienu un katru stundu, tad kāpēc viņam vajadzēja viņu izsaukt palīgā? Kaut kas īsti nesakrita. Ne es, erceņģeļi gribēja, lai viņš pabeigtu izmēģinājumus.

Viņu pārņēma aukstums, kad debesis mainījās, jo visapkārt virpuļoja un pulsēja melni mākoņi. Viņš lidoja tālāk, cenšoties kāpināt tempu, bet tad sākās zibeņi, un viņam vajadzēja no tiem izvairīties. Tad viņš atcerējās lidmašīnu. Viņš redzēja, ka tā veiksmīgi nosēžas un cilvēki nav cietuši. Viņš turpināja ceļu uz mājām.

Pēc vētras uzspīdēja zvaigznes. Viņa krēsls turpināja plīvot ar spārniem, kamēr E-Z snauda.

"E-Z?" Lia viņa galvā sacīja. "Vai tu esi tur?"

Viņš satrakojās, aizmirsa, ka sēž krēslā, un izkrita. Viņš sāka krist, bet viņa spārni iedarbojās, un drīz viņš atkal atgriezās krēslā.

"Vai viss kārtībā, mazais?" viņš jautāja.

"Jā. Viņi domā, ka tas viss bija sapnis, ka es ar tevi runāju. Zīmēju tavas bildes. Mamma zina patiesību, bet viņa negrib to atzīt."

"Vai tas tevi uztrauc?"

"Nē. Manas spējas pieaug. Es tās jūtu, un es zinu, ka kaut kas tuvojas. Kaut kas, kam tev būs vajadzīga mana palīdzība. Es drīz braukšu mājās. Es pajautāšu mammai, vai mēs varam tevi apciemot. Drīzumā."

"Ko? Tavai mammai vajadzētu piezvanīt manam tēvocim Semam, un viņi varētu aprunāties?"

"Jā, tā ir gudra ideja. Mamma ir redzējusi fotogrāfijas, un viņa ir tevi satikusi, bet neatceras. It kā viņas prāts būtu iztīrīts vai arī atmiņas par tevi ir aizmigušas." Mamma uzsmaidīja.

"Vai tu esi pārliecināts, ka tā ir pareizi?"

"Es esmu pārliecināts. Man ir jābūt tur, kur esi tu. Man tev jāpalīdz."

E-Z prātā palika tukšs. Lia bija pazudusi.

Pusaudzis domāja par Lia, kas ieradās Ziemeļamerikā. Viņa bija maza meitene, redzīga ar rokām, jā, bet kā viņa varēja viņam palīdzēt? Viņa bija palīdzējusi viņam aizbēgt, bet viņš bija neizpratnē par viņas līdzdalību. Viņš negribēja viņu pakļaut briesmām. Viņš atkal uzsauca Ēriēlu. Viņš izsauca dziedājumu, bet nekas nenotika.

Viņš aplūkoja ainavu, uz brīdi atvadoties no mazās meitenītes. Viņš jau bija gandrīz mājās. Paldies Dievam, ka viņa krēsls bija pārveidots un viņš varēja ceļot F-A-S-T!

# NODAĻA 8

Priekšā E-Z pamanīja krastu. Viņš atviegloti atvilka elpu, līdz pamanīja lielu putnu, kas devās tieši uz viņu. Kad tas tuvojās, viņš saprata, ka tas ir gulbis. Bet ne parastā izmēra gulbis. Tas bija milzīgs, un tāds bija arī tā spārnu platums, ko viņš lēsa uz vairāk nekā simt piecdesmit centimetriem. Tas bija tas pats gulbis, kas bija runājis ar viņu pirms tam. Un ne tikai tas, viņš pamanīja arī spilgtu sarkanu gaismu, kas mirgoja uz putna pleca.

Gulbis pagriezās un tad smagi piezemējās viņam uz pleciem. Tas bija aizķēris ceļotāju.

"Nu, sveiki," E-Z sacīja, paskatoties uz skaisto radījumu, kad tas nostabilizējās.

"Hū-hū," gulbis teica. Tad tas pakratīja galvu, atvēra knābi un sacīja: "Sveiks, E-Z."

"Es domāju, ka esmu tev parādā pateicību," viņš teica.

"Ak, laipni lūdzam. Un es ceru, ka jūs neiebilstat, ka es paķeru jūs," sacīja gulbis, sakratīdams spalvas.

"Uh, nekādu problēmu," E-Z atbildēja.

"Šis ir mans mentors Ariels," gulbis teica.

WHOOPEE

Sarkano gaismu nomainīja eņģelis.

"Sveiki," viņa teica, apsēžoties uz E-Z ceļa.

"Patīkami iepazīties," viņš atbildēja.

"Ar ko es varu būt noderīgs?" viņš jautāja.

"Es ceru, ka jūs un mans draugs gulbis varēsiet izveidot partnerattiecības." "Es ceru, ka jūs un mans draugs gulbis varēsiet izveidot partnerattiecības," viņš teica.

"Kā?" viņš jautāja.

"Mans protežē ir daudz ko pārdzīvojis. Viņš varēs jūs iepazīstināt ar detaļām, kad jutīsies gatavs, bet pagaidām man vajag, lai jūs viņam palīdzat, ļaujot viņam palīdzēt jums izmēģinājumos. Jums noderēs palīdzība, jā?"

"Cik saprotu," viņš teica, vēršoties pret Arielu. Tad gulbim: "Nekas pret tevi, draugs." Tagad Arielam: "Tas, ka neviens nevar man palīdzēt manos pārbaudījumos. Tas nāca tieši no Ēriēlas un Ophaniela."

"Esmu to ar viņiem noskaidrojis. Tātad, ja tas ir tavs vienīgais iebildums," viņa ieturēja pauzi, tad...

WHOOPEE

un viņa pazuda.

Pēc tam E-Z un gulbis devās pāri Atlantijas okeānam un tālāk uz Ziemeļameriku. Viņš vienmēr vēlējās redzēt Lielo kanjonu. Viņam tas būs jāredz citreiz. Gulbis purpināja un sadevās pie E-Z kakla.

E-Z aizsniedzās kabatā un izvilka telefonu. Viņš uzņēma selfiju ar gulbi. Viņš turēja telefonu rokā, plānojot ierakstīt gulbi, kad tas nākamreiz uzstāsies. Viņam vajadzēja pierādījumu, ka viņš nav zaudējis prātu.

Pēc kāda laika E-Z ieraudzīja savu māju. Tā bija skolas diena, bet viņš bija pārāk noguris, lai dotos uz skolu. Kad krēsls sāka nolaisties, gulbis pamodās. "Vai mēs jau esam tur?"

"Jā, mēs esam pie manām mājām," sacīja E-Z, nospiežot ieraksta pogu savā telefonā. "Kur jūs vēlaties, lai es jūs nogādātu?"

"Nē, paldies. Es palikšu pie tevis," gulbis teica, pagarinot kaklu, lai apskatītu māju, kurā viņš apmetīsies. "Mums ar tevi ir jārunā."

E-Z nospieda atskaņot, bet tas bija tukšs gaiss. Gulbi nevarēja ierakstīt. Dīvaini.

Viņi piezemējās pie ieejas durvīm. E-Z iebāza atslēgu slēdzenē, bet, pirms viņš paspēja atvērt durvis, tur jau bija tēvocis Sems. Viņš cieši apskāva savu brāļadēlu un teica: "Laipni lūdzam mājās." Viņš noskrāpēja zodu un izskatījās mazliet noraizējies, kad ieraudzīja E-Z pavadoni - ārkārtīgi lielu gulbi.

"Priecājos, ka esmu atpakaļ," sacīja E-Z un devās iekšā.

Gulbis viņam sekoja, ar tīklotām kājām soļojot aiz muguras.

"Un kas ir tavs... putnu draugs?" jautāja tēvocis Sems.

E-Z saprata, ka viņš pat nezina gulbja vārdu.

Gulbis atbildēja: "Alfrēds, mani sauc Alfrēds."

E-Z veica oficiālu iepazīstināšanu.

Pēc tam gulbis aizpeldēja pa gaiteni uz E-Z istabu un uzlidoja uz viņa gultas, lai dotos pelnītā miegā.

E-Z devās uz virtuvi ar tēvoci Semu uz riteņiem.

"Ko tas gulbis šeit dara?" Viņš apstājās, paņēma no ledusskapja pienu. Viņš ielej brāļadēlam pilnu glāzi. "Tas nevar palikt šeit. Mums tas būtu jāieliek vannā. Tas, ja tas derēs. Viņš ir lielākais gulbis, kādu esmu redzējis. Kur jūs to atradāt un kāpēc atvedāt šurp?"

E-Z atgrūda pienu. Viņš noslaucīja piena ūsas. "Es to neatradu, tas atrada mani. Un tā var runāt. Tas, viņš, bija tur, kad es izglābju to mazo meiteni un kad es izglābju lidmašīnu. Viņš saka, ka mums ir jārunā."

Tēvocis Sems, neatbildot, aizgāja pa gaiteni. E-Z cieši sekoja viņam pakaļ, nerunājot.

"Runā!" pieprasīja tēvocis Sems.

Alfrēds gulbis atvēra acis, iezobās un tad atkal aizmiga, neizdodot ne skaņas.

"Es teicu, runā," sacīja tēvocis Sems, mēģinot vēlreiz.

Alfrēds gulbis atvēra knābi un nopriecājās.

"Viss ir kārtībā, Alfrēdi," sacīja E-Z. "Tas ir mans tēvocis Sems."

"Viņš mani nesaprot. Un es nedomāju, ka viņš kādreiz spēs. Es esmu šeit tikai un vienīgi tev," teica gulbis Alfrēds. Viņš nopriecājās, tad ieslīga segā un atkal aizgulējās miegā.

Tēvocis Sems skatījās, kamēr gulbis bija atdzīvojies un uzmanīgi lūkojās uz E-Z.

Viņš un tēvocis Sems aizvēra durvis, izejot ārā, un devās atpakaļ uz virtuvi, lai parunātos.

E-Z bija tik noguris, ka gandrīz nespēja paturēt acis vaļā.

"Vai tas nevar pagaidīt līdz rītam?" viņš jautāja.

Sems pakratīja galvu.

"Labi, sākam. Pirmkārt, es trāpīju beisbola bumbiņu no parka. Un es skrēju vai braucu ar riteni pa bāzi. Tad es biju iesprostots lodes formas konteinerā, no kura nebija izejas. Tad es varēju runāt ar mazu meiteni Nīderlandē. Es devos viņu glābt. Viņas vārds ir Lia, un viņas māte jums zvanīs. Londonā, Anglijā, es apturēju transportlīdzekli, kas kaitēja bērniem. Tad es sastapu trompetistu gulbi Alfrēdu. Un tagad tu esi uzzinājis - vai es varu iet gulēt?"

"Ko man teikt, kad viņa piezvanīs?" Sems jautāja. "Mēs šos cilvēkus pat nepazīstam, bet mums ir jāļauj viņiem palikt šeit, mūsu mājā. Mums un gulbim Alfrēdam?"

"Jā, lūdzu, piekrīti. Šeit ir plāns, un es vēl nezinu visas detaļas. Lijai ir spējas, acis plaukstās, viņa spēj lasīt manas domas un apturēt laiku. Arī gulbim Alfrēdam ir spējas, viņš var lasīt manas domas un var runāt. Es domāju, ka mēs trīs esam kaut kādā veidā saistīti, iespējams, pārbaudījumu dēļ. Es nezinu. Ar Ēriēlu, kas mani izspiego 24 stundas diennaktī un 7 dienas nedēļā, var notikt jebkas," teica E-Z.

Ejot pa koridoru, viņi dzirdēja gulbja kāju klaigāšanu, kad tas soļoja gar koridoru. "Es esmu pārāk izsalcis, lai gulētu," teica gulbis Alfrēds.

"Ko tu ēd?"

"Labi der kukurūza, vai arī jūs varat mani izlaist ārā, un es dabūšu sev kādu zāli."

"Vai mums ir kukurūza?" E-Z jautāja.

"Tikai saldētu," teica tēvocis Sems. "Bet es varu palaist graudus zem silta ūdens, un tie būs gatavi pēc mirkļa."

"Pateiksiet viņam paldies," teica gulbis Alfrēds. "Tas ir ļoti laipni no viņa puses."

Tēvocis Sems uzlika kukurūzu uz šķīvja, un Alfrēds apēda, kas tika piedāvāts. Tomēr viņš joprojām bija izsalcis, un viņam vajadzēja iztukšot urīnpūsli, tāpēc viņš tomēr lūdza doties ārā. Kamēr viņš bija ārā, viņš paēda zālienu.

E-Z un tēvocis Sems dažas sekundes vēroja gulbi.

"Es ceru, ka kaimiņa čivava neieradīsies ciemos," teica tēvocis Sems. "Tas gulbis ir tik liels, ka viņš no tā izdzēsīs dzīvās dienas gaismu."

E-Z smējās. "Iedomājies, ko tas darītu, ja suns to saprastu tāpat kā es?"

Alfrēds gulbis iekārtojās kā mājās. Viņš jutās pārliecināts, ka šeit būs laimīgs.

# NODAĻA 9

Pēc tam gulbis Alfrēds lūdza runāt ar E-Z privāti.

"Te vari teikt visu, ko vēlies," sacīja E-Z. "Tēvocis Sems tevi nesaprot, atceries?"

"Jā, es zinu. Bet tas ir manieru jautājums. Neviens nerunā ar cilvēku, kad klāt ir kāds cits, it īpaši, ja viņš ir viesis svešā mājā. Tas būtu, nu, diezgan nepieklājīgi. Patiesībā, ļoti nepieklājīgi."

E-Z tikai tagad saprata, ka Alfrēds gulbis runā ar britu akcentu.

"Vai mani varētu attaisnot?" E-Z jautāja.

Tēvocis Sems piekodināja, un E-Z devās uz savu istabu, Alfrēds gulbis viņam sekoja.

"Labi," teica E-Z. "Pastāsti, kāpēc Ariels tevi šurp atsūtīja un ko tieši esi iecerējis darīt, lai man palīdzētu?"

Tagad, kad E-Z atradās savā gultā, gulbis gulbītis, iešūpojies segā, mēģināja iekārtoties ērtāk.

"Tu vari gulēt gultas apakšā," sacīja E-Z, metot tur spilvenu.

"Paldies," teica gulbis Alfrēds. Viņš uzrāpās uz spilvena un pumpa to ar savām tīklotajām kājām, līdz tas kļuva ērts. Tad piekērās.

"Tagad sāksim," teica Alfrēds.

E-Z, tagad tērpies pidžamā, klausījās, kā Alfrēds stāsta savu stāstu.

"Reiz es biju cilvēks."

E-Z aizturēja elpu.

"Labāk nepārtrauciet, kamēr es nepabeigšu," gulbis aizrādīja. "Pretējā gadījumā mans stāsts turpināsies un turpināsies, un neviens no mums negūs miegu."

"Atvainojiet," E-Z sacīja.

Gulbis turpināja. "Es dzīvoju kopā ar sievu un diviem bērniem. Mēs bijām neticami laimīgi, līdz brīdim, kad vētra plosījās un nopostīja mūsu māju, un viņi visi gāja bojā. Es izdzīvoju, bet bez viņiem negribēju. Tad pie manis atnāca eņģelis, Ariel, kuru tu satiki, un viņa man teica, ka es viņus visus atkal redzēšu, ja piekritīšu palīdzēt citiem. Man patīk palīdzēt citiem, un šāda rīcība dotu man jēgu. Turklāt man nebija citu iespēju, un es piekritu."

"Jums ir pārbaudījumi?" E-Z jautāja. Viņš kļūdaini bija domājis, ka Alfrēda stāsts ir pabeigts.

"Mans stāsts vēl nav beidzies," gulbis Alfrēds sacīja diezgan aizvainojoši. Tad viņš turpināja. "Tā ir mana stāsta būtība. Man nav pārbaudījumu, jo es neesmu apmācīts eņģelis. Mani spārni nav tādi kā tavi spārni. Es esmu gulbis, lai gan lielāks nekā parasti. Manas šķirnes nosaukums ir Cygnus Falconeri, ko dēvē arī par milzu gulbi. Mana suga jau sen izmirusi. Mans mērķis bija nenoteikts. Es biju iestrēdzis starp un starp, dreifēdams cauri laikam, jo pieļāvu kļūdu. Bet tagad es nevēlos par to runāt. Kad es redzēju, kā tu izglābji to mazo meitenīti, es piezvanīju Arielai un pajautāju, vai es varētu būt tev noderīgs. Viņa mani nopēla par bēgšanu, un es tiku aizsūtīts atpakaļ uz starpbrīdi. Es no turienes atkal izbēgu un palīdzēju jums ar lidmašīnu, un Ariel lūdza Ophaniel, lai tā dod man vēl vienu iespēju. Tagad man ir mērķis - palīdzēt jums."

"Un Ophaniels piekrita? Bet kā ir ar Ēriēlu?"

"Sākumā viņi to nedarīja. Tas bija tāpēc, ka Hadžs un Reiki ziņoja man par to, ka palīdzēju tev, izsaucot manus putnu draugus. Kad uzzināju, ka viņi ir nosūtīti uz raktuvēm un atkal izbēguši, Ariels izvirzīja manu lietu, un Ophaniels piekrita. Es nezinu par Ēriēlu. Vai viņš ir tavs mentors?"

"Jā, viņš pārņēma Hadžu un Reiki. Viņi ieskrēja un izskrēja, bet viņš saka, ka vienmēr redz, kur es esmu un ko daru."

"Tas izklausās pārspīlēti. Tomēr es gribētu ar viņu kādu dienu tikties. Pagaidām mēs esam komanda. Es varu tev palīdzēt, lai kādu dienu arī es atkal būtu kopā ar savu ģimeni. Tātad, kur tu ej E-Z, tur eju arī es."

E-Z nolieca galvu uz spilvena un aizvēra acis. Viņš jutās pateicīgs par jebkuru palīdzību. Galu galā gulbis bija palīdzējis viņam pagātnē ar lidmašīnu.

"Es tev netraucēšu," teica gulbis Alfrēds. "Es zinu, tu domā, ka mēs esam neloģisks pāris, un, kad ieradīsies Lia, mēs būsim vēl neloģiskāka trijotne, bet..."

"Pagaidiet," sacīja E-Z. "Tu zini par Lia? No kurienes?"

"Ak, jā, es zinu visu par tevi un es zinu visu par viņu, un es zinu arī vairāk. Ka mēs trīs esam saistīti. Mums ir lemts strādāt kopā." Viņš izstiepa žokļus, kas izskatījās tā, it kā mēģinātu iezobties. "Es esmu pārāk noguris, lai šovakar vēl runātu." Neilgi pēc tam Alfrēds, gulbis krākstēja prom.

E-Z pārcilāja prātā visu, ko zināja par gulbjiem. Un tas nebija daudz. No rīta viņš veiks pētījumu par Alfrēda sugu.

Viņš domāja, kā PJ un Ardens jutīsies pret Alfrēdu. Vai viņam vajadzēja viņus iepazīstināt, vai arī Alfrēds varētu būt noslēpums?

Viņš ar dūri uzpūta spilvenu un gatavojās gulēt.

Tas pamodināja Alfrēdu, un viņš par to bija kaprīzs.

"Vai tev tas ir jādara?" Alfrēds jautāja.

"Atvainojiet," E-Z sacīja.

# NODAĻA 10

Nākamajā rītā E-Z pamodās, kad pie viņa durvīm klauvēja tēvocis Sems. "Pamosties, E-Z! PJ un Ardens jau ir ceļā, lai aizvestu tevi uz skolu."

E-Z zīst un izstaipījās. Viņš ģērbās, tad iesēdās savā krēslā. Tā kā Alfrēds vēl gulēja, viņš aizklīda ārā un pēc skolas viņu apciemoja.

"Bez manis tu nekur neiesi!" Alfrēds teica. Viņš satricināja visas savas spalvas un tad nolēca uz grīdas.

"Tu nevari iet kopā ar mani uz skolu. Mājdzīvnieki nav atļauti."

"E-Z, nāc, zēns!" Tēvocis Sems kliedza no virtuves. "Citādi tu nokavēsi brokastis."

E-Z kuņģis saraustījās, kad viņa virzienā ienāca grauzdiņu smarža. "Jau eju!"

Tā kā nebija laika strīdēties, E-Z atvēra durvis. Viņš iegāja virtuvē tieši tad, kad ieradās Ardens un PJ. Ārpusē atskanēja troksnis, kas lika viņam zināt, ka viņi ir klāt.

"Labi, labi!" E-Z sauca, paķerot grauzdiņa gabaliņu. Viņš devās pa koridoru, bet viņa jaunais pavadoņstiepļu biedrs devās viņam pakaļ.

PJ izkāpa no mašīnas, lai palīdzētu E-Z iekāpt un nostiprināja viņa ratiņkrēslu bagāžniekā. To aizverot, viņš pamanīja Alfrēdu, kurš mēģināja iekļūt automašīnā.

"Uh, šī lieta nevar iekāpt mašīnā," PJ kliedza.

Ardens nolika logu.

"Kas, pie velna, tas ir? Vai es palaidu garām ziņu, ka mums šodien būs " *Rādīt un stāstīt*"?" Viņš nopriecājās.

"Vai tas ir gulbis?" Handle PJ māte jautāja.

"Vai arī šī lieta ir jūsu fanu kluba prezidents?" PJ ar smaidu pajautāja.

Nonācis automašīnā, E-Z atbildēja. "Mēs esam pārāk veci, lai rādītu un stāstītu," viņš smējās. "Tas gulbis ir mans projekts. Eksperiments, gluži kā neredzīgam cilvēkam redzes suns. Viņš ir mans pavadonis ratiņkrēslā." Viņš piesprādzēja Alfrēdu ar drošības jostu.

PJ devās sēdēt priekšā blakus mātei.

Alfrēds gulbis teica: "Vai jūs mani neiepazīstināsiet?"

Handles kundze izvilka automašīnu, un viņi devās ceļā uz skolu.

"Alfrēdi," E-Z paskatījās uz saviem draugiem, "iepazīsties ar Handles kundzi. Un maniem diviem labākajiem draugiem PJ un Ardenu. Visi, tas ir Alfrēds, trompetists gulbis." E-Z sadevās rokās.

Alfrēds teica: "Hoo-hoo." E-Z viņš teica: "Man ir neticami liels prieks ar jums iepazīties. Jūs varat man tulkot."

"No kurienes jūs zināt viņa vārdu?" PJ jautāja.

"Tu taču nekļūsi par, kā viņu sauca, puisi, kurš varēja sarunāties ar dzīvniekiem, vai ne, E-Z? Lūdzu, saki man, ka tu neesi. Lai gan tas varētu pārvērsties par īstu naudas govi. Mēs varētu pārdot tavu talantu. Uzdot jautājumus un publicēt atbildes mūsu pašu YouTube kanālā. Mēs varētu to nosaukt par "E-Z Dickens the Swan Whisperer"."

"Lieliska ideja!" PJ sacīja, kad viņa māte apstājās pie krustojuma. "Pirms dažiem gadiem mēs, iespējams, tiešsaistē būtu nopelnījuši miljonus. Mūsdienās pelnīt naudu internetā ir grūti. Viņi ir ļoti ierobežojuši."

"Nebrīnieties rupji," sacīja Handles kundze, braucot tālāk.

"Persona, par kuru viņš runā, ir doktors Dolitls," Alfrēds piedāvāja. "Tā bija Hjū Loftinga romānu sērija divpadsmit grāmatās. Pirmā grāmata tika izdota 1920. gadā, un pārējās sekoja līdz pat 1952. gadam. Hjū Loftings nomira 1947. gadā. Viņš arī bija brits. Dzimis un audzis Berkšīrā.”

"Es zinu, par ko viņi runā," E-Z sacīja Alfrēdam. "Un nē, es neesmu."

Ardens sacīja: "Es ceru, ka tavs gulbju pavadonis mums šodien nenozags visas meitenes. Tu zini, kā meitenes mīl spalvotas lietas."

Handles kundze pāršķīstīja rīkli.

"Savā laikā es biju diezgan dāmu slepkava," sacīja Alfrēds, kam sekoja vēl viens: "Hū-hū!", ko viņš pavēstīja PJ un Ardenam.

PJ teica: "Tavs pavadonis gulbis mani patiešām uzjautrina."

Ardens jautāja: "Kura filma par putniem saņēma Oskaru?"

PJ atbildēja: "Spārnu pavēlnieks."

Ardens jautāja: "Kur putni iegulda savu naudu?"

PJ atbildēja: "Stārķu tirgū!"

"Tavi draugi ir viegli uzjautrināmi," teica Alfrēds. "Viņi ir divi plunkšķi, kas ir no viena auduma. Es saprotu, kāpēc jums viņi patīk. Man patīk Handles kundze. Viņa ir klusa un lieliska autovadītāja."

E-Z smējās.

"Priecājos, ka jums patīk rīta humors," sacīja PJ.

"Īsti ne," sacīja Alfrēds. "Turklāt jūs abi esat īsti plunkšķi."

Ardens un PJ divreiz iepleca acis.

Arī E-Z dubultā uzņēma viņu dubultās bildes. "Ko?"

"Vai jūs to nedzirdējāt?" abi vienbalsīgi teica. "Gulbis var runāt - turklāt ar britu akcentu. Ak, cilvēk, meitenēm viņš patiešām patiks."

Handles kundze pakratīja galvu. "Nespēlējiet muļķīgus ubagus, jūs abi!"

E-Z paskatījās uz gulbi Alfrēdu, kurš izskatījās apjucis.

Alfrēds pamēģināja izspēlēt kādu savu joku, lai pārliecinātos, vai viņi tiešām viņu sapratīs. "Kāpēc kolibriņi čivina?" viņš jautāja.

Trīs zēni skatījās, bija skaidrs, ka gan Ardens, gan PJ tagad viņu saprot.

Alfrēds teica: "Tāpēc, ka viņi nezina vārdus, protams." Alfrēds izteicās: "Tāpēc, ka viņi nezina vārdus."

PJ un Ardens it kā smējās, bet lielākoties bija nobijušies.

"Kā tas nākas, ka arī viņi tagad tevi saprot?" E-Z jautāja. "Vispirms viņi nevarēja, tagad var. Man likās, ka tu teici, ka tikai es. Un kāpēc tēvocis Sems nevarēja tevi saprast?"

Tagad, kad viņi varēja viņu saprast, Alfrēds jutās samulsis. Viņš čukstēja E-Z: "Godīgi sakot, es nezinu. Ja vien tas, kāpēc es esmu šeit, nav saistīts arī ar viņiem."

"Un tajā nav iekļauts tēvocis Sems? Vai Handles kundze?"

"Varbūt ne," Alfrēds atbildēja.

"Un kur jūs atradāt šo runājošo gulbi?" Ardens jautāja.

"Un kāpēc tu viņu atvedi uz skolu?" PJ jautāja.

Handles kundze nopriecājās. "Jūs visi esat ļoti muļķīgi. E-Z saka, ka viņš ir pavadonis gulbis. Viņš nevar runāt."

"Pirmkārt, viņš nav tikai gulbis, viņš ir Cygnus Falconeri. Zināms arī kā milzu gulbis un jau gadsimtiem ilgi izzudusi suga."

"Reālajā dzīvē neesmu redzējis daudz gulbju," teica Ardens. "Tie, ko esmu redzējis dabas kanālā, nešķita tik lieli kā viņš. Viņa kājas ir milzīgas! Un kas notiek, ja viņam, ziniet, jāaiziet uz tualeti?"

"Vidējam milzīgajam gulbim ir no purna līdz astei no 190 līdz 210 centimetriem," piedāvāja Alfrēds. "Un, ja tas notiks, es izmantošu zāli - sporta laukumā man vajadzētu būt pietiekami daudz vietas, lai varētu paēst un veikt savas vajadzības, ja un kad tas būs nepieciešams."

"Tu gribi ēst zāli un pēc tam doties pa zāli?" "Tu gribi ēst zāli?" PJ sacīja.

"Fū!" Ardens sacīja.

Tagad viņi bija šausmīgi tuvu skolai, tāpēc E-Z paskaidroja. "Es nevaru jums pastāstīt sīkāk, jo es tos īsti nepazīstu. Vienīgais, ko es zinu droši, ir tas, ka Alfrēds ir šeit, lai man palīdzētu, un jūs viņu redzēsiet daudz."

"Es nedomāju, ka viņi viņu ielaidīs skolā," teica Ardens.

"Tā nebūs problēma, jo es esmu tavs pavadonis," sacīja Alfrēds.

PJ, Ardens un Alfrēds smējās, kad mašīna apstājās pie skolas.

"Zvaniet man, ja vēlaties, lai es jūs paņemu pēc skolas," teica Handles kundze.

"Paldies," viņi atbildēja.

Pēc tam, kad E-Z krēsls bija izcelts no bagāžnieka, Handles kundze atkāpās no apmales.

Draugi palīdzēja viņam tajā iekāpt, savukārt Alfrēds uzlidoja un apsēdās viņam uz pleca. Viņi devās uz skolas priekšu, kur direktors Pīrsons ievirzīja skolēnus iekšā.

"Labu rītu, zēni," viņš teica ar milzīgu smaidu sejā. Līdz viņš pamanīja gulbi Alfrēdu. "Kas tas ir?" viņš jautāja.

"Viņš ir pavadonis gulbis," sacīja E-Z.

"Precīzāk, Cygnus Falconerie," teica Ardens.

"Viņš ir ar mums," teica PJ.

Direktors Pīrsons sakrustoja rokas. "Tā lieta, Cygnus čamakalīts, šeit neielidos!" viņš teica: "Tā lieta, Cygnus čamakalīts, šeit neielidos!"

Alfrēds sacīja: "Viss ir kārtībā, E-Z. Neradīsim ainas. Es būšu šeit, kad beigsies tavas stundas. Uz tikšanos vēlāk." Alfrēds pacēlās un piezemējās uz ēkas jumta. Pirms lidojuma uz futbola laukumu viņš aplūkoja skatu. Tur bija daudz zāles, ko apēst. Kad viņš būs paēdis, viņš atradīs ēnainu vietu zem kāda koka un pagulēs.

Direktors Pīrsons pakratīja galvu, tad aizturēja durvis E-Z un viņa draugiem. Iekšpusē atskanēja piecu minūšu brīdinājuma zvans.

Šī skolas diena E-Z un viņa draugiem bija nesteidzīga.

Joprojām nebija nekādu ziņu no Ēriēla par jauniem pārbaudījumiem.

# NODAĻA 11

Alfrēds **iejutās** jaunajā rutīnā. Skolas bērni viņu iepazina, lai gan tikai E-Z un viņa draugi zināja, ka viņš prot runāt.

Šajā dienā pie skolas Alfrēds gaidīja E-Z, un viņš jautāja: "Vai mēs varam parunāties?"

E-Z paskatījās apkārt; viņš joprojām negribēja, lai pārējie skolēni dzirdētu, kā viņš sarunājas ar gulbi. Viņš čukstēja: "Vai tas var pagaidīt, līdz mēs nokļūsim mājās?"

"Ak, es saprotu," sacīja Alfrēds. "Tu joprojām jūties neērti, kad mēs sarunājamies. Tas ir saprotams, bet bērni mani šeit mīl. Viņi stāv rindā, lai mani paglaudītu, pabarotu. Turklāt, vai tēvocis Sems nebūs mājās? Man vajag ar tevi aprunāties vienatnē."

"Tā kā viņš tevi joprojām nesaprot, tu runājies ar mani vienatnē pat tad, kad esam mājās." "Tā kā viņš tevi joprojām nesaprot, tu runājies ar mani vienatnē arī tad, kad esam mājās.

"Bet šis ir jautājums, kas rada zināmas bažas, un tas ir diezgan laikietilpīgs," sacīja Alfrēds.

PJ piebrauca pie apmales viņiem blakus. Ardens pajautāja, vai viņi vēlas braukt mājās.

"Uh, puiši. Atvainojiet, bet es šodien grasos iet mājās kopā ar Alfrēdu. Viņam ir svarīga informācija, kas man jāsaņem."

PJ un Ardens pakratīja galvas. Ardens sacīja: "Mēs gaidījām, ka mūs kādu dienu pārmetīs meitenei, nevis putnam." PJ teica: "Mēs gaidījām, ka mūs pārmetīs kādai meitenei, nevis putnam." Viņš nopriecājās.

"Un kā ar spēli?" Ardens jautāja.

"Šodien ir šodiena, bet spēle ir tikai rīt. Atvainojiet, puiši." E-Z palielināja tempu. Mašīna rāpoja viņam līdzās, tad ar riepu čīkstēšanu aizskrēja prom.

"Plonkeri," teica Alfrēds.

"Viņi domā labi. Kas ir tik svarīgs?"

"Vai pēdējā laikā esi ko dzirdējis no Lia? Es par viņu uztraucos." Alfrēds soļoja līdzās E-Z, pa ceļam nogriezdams galviņu pienenei.

"Kāpēc tu uztraucies? Nekādas ziņas ir labas ziņas, vai ne?"

"Patiesībā, es esmu dzirdējis no viņas, un ir noticis kāds... nu, nu, kāds mulsinošs pavērsiens."

E-Z apstājās. "Pastāstiet man vairāk."

"Ejiet tālāk," teica Alfrēds, nogriezdams galviņu no margrietiņas. "Lia un viņas māte jau ir ceļā uz šejieni. Viņām vajadzētu ierasties kaut kad rīt."

"Kāda liela steiga? Jā, tas ir pārsteigums. Mēs zinājām, ka viņi drīz atbrauks. Kas tajā ir mulsinošs?"

"Tas nav mulsinoši."

"Pārstājiet vilcināties un izspļaujiet to!"

"Lia vairs nav septiņus gadus veca - tagad viņai ir desmit gadi."

"Ko? Tas nav iespējams."

"Vai tu domā, ka viņa varētu melot?"

"Nē, es nedomāju, ka viņa melotu, bet - tam nav pilnīgi nekādas jēgas. Cilvēki neizaug no septiņiem līdz desmit gadu vecumam dažu nedēļu laikā."

"Viņa teica, ka devusies gulēt. Nākamajā rītā viņa iegāja virtuvē brokastot, un auklīte sāka kliegt. Tā viņa uzzināja, ka pa nakti ir novecojusi par trim gadiem."

"Vau!" E-Z iesaucās.

"Un tas vēl nav viss."

"Vēl. Es nevaru iedomāties neko vairāk."

"Viņa spēja pārliecināt māti, ka nav vajadzības palikt šeit visu vizītes laiku. Viņa ir aizņemta uzņēmēja. Vajadzēja diezgan daudz pierunāt. Lia teica, ka viņai būtu labāk, ņemot vērā Sema pieredzi ar jums un izmēģinājumiem. Viņas māte piekrita, taču ar dažiem nosacījumiem."

"Piemēram?"

"Ka viņai patīk tēvocis Sems."

"Visiem patīk tēvocis Sems."

"Un arī, ka tu viņai izskaidrosi, kā viņas meita varēja tā novecot vienas nakts laikā."

"Un kā tieši es to izdarīšu?"

"Godīgi sakot," Alfrēds teica, "man nav ne jausmas. Tāpēc es gribēju ar jums parunāt vienatnē. Tēvocis Sems taču zina, ka Lia ieradīsies, vai ne?"

E-Z pieskārās: "Domājams, ka jā, ja viņi ir ceļā."

"Bet viņš gaida septiņus gadus vecu meitenīti, kad pie viņa durvju sliekšņa parādīsies desmitgadīga meitene." "Bet viņš gaida septiņus gadus vecu meitenīti, kad pie viņa durvīm parādīsies desmitgadīga meitene."

E-Z atkal apstājās. Tēvocis Sems. Viņš pat nebija iedomājies, ka tēvocim Semam būtu jārēķinās ar desmitgadīgu meiteni. "Neesmu pārliecināts, ka es viņam kādreiz pieminēju Lijas vecumu!"

Alfrēds turpināja. "Esmu dzirdējis, ka cilvēki ātri noveco. Ir tāda slimība, ko sauc par progeriju. Tā ir ģenētiska slimība, diezgan reta un diezgan nāvējoša. Lielākā daļa bērnu nedzīvo ilgāk par trīspadsmit gadiem, bet Lia ir jau desmitgadīga, tāpēc mums tas ir jānoskaidro."

"Kā ir ar to, ko tu teici?"

"Progerija."

"Jā, progerija, kā tā izpaužas?" E-Z jautāja.

"Kā es saprotu, tas notiek pirmajos pāris gados. Un bērni parasti ir izkropļoti."

"Lia ir izkropļota stikla dēļ, nevis slimības dēļ. Vai ir zāles?"

"Nav. Bet E-Z, ir vēl kaut kas. Tas ir kaut kā saistīts ar acīm viņas rokās. Tās ir jaunas, un slimība ir jauna. Pārāk liela sakritība, vai tev nešķiet?"

E-Z to pārdomāja un nolēma, ka Alfrēdam ir taisnība. Tā bija pārāk liela sakritība. Bet ko viņš grasījās ar to darīt? Vai viņam vajadzētu piezvanīt Ērilam? "Vai jūs pazīstat Ēriēlu?"

Alfrēds palēnināja soli, un E-Z to darīja arī. Viņi jau bija gandrīz mājās, un viņiem vajadzēja to izrunāt, pirms viņi satikās ar tēvoci Semu. "Jā, esmu par viņu dzirdējis. Bet, kā jūs zināt, Ēriels nav mans eņģelis. Tu esi iepazinies ar manu mentori Arielu, un viņa ir dabas eņģelis, tāpēc es esmu reta gulbja stāvoklī. Iespējams, viņa varētu palīdzēt, taču mums būs jāgaida viņas nākamā parādīšanās, lai to izdarītu."

"Jūs vēlaties teikt, ka nevarat viņu izsaukt?"

Alfrēds pieskārās. "Vai tu spēj izsaukt Ēriēlu pēc vēlēšanās?"

E-Z smējās. "Ne gluži pēc vēlēšanās, bet viņš ir sasniedzams. Lai gan viņš ir sāpīgs, ziniet, kas par to ir, un viņam nepatīk, ja viņu izsauc vai izsauc." E-Z klusībā padomāja, un Alfrēds arī. Viņu māja tagad bija redzamā attālumā, un tēvocis Sems bija mājās, jo viņa mašīna bija novietota piebraucamajā ceļā. "Es domāju, ka mums vajadzētu pagaidīt un paskatīties, kas notiks ar Lia."

"Piekrītu," sacīja Alfrēds, atkāpjoties no celiņa, izvilka no zemes zāli un košļāja to. E-Z vēroja. "Es labprātāk neēstu pārāk daudz zāles, es domāju zāliena zāli. To es ēdu visu dienu, kad tu esi skolā, - izņemot dažus ziedus, ko spēju atrast. Šobrīd man gribas paēst kādu slapjo, zem ūdens augošu zāli. Tā ir svaigāka un sulīgāka."

"Es to pilnīgi saprotu," sacīja E-Z. "Man patīk ēst salātus, kad tie ir svaigi un kraukšķīgi. Man tie tik ļoti nepatīk, ja tie ir maisiņos un vienīgais veids, kā tos notīrīt, ir aplaistīt ar salātu mērci."

"Man pietrūkst cilvēku ēdiena."

"Kas tev visvairāk pietrūkst?"

"Bez šaubām, čīzburgers un frī kartupeļi. Un kečupu. Kā es kādreiz mīlēju šo biezo, sarkano, lipīgo mērci, kas likta uz visa."

"Varbūt tas nebūtu tik slikti uz zāles?" E-Z smējās, bet Alfrēds par to domāja.

"Es labprāt to izmēģinātu."

"Iekļausim to tavā spaļu sarakstā," sacīja E-Z.

"Kas ir "spaiņu saraksts"?" Alfrēds jautāja.

# NODAĻA 12

E-Z pārdomāja Alfrēda jautājumu. Alfrēds nezināja, kas ir spainis... un šī frāze radās 2007. gadā. Nikolsona un Frīmena filmā ar tādu pašu nosaukumu. Viņš paskaidroja, neiedziļinoties sīkumos.

"Tā ir patiešām interesanta ideja," Alfrēds sacīja, pūkojot spalvas. "Bet kāda ir jēga turēt spaiņu sarakstu? Protams, tu atcerētos visu, ko patiešām vēlies izdarīt?"

"Zini, Alfrēdi, es neesmu īsti pārliecināta. Domāju, ka tas varētu būt saistīts ar vecumu. Ar novecošanu un atmiņas zudumu."

"Saprotams."

Viņi turpināja ceļu un nonāca mājās. Kad E-Z uzbrauca uz rampas, Alfrēds uzlēca uz tās. Gulbis vicināja spārnus, lai palīdzētu virzīties uz augšu. Augšā, kad E-Z atvēra durvis, viņi sadzirdēja nepazīstamu balsi.

"Ak nē, viņi jau ir šeit!" Alfrēds teica.

"Jūs varējāt mani brīdināt!" E-Z atbildēja, pa ceļam uz dzīvojamo istabu uzkārdams somu uz āķa.

"Acīmredzot es būtu to darījis, ja būtu zinājis!"

Lia piecēlās.

E-Z desmitgadīgā Lia izskatījās pārsteidzoši atšķirīga, līdz viņa pacēla vaļā savas atvērtās plaukstas.

Lia pīkstēja, pieskrēja pie viņa un spēcīgi apskāva. Tad viņa apskāva Alfrēdu un teica, ka ir neticami laimīga beidzot viņu satikt.

Lia mamma Samanta arī stāvēja, vērojot, kā viņas meita apskauj zēnu, kurš bija izglābis viņas dzīvību. Eņģelis / zēns ratiņkrēslā. Meita bija minējusi Alfrēdu, bet ne to, ka viņš ir milzīgs gulbis.

Tēvocis Sam stāvēja un teica: "Ak, E-Z! Paldies Dievam, ka tu esi mājās!" Viņš piegāja tuvāk savam brāļadēlam. Tad neveikli ieteica viņiem doties uz virtuvi, lai sagādātu atspirdzinājumus.

"Mums viss ir kārtībā," Samanta sacīja.

Sems uzstāja, lai viņi tik un tā dodas uz virtuvi.

"Uh," E-Z iestīgst. "Es gribētu iedzert."

Sema atvilka elpu.

"Nevajag mums sagādāt nepatikšanas," teica Samanta.

"Nekādu problēmu," sacīja Sems, stumdams E-Z krēslu virzienā uz viesistabas izeju.

"Lia, tu esi ļoti skaista," sacīja Alfrēds, noliecot galvu, lai viņa varētu viņu paglaudīt.

"Paldies," Lia sārtodama sacīja. Viņa paskatījās E-Z virzienā, kad viņi iznāca no istabas, bet viņš to nepamanīja, jo viņa skatiens bija pievērsts tēvocim.

Kad viņi jau bija virtuvē, Sems novietoja savu brāļadēlu. Viņš atvēra ledusskapi un atkal to aizvēra. Viņš piegāja pie skapja, atvēra durvis un atkal tās aizvēra.

"Kas notiek?" E-Z jautāja.

"Es, es negaidīju viņus tik drīz, un ko vispār ēd un dzer cilvēki no Nīderlandes? Es nedomāju, ka man mājās ir kaut kas piemērots. Vai man vajadzētu aiziet un nopirkt kaut ko īpašu?"

"Viņi ir tādi paši cilvēki kā mēs, esmu pārliecināts, ka viņi nobaudīs visu, ko jūs sarūpēsiet. Nepārdomā."

"Palīdzi man, mazulis. Ko mums vajadzētu pasniegt? Siers un krekeri? Kaut ko karstu, grilēta siera sviestmaizes? Mums ir ūdens, sulas un bezalkoholiskie dzērieni."

"Labi, pagaidām pasniegsim sieru un krekerus. Redzēsim, kā mums veiksies. Un paplāte ar dažādiem dzērieniem."

Sems nopūtās un salika visu uz paplātes. "Ak, salvetes!" viņš teica, izvelkot no atvilktnes kaudzi salvešu.

"Viss gatavs?" E-Z jautāja.

"Paldies, mazulis," teica Sems, paņemot paplāti ar ēdieniem un dzērieniem. Viņš devās uz dzīvojamo istabu, sekojot brāļadēlam pakaļ. Sems visu novietoja uz galda, tad uzlēca un teica: "Sānu šķīvji!" un izgāja no istabas, drīz pēc tam atgriežoties ar minētajiem priekšmetiem.

E-Z paskatījās Lia virzienā, kad viņš malkoja savu dzērienu. Viņš joprojām redzēja viņu kā mazu meitenīti, lai gan viņa vairs tāda nebija. Viņas mati bija garāki.

Lia mamma izskatījās vēl neērtāk nekā tēvocis Sems. Viņa spēlējās ar krekeri, bet neiekoda tajā. Viņa pārbīdīja dzēriena glāzi uz priekšu un atpakaļ, bet nedzēra no tās. Ik pa brīdim viņa paskatījās tēvoča Sema virzienā, bet ne uz ilgu laiku. Pēc tam ļoti skaļi nopūtās un atkal ķērās pie ēdiena.

"Kā gāja lidojums?" E-Z jautāja.

"Tas bija viegli - viegli, salīdzinot ar lidojumu kopā ar tevi," atbildēja Lia. Viņa smējās, un bezalkoholiskais dzēriens gandrīz izlidoja viņai no deguna. Drīz vien viņi visi smējās un jutās brīvāk.

Alfrēds brīvi sarunājās, zinot, ka tikai Lia un E-Z viņu saprot. "Tagad mēs esam kopā, *Trīs*. Kā tam bija lemts būt."

Lia un E-Z apmainījās skatieniem.

Alfrēds turpināja. "Es aizvien domāju, kāpēc mēs tikām savesti kopā. E-Z tu vari glābt cilvēkus un esi super-duper spēcīgs, turklāt tu vari lidot un tavs krēsls arī. Lia, tavas spējas ir tavā redzējumā. Tu vari lasīt domas. No tā, ko E-Z man ir stāstījis, tev piemīt gaismas spējas un tu vari apturēt laiku.

"Es, es varu ceļot, lidot debesīs un dažreiz varu pateikt, kad kas notiks, pirms tas notiek. Es varu arī lasīt domas, bet ne visu laiku. Turklāt lielākā daļa cilvēku mīl gulbjus. Daži saka, ka mēs esam eņģeļi. Ir pat tādi, kas tic, ka gulbjiem ir spēja pārvērst cilvēkus par eņģeļiem. Es nezinu, vai tā ir taisnība. Es pati varu palīdzēt visām dzīvām, elpojošām būtnēm sevi izdziedināt."

Pēdējā daļa E-Z bija jaunums. Viņš vēlējās uzzināt vairāk.

Alfrēds brīvprātīgi sacīja: "Pirmais solis ir padošanās."

E-Z un Lia bija apmaldījušies domās par Alfrēda atzīšanos.

"Ko mēs tagad darīsim?" Lia jautāja.

"Katrai komandai ir vajadzīgs līderis, kapteinis. Es izvirzīju E-Z," teica Alfrēds.

"Es pievienojos šai nominācijai," sacīja Lia.

Lia un Alfrēds pacēla glāzes par godu E-Z. Tostam pievienojās arī tēvocis Sems un Lia mamma Samanta. Lai gan viņiem nebija ne jausmas, par ko viņi visi tostu teica.

E-Z viņiem visiem pateicās. Taču iekšēji viņš prātoja, kā tas viss izdosies. Kā viņš grasījās vadīt mazu meitenīti un trompetistu gulbi? Kā viņš grasījās viņus pasargāt un pasargāt no briesmām?

Tēvocis Sems un Samanta piedāvājās sakopt, kamēr trijotne devās atpakaļ uz viesistabu.

"Tā būs laba iespēja viņiem mazliet labāk iepazīt vienam otru," teica Alfrēds.

"Jā, māte vēl nekad nav bijusi tik nervoza. Savā darbā viņa satiek daudz cilvēku un sarunājas ar viņiem, pat pilnīgi svešiem, it kā vienmēr būtu viņus pazinusi. Manuprāt, tas ir viens no viņas panākumu noslēpumiem. Bet ar Semu viņa ir klusa kā pele un nervoza.”

“Varbūt tas ir reibonis,” ieteica E-Z.

Alfrēds smējās. “Nē, viņi viens otru pievelk. Jūs abi esat pārāk jauni, lai to pamanītu, bet gaisā bija jūtama vibrācija.”

“Tiešām, mana mamma ir iemīlējusies Samā?”

“Arī tēvocim Semam bija neērti - bet viņš mūsdienās nesatiek daudz meiteņu, jo strādā no mājām un lielāko daļu laika pavada, palīdzot man. Es balsoju, mēs maināmtematu.”

“Arī es,” sacīja Lia.

“Jūs abi neesat jautri.”

“Es domāju, ka, iespējams, ir pienācis laiks izsaukt Ēriēlu,” sacīja E-Z. “Viņš noteikti ir tas, kas mūs visus savedis kopā. Mums ir jāpaziņo par plānu. Uzzināt, kas un kad no mums tiks gaidīts.”

“Kas ir Ēriels?” Lia jautāja. “Atceros, ka tu man iepriekš jautāji, vai es viņu pazīstu.”

“Viņš ir erceņģelis, un viņš ir mentors manos izmēģinājumos. Vismaz dažus pēdējos.”

“Mans eņģelis, tas, kurš man ir devis roku redzes dāvanu, saucas Haniels. Viņa arī ir erceņģelis. Viņa ir zemes aprūpētāja.”

Tas pārsteidza E-Z. Ja viņi katrs strādāja sava eņģeļa labā, tad kāpēc viņi bija sapulcināti kopā? Vai viens eņģelis bija spēcīgāks par otru? Kurš bija galvenais eņģelis? Kurš kam atbildēja?

“Es noteikti gribētu zināt, kas notiek,” teica Alfrēds.

“Viss, ko es zinu,” sacīja Lia, ”ir tas, ka pēc negadījuma man jautāja, vai es gribētu būt viena no trim. Un tagad, voila, mēs esam šeit.”

Istabā ienāca tēvocis Sems un Samanta. Viņi vēl kādu brīdi sarunājās kopā, līdz Samanta, kas bija nogurusi no lidojuma, devās uz savu istabu. Arī tēvocis Sems devās uz savu istabu.

"Iesim manā istabā un parunāsimies," teica E-Z.

Lia un Alfrēds sekoja. Pēc pāris stundu ilgas diskusijas trijotne saprata, ka viņiem ir daudz jautājumu, bet maz atbilžu. Lia devās uz savu istabu, ko viņa dalīja ar māti. Alfrēds gulēja E-Z gultas malā. E-Z krākstēja prom. Rīt bija vēl viena diena - tad viņi visu noskaidros.

# NODAĻA 13

Nākamajā rītā Lia iznesa bļodas ar putraimiem uz dārzu. Debesīs kāpa saule, bija bezmākoņaina diena, un tuvojās 10.00. Alfrēds grauzās uz zāles pie celiņa.

Lia pasniedza E-Z viņa bļodu, tad apsēdās zem saulessarga uz terases un paņēma karoti kukurūzas pārslu.

"Ziemeļamerikas kukurūzas pārslas garšo citādi nekā tās, kas mums ir Nīderlandē."

"Kāda atšķirība?" E-Z jautāja.

"Šeit viss garšo saldāk."

"Esmu dzirdējusi, ka dažādās valstīs izmanto dažādas receptes. Vai jūs vēlaties kaut ko citu?" Viņa atteica, pakratot galvu. "Pagājušajā naktī es nevarēju aizmigt," E-Z teica, paņemot vēl vienu karotīti Captain Crunch.

"Atvainojiet, vai es pārāk daudz krākstēju?" Alfrēds jautāja, iebāžot seju rasas zālienā.

"Nē, ar tevi viss bija kārtībā. Man daudz kas bija galvā. Es domāju, mēs visi esam šeit. Trīs - un man jau kādu laiku nav bijis tiesas procesa... Kopš Hadžs un Reiki tika pazemināti amatā, es nezinu, kas notiek. Pēc tās pēdējās cīņas ar Ēriēlu - kuru, starp citu, es uzvarēju - es neko neesmu dzirdējis no Ēriēla. Tas mani uztrauc. Brīnos, ko viņš ir izdomājis, lai padarītu manu dzīvi nelaimīgu."

Alfrēds aizskrēja tālāk uz dārzu, jo uz zāles piezemējās vienradzis.

"Jūsu rīcībā," sacīja mazā Dorita.

Vienradzis pieskrēja pie Lijas, bet viņa piecēlās un noskūpstīja to uz pieres.

Virs viņiem sākās zila debesu raksta svītra. Tajā bija uzrakstīti vārdi: SEKOJIET MAN.

E-Z krēsls piecēlās: "Nāc!" viņš iesaucās.

Mazā Dorita noliecās, ļaujot Lia uzkāpt viņai virsū.

Alfrēds izpletis spārnus un pievienojies pārējiem.

"Vai ir kāds priekšstats, kur mēs dodamies?" Alfrēds jautāja.

"Es zinu tikai to, ka mums jāsteidzas! Vibrācijas pastiprinās, tāpēc mums jābūt tuvu."

"Paskaties uz priekšu," Lija iesaucās. "Domāju, ka mēs esam vajadzīgi atrakciju parkā."

Uzreiz E-Z bija skaidrs, kā viņi ir vajadzīgi. Amerikāņu kalniņi bija noskrējuši no sliedēm. Vagoniņi bija noskrējušies uz sliedēm un uz pusēm no tām. Un visu vecumu pasažieri kliedza. Viens bērns ar kājām tik nedroši karājās pāri ratiņu sāniem, ka bija skaidrs, ka viņš nokritīs pirmais.

"Mēs paķersim to bērnu," sacīja Lia un pacēlās. Viņa un Mazā Dorita devās tieši pie zēna. Viņš atlaidās, nokrita un droši piezemējās Lia priekšā uz vienradža.

"Paldies," zēns teica. "Vai tas tiešām ir vienradzis, vai arī es sapņoju?"

"Tas tiešām ir," sacīja Lia. "Viņas vārds ir Mazā Dorita."

"Manai mammai ir grāmata ar šādu vārdu. Es domāju, ka to sarakstījis Čārlzs Dikenss."

"Tieši tā," teica Lia.

"Vai Mazajā Dorritē ir vienradži? Ja jā, tad man tā būs jāizlasa!"

"Es nevaru droši pateikt," teica Lia. "Bet, ja uzzināsi, dod man zināt."

E-Z vienu pēc otra satvēra pārkarsušās automašīnas. Bija jāpieliek pūles, lai to līdzsvarotu, sākumā tas bija mazliet līdzīgs slinkumam, viss sasvēries vienā virzienā. Taču viņa pieredze ar lidmašīnu palīdzēja un iedvesmoja viņu, kad viņš pacēla vagonus atpakaļ uz sliedēm. Viņš tos noturēja stabili, līdz visi pasažieri bija droši iekšā.

Pateicoties Alfrēda palīdzībai, šis process noritēja gludi. Alfrēds, izmantojot savus spārnus, knābi un milzīgo izmēru, spēja tos nogādāt drošībā.

"Vai ar visiem viss kārtībā?" E-Z sauca, izpelnoties skaļus aplausus no visiem pasažieriem.

Veiksmīgi izpildījis uzdevumu, Alfrēds aizlidoja līdz vietai, kur atradās Lia un pārējie. Tā bija lieliska vieta novērošanai.

"Vai mēs tagad varam nolaist zēnu?" Lia jautāja.

E-Z pacēla īkšķi uz augšu.

Apakšā tika ienests celtnis, lai to paceltu glābšanas darbiem. Tas vēl ne tuvu nebija gatavs. Viņš vēroja, kā strādnieki drūzmējās apkārt savās dzeltenajās aizsargcepurēs.

E-Z svilpināja puisim, kurš darbināja amerikāņu kalniņus, lai tos iedarbina.

Skrituļkalniņa operators iedarbināja dzinēju. Sākumā vagoni mazliet pabrauca uz priekšu, tad apstājās. Pasažieri kliedza, baidoties, ka tas atkal nobrauks no sliedēm. Daži turējās par kaklu, kas sākotnējā notikuma laikā bija sasists.

E-Z novietoja savu ratiņkrēslu vagonu priekšgalā, lai novērotu, vai viņu stāvoklis nemainās. Viņš pamanīja, ka vējš pastiprinās, jo pasažieru mati bija izšūpojušies vagonos. Kāds vecāka gadagājuma vīrietis zaudēja savu LA Dodgers beisbola cepuri. Visi vēroja, kā tā nokrita uz zemes.

"Mēģiniet vēlreiz," E-Z iesaucās, cerēdams uz labāko, bet uz katru gadījumu izdomādams plānu B.

Operators iedarbināja dzinēju. Atkal amerikāņu kalniņi virzījās uz priekšu. Šoreiz nedaudz tālāk, bet atkal ripoja līdz pilnīgai apstāšanās vietai.

E-Z izsauca pavēli Mazajai Dorritai: "Lūdzu, nolieciet Lia uz zemes. Tad paķeriet ķēdes saites ar āķiem abos galos un nogādājiet tās pie manis."

Vienradzis piekodināja, nolaižoties lejā, dzirdot "oohs" un "ahs" no pūļa, kas bija sapulcējies apakšā. Viens puisis mēģināja viņu sagrābt un aizķert, viņa ar degunu viņu atgrūda, un policija iekustējās, lai norobežotu teritoriju.

"Šeit!" teica kāds celtnieks. Viņš bija dzirdējis, ko E-Z lūdza. Viņš iebāza daļu ķēdes Mazajai Dorritai mutē un apvilka pārējo ap kaklu.

"Vai tā nav pārāk smaga?" viņš jautāja, kad Mazā Dorita bez problēmām pacēlās un spārnota aizskrēja līdz vietai, kur pie E-Z tagad gaidīja Alfrēds.

Alfrēds, izmantojot savu knābi, iebāza āķi amerikāņu kalniņa priekšpusē. Viņš nostiprināja to savā vietā un piestiprināja pie E-Z ratiņkrēsla.

"Lūdzu, palieciet sēdus," E-Z aicināja. "Es jūs lēnām, bet droši nolaidīšu lejā. Mēģiniet pārāk daudz nemainīties, es gribētu, lai svars būtu vienmērīgi novietots. Uz trīs, brauksim," viņš teica. "Viens, divi, trīs." Viņš pievilka, atdeva visu, kas bija viņa spēkos, un mašīna ripoja kopā ar viņu. Nolaišanās bija viegla, tuvojoties augšup, viņam vajadzēja raudzīties, lai ratiņi neuzņemtu pārāk lielu ātrumu un atkal neizkustētos no vietas. Mazā Dorita un Alfrēds lidoja līdzās mašīnai, gatavi rīkoties, ja kaut kas sagadītos.

Lia bija ļoti nobijusies, nervoza un satraukusies.

"Tu to vari, E-Z!" viņa iesaucās, aizmirsusi, ka varētu šos vārdus izrunāt prātā, un viņš tos sadzirdētu.

"Paldies," viņš sacīja, saglabājot lēnu un vienmērīgu tempu. Lai gan E-Z bija noguris, viņam bija jāpaveic uzdotais uzdevums. Kad mašīna aplidoja stūri un pilnībā apstājās, tā atgriezās tunelī. Tur, kur tās ceļojums bija sācies.

"Paldies!" - uzsauca operators.

Ugunsdzēsēji, feldšeri un medmāsas gatavojās pasažieru uzplūdam. Izkāpšana notika vienlaicīgi.

"E-Z! E-Z! E-Z!" skandēja pūlis, paceltiem telefoniem filmējot visu incidentu.

"Kā jūs domājat, vai mums ir laiks paņemt kādu konfekšu vati?" Lia jautāja.

"Un karameļu kukurūzu?" Alfrēds atbildēja. "Neesmu pārliecināts, vai man tas patiks, bet esmu gatavs pamēģināt!"

"Protams," sacīja E-Z, "es bez raizēm atnesīšu tev abas! Iespējams, pat dabūšu Candy Apple."

Kad viņš devās iepirkties, viņš pamanīja, ka ir ieradušies reportieri. Viņi bija sapulcējušies ap kādu, kurš bija ļoti augsts, ar melniem matiem. Vīrietis turēja priekšā cepuri un atgādināja Ābrahāmu Linkolnu. Ielūkojoties tuvāk, viņš saprata, ka tas bija Ēriels pārģērbies. Viņš pietuvojās tuvāk, lai ieklausītos.

"Jā, es esmu tā, kas saveda kopā šo dinamisko trijotni. Līderis ir E-Z Dikenss, viņam ir trīspadsmit gadu un viņš ir superzvaigzne. Viņš ir ne tikai vispieredzējušākais *Trijotnes* dalībnieks , bet arī līderis. Kā jūs jau droši vien esat pamanījuši, viņš spēj vadīt gandrīz visu. Viņš ir lielisks bērns!"

E-Z jutās, kā viņam sakarst vaigi.

"Kas par meiteni un vienradzīti?" izsaucās kāds reportieris.

"Viņas vārds ir Lia, un šis bija viņas pirmais pasākums supervaroņu pasaulē. Viņas vienradzis ir Mazā Dorita, un viņi abi ir lieliska komanda.

Viņa izglāba to puisi," viņš satvēra zēnu. Viņš novietoja viņu kameru priekšā un centrā.

Kad visas acis bija pievērstas viņam, viņš pabeidza teikumu. "Ar vieglumu. Lia un Mazā Dorita ir brīnišķīgi papildinājumi komandai, un viņi būs milzīgs palīgs E-Z visos viņa turpmākajos centienos."

"Kāds tas bija?" kāds reportieris jautāja zēnam.

"Lia bija ļoti jauka," zēns teica.

Tumšādainā figūra atgrūda zēnu prom. Viņš noslaucīja no sevis putekļus.

"Trompetistu gulbi sauc Alfrēds. Šī bija viņa pirmā iespēja palīdzēt E-Z. Viņš drosmīgi pakļāva sevi riskam. Alfrēds ir vēl viens lielisks šīs supervaroņu komandas *Trīs* biedrs. Nākotnē jūs viņus redzēsiet daudz." Viņš aizdomājās: "Ak, un mans vārds ir Ēriels, ja jūs vēlaties mani citēt savā rakstā."

Tagad E-Z vēlējās, lai viņš nebūtu piekritis vākt karnevāla gardumus. Viņš aizklīda malā, cerēdams, ka netiks pamanīts.

"Tur viņš ir!" kāds kliedza.

Citi, kas stāvēja rindā aiz viņa, stūma viņu rindas priekšgalā.

"Tas ir uz vietas," teica pārdevēja, pasniedzot viņam vienu no visiem.

"Paldies," viņš sacīja, paceļoties.

"Tas ir viņš! Tas zēns ratiņkrēslā! Mūsu varonis!" kāds kliedza no apakšas.

"Lūk, viņš ir, ņemiet viņa fotogrāfiju."

"Lūdzu, nāc atpakaļ, lai uzņemtu selfiju!"

E-Z paskatījās uz to vietu, kur bija Eriels, bet tagad, kad viņš bija pamanīts, nevienu vairs neinteresēja. Nākamais, ko viņš zināja, bija Eriels.

"Ejam prom no šejienes!" E-Z iesaucās, domādams, kur tieši viņiem vajadzētu doties. Ja viņi dotos uz viņa māju, žurnālisti un fani, visticamāk, sekotu viņam. Savā ziņā viņam pietrūka dienu, kad Hadžs un Reiki visiem iesaistītajiem izdzēsa prātus - tas noteikti nekomplicēja lietas.

Pa ceļam atpakaļ E-Z nevarēja nedomāt, ko Ēriels bija iecerējis. Galu galā neviens nedrīkstēja zināt par viņa pārbaudījumiem. Tas bija ļoti dīvaini - taču viņš bija pārāk noguris, lai par to runātu ar draugiem. Tā vietā viņš prātoja, kāpēc vairs nav svarīgi, lai viņa pārbaudījumi paliktu apslēpti - un kā tas varētu mainīt situāciju. Bija labi, ka viņa spārni vairs nedega, un viņa krēsls, šķiet, neinteresējās dzert asinis.

"Nu, tas bija diezgan viegli," teica Alfrēds.

Lia smējās: "Un tas bija diezgan jautri, redzēt tevi darbībā E-Z."

"Ei, un kā gan es, es arī palīdzēju!"

"Tu noteikti palīdzēji," sacīja E-Z. "Un mazā Dorrit, paldies tev! Bez tevis to nebūtu varējis izdarīt!"

Mazā Dorita smējās. "Priecājos, ka varēju palīdzēt."

"Jūs bijāt pārsteidzošs!" Lia teica, glāstīdama viņu pa kaklu.

Taču kaut kas viņus satrauca. Bija acīmredzams, ka E-Z to visu būtu varējis izdarīt pats. Viņam nebija vajadzīga palīdzība.

Alfrēdam īpaši šķita, ka viņš, būdams trompetists gulbis, darīja visu, ko varēja. Taču šādā glābšanas darbībā viņš nebija pārāk liels palīgs. Nevis kā kāds, kam bija rokas, varēja palīdzēt. Viņš bija pielicis visas pūles, bet vai ar to pietika? Vai viņš bija labākā izvēle, lai kļūtu par *Trīs* locekli ?

Lia domāja, ka Mazā Dorita būtu varējusi piezemēties zem zēna un izglābt viņu bez viņas muguras. Vienradzis bija gudrs un varēja sekot E-Z vadībai un norādījumiem. Viņa jutās tā, it kā būtu mērojusi visu šo ceļu, un kāpēc? Tam īsti nebija nekādas jēgas.

Viņi atkal atgriezās mājās. Lai gan viņi kopā bija paveikuši kaut ko brīnišķīgu, viņu garastāvoklis bija zems.

Mazā Dorita aizgāja un devās uz turieni, kur dzīvoja, kad viņa nebija vajadzīga.

E-Z uzreiz devās uz savu kabinetu, kur viņš nedaudz pastrādāja pie savas grāmatas. Viņš bija vēlējies atjaunināt izmēģinājumu sarakstu, lai redzētu, kur viņš atrodas. Viņš nolēma ierakstīt tos visus no jauna no sākuma:

1/ izglāba mazo meitenīti

2/ izglāba lidmašīnu no avārijas

3/ apturēja šāvēju uz jumta

4/ apturēja meiteni veikalā

5/ apturēja šāvēju pie mājas

6/ cīnījās duelī ar Ēriēlu

7. izkļuva no šīs lodes

8/ izglāba Lia

9/ novietoja amerikāņu kalniņus atpakaļ uz sliedēm.

Viņš nebija pārliecināts, vai tēvoča Sema glābšana bija pārbaudījums vai nē. Hadžs un Reiki bija izdzēsuši viņa prātu. E-Zs nojauta liecināja, ka tēvoča Sema glābšana nebija pārbaudījums.

Viņš apsēdās krēslā. Domāja par gaidāmo termiņu. Viņam ierobežotā laikā bija jāveic vēl trīs izmēģinājumi. Savā ziņā viņš vēlējās tos pabeigt, pabeigt. No otras puses, tas, ka viņš bija pabeidzis savas saistības, viņu biedēja.

Tikmēr Alfrēds nolēma doties peldēties pie ezera.

Savukārt Lia ar māti devās pastaigā.

“**K**ādstas bija?” Samanta jautāja.

"Tas bija ārkārtīgi aizraujoši un vienlaikus biedējoši. E-Z ir ievērojams. Bezbailīgs," paskaidroja Lia.

"Un kāds bija tavs ieguldījums?"

Viņi pagriezās aiz stūra un apsēdās kopā uz parka soliņa. Bērni rotaļājās, skraidīja uz augšu un uz leju un kliedza. Abas - gan māte, gan meita - atcerējās, kā Lia savulaik, kad viņai bija septiņi gadi, šādi bezrūpīgi rotaļājās. Tagad, kad viņai bija desmit gadu, viņas interese par rotaļām bija stipri samazinājusies.

"Vai tev tas pietrūkst?" Samanta jautāja.

Lia pasmaidīja. "Tu vienmēr zini, ko es domāju. Patiesībā nē, bet kādreiz drīzumā es gribētu atkal pamēģināt dejot. Lai redzētu, kā un vai es varētu pielāgoties."

Viņi sēdēja kopā un skatījās, neko nesakot.

"Kas attiecas uz manu ieguldījumu, tad kāds mazs zēns karājās no mašīnas un bez mazās Dorrites palīdzības, iespējams, būtu nokritis."

"Varēja?"

"Jā, es domāju, ka E-Z būtu viņu izglābis, tad tiktu galā ar pārējo, ja mēs nebūtu tur bijuši. Viņš ir pieradis pats veikt izmēģinājumus."

"Jūs nedomājat, ka jūs vai Alfrēds bijāt vajadzīgi?"

"Tas, ka mēs bijām tur morāla atbalsta dēļ, bija noderīgi, es nezinu. Erceņģeļi ir ieguldījuši daudz pūļu, lai mūs savestu kopā. Lai aizlidotu ar lidmašīnu no Nīderlandes, mūsu mājām. Kad, balstoties uz šo tiesas procesu, es nedomāju, ka mēs esam vajadzīgi."

Samanta paņēma meitas roku savā, un viņas piecēlās no soliņa un pagriezās atpakaļ uz mājām.

"Es domāju, ka komandas, rezerves komandas, esamība ir laba lieta, un esmu pārliecināta, ka E-Z to zina un novērtē. Viņš neizskatās pēc tāda tipa bērna, kas būtu vientuļnieks. Viņš spēlēja beisbolu, no Sema stāstītā viņš joprojām to dara. Viņš zina, ka komandas labi strādā kopā, balstoties uz katra spēlētāja stiprajām pusēm. Kas attiecas uz tevi, es neuztraucos, ka tu neesi izšķirošais faktors šajā procesā. Un nekad nenovērtē savu vērtību par zemu."

"Paldies, mammu," sacīja Lia, kad viņi aizskrēja aiz stūra uz viņu ielas. "Tagad parunāsim par Semu. Viņš tev patiešām patīk, vai ne?"

Samanta pasmaidīja, bet neatbildēja.

Tajā pašā laikā Sems pārbaudīja E-Z. "Vai viss kārtībā?" viņš pajautāja, iegriežot galvu brāļadēla kabinetā.

"Neesmu pārliecināts. Vai mēs varam parunāt?"

"Protams, mazulis."

"Aizver durvis, lūdzu."

"Kas notiek? Vai pirmais komandas izmēģinājums neizdevās labi?"

"Vispirms es vēlos tev pajautāt, kas notiek ar tavu un Lijas mammu?"

Sems sašūpojās kājās un notīrīja brilles. "Nerunāsim par mani un Samantu. Tas ir starp mums."

"Ak, tātad ir ASV?" viņš pasmaidīja.

"Mainīt tēmu," teica Sems.

"Labi, lai kā tu teiktu. Kas attiecas uz tiesu, tā noritēja labi, un nedomā par mani neko sliktu. Es to nesaku tāpēc, ka esmu lielgalvains, bet es to būtu varējis pabeigt arī bez pārējiem." Sems atcirta.

"Pastāsti man, kas tieši notika. Kāds bija tavs uzdevums? Un man jāsaka, ka tas mani pārsteidz, jo tu vienmēr esi bijis komandas spēlētājs."

"Un es teiktu, ka tas mani pārsteidz, jo tu vienmēr esi bijis komandas spēlētājs.

"Es zinu. Tas arī mani uztrauc. Tas notika atrakciju parkā. No trases nobrauca amerikāņu kalniņi. Tā priekšpuse karājās no malas, un pasažieri izklīda pāri. Tikai viens no viņiem bija reālās briesmās - bērns, kuru Lia noķēra ar vienradža Mazās Dorrites palīdzību."

"Izklausās, ka glābšana bija noderīga."

"Tā bija, jo tas bērns bija no laika, bet es biju tur un varēju viņu izglābt. Tad novietoja ratiņus atpakaļ uz ceļa un palīdzēja pārējiem iekšā. Man bija tā, it kā laiks būtu apstājies - tātad es viegli varēju atrisināt šo situāciju bez svešas palīdzības."

"Izklausās, ka Alfrēds jums nebija īpaši noderīgs. Vai jūs domājat, ka jūs varētu iztikt bez viņa?"

E-Z izlaida pirkstus cauri tumšajam matu viduklim. Skustas sajūta kaut kādā veidā lika viņam atbrīvoties no stresa.

"Alfrēds palīdzēja. Bet es meklēju veidus, kā viņš varētu palīdzēt. Viņš tik ļoti cenšas. Mēs tik ļoti gribam palīdzēt, bet, godīgi sakot, viņš ir pietiekami gudrs, lai zinātu, ka es viņam padarīju darbu. Tāpēc viņš varēja palīdzēt, un es nejūtos labi." "Viņš varēja palīdzēt, un es nejūtos labi.

"Tā rīkojas komandas spēlētāji. Viņi rūpējas viens par otru. Palīdz viens otram."

"Es zinu, bet, kad uz spēles ir liktas dzīvības, man ir jāgādā, lai neviens neciestu. Ja es atradu uzdevumus pārējiem, lai viņi justos vajadzīgi, tas ir traucēklis, nevis palīdzība." Viņš dziļi nopūtās, klikšķinot ar pirkstiem pa klaviatūru. Kauninādamies viņš izvairījās no acu kontakta ar tēvoci.

Pēc dažām klusuma minūtēm E-Z atgriezās pie darba pie savas grāmatas, lai ļautu tēvocim pārdomāt lietas. Viņš pārlasīja dienas notikumu detaļas.

Kad viņš pārrunāja. Sadalīja lietas. Izjaucot tiesas procesu un atkal saliekot to kopā, viņš piedzīvoja atklāsmi. Tas bija kaut kas tāds, ko viņš nekad iepriekš nebija darījis. Viņš varēja apspriest šo jautājumu ar savu komandu. Viņi varēja viņam pastāstīt, kā viņam veicās, sniegt ieteikumus, lai viņš varētu uzlabot. Jā, būt vienam no trim bija daudz priekšrocību. Šajās zināšanās viņš jutās atvieglots un laimīgāks.

"Es domāju, ka jums vajadzētu dot šai komandai vairāk laika, pirms jūs kaut ko izlemjat. Jums noteikti ir izdevīgi zināt, ka viņiem katram ir savas īpašās spējas, lai jums palīdzētu. Šajā situācijā priekšplānā bija jūsu spējas. Tas nenozīmē, ka tā būs vienmēr. Nākamajā uzdevumā viss var mainīties. Viss notiek kāda iemesla dēļ."

"Jūs domājat tāpat kā es tagad. Viss vienmēr ir labāk, ja tev nav ar to jāsaskaras vienam. Tu man to iemācīji."

"Vai vēl kāds šajā mājā ir izsalcis?" Alfrēds piezvanīja, soļojot pa koridoru.

E-Z atgrūda savu krēslu un atbildēja: "Es!"

Sems sacīja: "Ko tu?"

"Ak, Alfrēds jautāja, vai kāds ir izsalcis."

"Arī es!" Sems uzsauca.

"Es esmu," sacīja Lia. "Kas būs vakariņās?"

Samanta ieteica pasūtīt picu. Visi uzmundrināja, izņemot Alfrēdu. Viņš nebija stingra siera cienītājs.

Vakaru viņi pavadīja kopā, uzpildot sejas un aizrautīgi skatoties seriālu par zombijiem.

"Tev tas nav pārāk biedējoši, vai ne, Lia?" E-Z jautāja,

"Man tas ir pārāk biedējoši!" Samanta atbildēja. Sems apskāva viņu ap roku, bet Lia ķiķināja un turēja māti par roku.

# NODAĻA 14

Nākamajā rītā Alfrēds pamodās ar kliedzienu. Ja jūs nekad neesat dzirdējuši gulbja kliedzienu, tad jums ir paveicies. Tas bija tik skaļš, ka pamodināja visus.

E-Z mēģināja nomierināt Alfrēdu. Gulbis tikai vēl vairāk vicināja spārnus un radīja briesmīgu skaņu. Tas bija tā, it kā viņš tiktu spīdzināts. Vai nu tā, vai arī pasaule bija beigusies!

Tēvocis Sems ieradās, lai pārbaudītu, kas notiek.

"Tas ir Alfrēds, bet neuztraucieties. Es to saņemšu," teica E-Z.

Drīz vien Lija un Samanta ieradās, lai to izpētītu. Lia pārliecināja Samantu doties atpakaļ gulēt.

Lia palika, lai palīdzētu E-Z mierināt Alfrēdu. Kurš nekavējoties devās pie loga, atvēra to ar savu knābi un izlidoja ārā naktī.

Virs viņiem E-Z un Lia klausījās, kā Alfrēda zirnekļainās kājas klaudzina jumtu.

"Ko jūs abi gaidāt!" viņš kliedza. "Mums jādodas - TAGAD!"

Lia izkāpa pa logu un stājās uz drebulīgas drebēšanas drāznas uz dzegas. Viņa pagaidīja, kamēr E-Z varēja iekāpt ratiņkrēslā un manevrēt to uzkarināmā pozīcijā.

"Pagaidiet, man šķiet, ka vienradzis beidzot ir ceļā," teica Alfrēds. "Tāpēc es esmu šeit augšā. Lai redzētu, vai viņa nāk."

Mazā Dorita piezemējās, paklāja degunu zem Lia un pārmeta viņu uz muguras.

Viņi aizlidoja, Alfrēdam vadot.

"Palēnini!" E-Z kliedza. Alfrēds viņu ignorēja. Viņš turpināja, palielinot augstumu un ātrumu. E-Z krēsla spārni sāka plīvot tāpat kā viņa eņģeļa spārni. Viņam nācās strādāt ātri, lai noturētu Alfrēdu redzeslokā.

Lia sakustējās. "Vēlētos, lai man līdzi būtu džemperis."

"Pieguļ man pie kakla," teica Mazā Dorita. "Es tevi sasildīšu."

E-Z palielināja tempu, tuvojās, tad saprata, ka Alfrēds palēnina tempu. Vismaz viņš tā domāja. Tā vietā viņš ieraudzīja skatu, ko nekad neizdzēsīs no prāta. Alfrēds bija sastindzis gaisā ar izstieptiem spārniem un kājām. It kā viņš būtu modelēts kā X.

Tad viss viņa ķermenis sāka trīcēt, kas pieauga līdz drebēšanai. Izskatījās, it kā viņu būtu pārņēmusi elektrība. Un viņa seja, uz kuras bija redzama nepanesamu sāpju izteiksme, draugu acīs ieplūda asaras.

"Kas ar viņu notiek?" Lia jautāja. "Es vairs nevaru uz to skatīties. Es vienkārši nevaru," viņa raudāja.

"Tas ir, it kā viņš būtu šokēts. Kurš gan tā varētu darīt?" Kad viņš to teica, viņš zināja. Tikai Ēriels varēja būt tik nežēlīgs. Ēriels viņus izsauca. Izmantojot šo elektrošoka tehniku, lai liktu viņiem sekot savam draugam Alfrēdam. Tikai, kas būtu, ja viņš neizdzīvotu šoku? Kad viņš to teica, saujiņa Alfrēda spalvu atdalījās no viņa ķermeņa un pacēlās gaisā. Viņš pārstāja trīcēt un sāka lidot. Pāri plecam viņš teica: "Nesteidzies, turies līdzi, pirms tas atkal mani trāpīja."

"Vai ar tevi viss kārtībā?" Lia jautāja.

"Tas bija jau trešais, un katru reizi kļūst arvien sliktāk. Mums ir jānokļūst tur, kur viņi vēlas, un ātri. Es nezinu, vai es varētu pārdzīvot vēl vienu - ne sliktāku par iepriekšējo. Tas bija grūts."

Viņi lidoja tālāk, sarunājoties.

"Atvainojos, ka visus pamodināju," Alfrēds teica tagad, kad satricinājumi bija beigušies.

"Tā nebija tava vaina." E-Z sacīja. "Es esmu diezgan pārliecināts, ka zinu, kas pie tā vainīgs, un, kad mēs viņu ieraudzīsim, es viņam pateikšu, par ko viņš ir vainīgs."

"Ko tu ar to domā?" Lia jautāja, ieķeroties mazās Dorrites kaklā. Bija tik tumšs un auksts; viņa nespēja pārtraukt drebēt.

Alfrēds sacīja: "Mēs esam izsaukti, sūtot elektrošoku pa visu manu ķermeni. Bija tā, it kā manas spalvas degtu no iekšpuses uz āru. Tik rupji. Tik ļoti rupji, un uz brīdi man šķita, ka es atkal esmu atgriezusies starpbrīdī."

Domājot par to, viss viņa gulbja ķermenis drebēja. "Kad ieraudzīšu to, kas to izdarīja, es tam, kas to izdarīja, došu to, ko viņš ir pelnījis!"

Alfrēds turpināja lidot līdzās pārējiem. "Agrāk Ariels čukstēja man ausī, lai mani pamodinātu. Tad mēs kopā izrunājām plānu. Viņa to darīja pat tad, kad es biju starpbrīdī. Viņa vienmēr ir bijusi maiga un laipna pret mani. Šis izsaukums bija citāds."

"Izklausās pēc Ēriēlas darba," E-Z atzina. "Viņš nav pārāk taktisks, un viņš var būt mazliet melodramatisks un diezgan nejūtīgs. Nemaz nerunājot par to, ka viņam ir slikta humora izjūta."

"Nedaudz melodramatisks, tas pat nesakrīt ar to," sacīja Alfrēds.

"Tev kādreiz būs mums par to starpsaucienu vairāk jāpastāsta. Nosaukums izklausās jauki, bet man ir sajūta, ka tas ir oksimorons," sacīja E-Z.

"Man nepatīk par to runāt," atbildēja Alfrēds.

"Es patiešām ar nepacietību gaidu tikšanos ar šo Ēriēlu. NE." Lia atzinās. "Tas ir tāpat kā gaidīt tikšanos ar Voldemortu. Viņa reputācija viņu apsteidz."

"Ah, tātad esi Harija Potera fane?" Alfrēds teica.

"Noteikti," atzina Lia.

Zvaigznes debesīs virs galvas raidīja iedomātu siltumu. Tomēr nakts gaisā viņi sakustējās nesagatavoti.

"Vai mēs jau esam gandrīz tur?" E-Z jautāja.

"Nezinu droši," sacīja Alfrēds. "Šoks neteica, kur mūs izsauca, un es nevaru uztvert nekādas vibrācijas gaisā. Vienīgais, kas liecinās, ka mēs nedarām to, kas no mums tiek gaidīts, ir vēl viens šoks. Diemžēl."

"Mēs nevēlamies, lai tas notiktu. Paātrināsim tempu."

"Šķiet, ka mēs tuvojamies." Alfrēds apstājās gaisā; spārni bija pilnībā izstiepti. "Ak, nē!" viņš čukstēja, gaidīdams, kad skars jauns trieciens. Viņš gaidīja un gaidīja, bet nekas nenotika. "Domājams, mēs esam gandrīz..."

Šoreiz gulbja ķermenis ne tikai trīcēja un drebēja. Alfrēda ķermenis atkal un atkal satricinājās. It kā viņš veiktu salto debesīs.

Ap viņu lidoja zaudēt spalvas, dejojot vējā, kad gulbis devās brīvajā kritienā.

E-Z izlidoja zem trompetista gulbja un noķēra viņu. "Alfrēds? Alfrēds?" Nabaga gulbis bija zaudējis samaņu. "Eriel! Tu! Tu, lielais pūkainais grifs!" E-Z kliedza, paceļot dūri pret debesīm. "Tev nav jānokauj Alfrēds. Sakiet mums, kur jūs atrodaties, un mēs būsim tur, bet tikai tad, ja jūs piekritīsit viņu nokautrināt ar elektrības lādiņiem. Tas ir barbariski. Viņš ir gulbis žēlsirdības dēļ. Dodiet viņam pauzi."

"To, ko viņš teica," atbildēja Lia, pavērtām plaukstām vērsdamās pret debesīm.

Kādu sekundi tās pakārās, joprojām turēdamās uz vietas.

Tad ratiņkrēslu pārsteidza šoks. Tad tas trāpīja vienradzim Dorritam. Un visi nokrita brīvā kritienā.

Ēriēla smiekli piepildīja gaisu ap viņiem. Pasaule bija viņa sajūtu aplis, un viņš izsmēja *Trijotni* kā neviens cits. Vai arī gribētu.

# NODAĻA 15

**K**ādulaiku tie turpināja strauji kristies. Neviens no viņiem nekontrolēja savas īpašās spējas vai īpašības.

Viņi puslīdz cerēja, ka viņu ķermeņi tiks izsmidzināti uz bruģa zem zemes. Bruģis pacēlās, lai viņus sagaidītu.

Pēkšņi kritiens beidzās. Bija tā, it kā viņi visi būtu piesaistīti kādam neredzamam leļļu meistaram.

Pēc dažām sekundēm kustība atsākās, bet šoreiz tā bija maiga.

Vadīja viņus, līdz viņi varēja droši nokrist pie Eriel, Ariel un Haniela erceņģeļu kājām.

"Labi pavadīts ceļojums?" Eriels jautāja. Viņš iesmējās no smiekliem. Viņa pavadoņi skatījās, nesmejoties un nerunājot.

Alfrēds, kas tagad bija pamodies, lidoja un piezemējās, un viņam sekoja vienradzis Mazā Dorita, kas nesa Lia.

Vienradzis paklanījās pārējiem viesiem, pēc tam atkāpās uz telpas malu.

Ēriels bija augstākais no pārējiem trim, viņš stāvēja ar rokām uz gurniem, pārliecinoties, ka nav šaubu par to, kurš ir galvenais.

Turpretī Ariels bija kā pasaka.

Haniels bija stalts un izstaroja skaistumu.

Ēriels pakāpās uz priekšu, pacēlās no zemes, lai būtu virs viņiem. Viņš iesaucās: "Jums vajadzēja pietiekami daudz laika, lai šeit nokļūtu! Nākotnē, kad es pavēlēšu jums ierasties, jūs būsiet tepat!"

Haniels lidoja tuvāk Alfrēdam. Viņa pieskārās viņam uz pieres. Tad viņa pagriezās pret E-Z un izdarīja to pašu. Viņa pasmaidīja. "Prieks iepazīties ar jums abiem." Viņa pagriezās pret Lia. Lia atvēra savu plaukstu, un abi apmainījās ar atvērtu plaukstu pirkstu pieskārieniem. Lia metās Haniela rokās. Haniele apskāva viņu ar spārniem, iepazīstot jaunās desmitgadīgās meitenes izskatu.

Ariel sadevās rokās un pieskrēja pie E-Z. Viņa pamirkšķināja viņam un pasmaidīja Lia. Viņa aizlidoja pie Alfrēda un mazināja viņa sāpes.

"Pietiek ar to!" Ēriels pavēlēja ar tik skaļu balsi, ka E-Z baidījās, ka viņš uzspridzinās jumtu.

"Pagaidiet," Alfrēds sacīja, ejot, viņa zirnekļaino kāju plandīšanās skaņām uz betona grīdas. "Mani gandrīz iedzēsa elektrība, un es gribētu atvainošanos."

Ēriels plaši izpletis spārnus, plašāk, tik plaši, cik vien tie varēja izplesties. Viņš pakārās virs Alfrēda, kurš sakustējās, bet turējās uz vietas. Viņu acis saslēdzās.

E-Z jutās, ka gulbis trompetists Alfrēds ir vai nu ļoti drosmīgs, vai ļoti muļķīgs. Jebkurā gadījumā viņam bija vajadzīga palīdzība.

E-Z pagriezās uz priekšu, novietojot savu krēslu starp viņiem. "Kas izdarīts, tas izdarīts." Viņš uzrunāja Alfrēdu: "Atkāpieties." Alfrēds to izdarīja. Tad Ērilam: "Es zinu, ka tu esi huligāns, un tas, ko tu izdarīji ar mūsu draugu, bija nepiedodami un nežēlīgi. Tagad ir nakts vidus, tāpēc pārejiet pie lietas - pastāstiet, kāpēc mēs esam šeit? Kāda ir lielā ārkārtas situācija?"

Ēriels piezemējās, un viņa spārni salocījās aiz ķermeņa. Viņš nopriecājās: "Mani mēģinājumi sazināties ar tevi personīgi, mans protežē, palika bez atbildes. Lai ko es darītu, jūsu krākšana neļāva jums pamosties. Es aizsūtīju Hanieliju pēc Lijas, taču viņa nespēja viņu pamodināt, netraucējot māti, kas gulēja blakus. Tāpēc mēs izsaucām

Alfrēdu, kurš arī ilgu laiku neatbildēja. Viņa mentore mēģināja pie viņa pietuvoties savā ierastajā manierē - taču viņas čuksti nebija pietiekami spēcīgi, lai viņu pamodinātu".

"Es uztraucos par tevi," sacīja Ariels.

"Man ir žēl," Alfrēds sacīja. "E-Z gulta ir brīnišķīgi ērta, un viņš patiešām krākst diezgan skaļi. Es jau sen nebiju gulējis īstā gultā."

"KLUSUMS!" Ēriels nopriecājās.

Alfrēds atkāpās atpakaļ, bet E-Z pavirzīja savu krēslu vēl tuvāk radībai.

Ēriels samazināja balsi. "Haniels domāja, ka tu esi miris, gulbis. Un tāpēc es izmantoju šo iespēju, lai novērtētu mūsu jaunāko tehnoloģiju."

"Tā līdz šim nebija veikta ar cilvēkiem," Haniels atzina.

"Mēs domājām, ka vislabāk būtu izmēģināt uz kāda, kas nav cilvēks, - Alfrēds, jūs atbilstat šim nolūkam, un tas nostrādāja burvīgi. Tiesa, jūs visi ieradāties ar novēlošanos, bet jūs ieradāties. Kā saka, labāk vēlu nekā nekad."

"Jūs izmantojāt mani kā izmēģinājuma trusīti?" Alfrēds, šūpojot kaklu uz priekšu un atpakaļ ar plaši atvērtu knābi un virzīdamies pa grīdu, sacīja.

E-Z atkal novietoja savu ratiņkrēslu starp viņiem. "Atkāpies," viņš teica Alfredam.

Ēriels, Haniels un Ariels izveidoja pusapli ap trijotni.

"Tev taisnība, E-Z. Kas ir izdarīts, tas ir izdarīts. Labāk, ka viņi to izmēģināja uz mani, nekā uz jums abiem. Tagad ķerieties pie darba," pieprasīja Alfrēds.

"Jā, Ēriel," sacīja E-Z, "es vēlreiz jautāju, kāpēc mēs esam šeit?"

"Pirmkārt," erceņģelis nopriecājās, "plāns bija tāds, ka jūs trīs veidosiet sava veida trijotni."

"Mēs to jau paši sapratām," sacīja Lia. Viņa turēja plaukstas vaļā, lai varētu pilnībā ieraudzīt trīs erceņģeļus vienlaikus. Viņa arī ik pa laikam palūkojās pa istabu, lai ieskatītos apkārtnē. Tā izskatījās pazīstama, ar metāla sienām, līdzīgām tām, kurās viņa pirmo reizi satikās ar E-Z. Tikai daudz plašāka.

E-Z paskatījās apkārt un paskatījās uz Lia. Viņš domāja par to pašu. Jo vairāk viņš skatījās uz sienām, jo vairāk šķita, ka tās tuvojas viņam. Viņš jutās auksts un klaustrofobiski, lai gan telpa bija milzīga. Viņš vēlējās, lai viņa ratiņkrēslā būtu poga kā dažās automašīnās, ar kuru var apsildīt sēdekli.

"Klusums!" Ēriels kliedza. Tā kā visi klusēja, tas šķita nevietā. Protams, viņi nebija ņēmuši vērā, ka viņš varēja lasīt arī viņu domas.

Alfrēds pasmējās.

Ēriels aizvēra spraugu starp viņiem, un Alfrēds atkāpās. Ēriels atkal aizvēra atstarpi. Un tā tālāk, un tā tālāk, līdz Alfrēds bija atbalstīts pret sienu. Alfrēds aizlidoja. Ēriels pacēla viņu ar savām talonveidīgajām kājām. Turēja viņu virs pārējiem.

"Eriel, lūdzu," teica Ariels. "Alfrēds ir laba dvēsele."

Ēriels viņu nolaida, tad pacēla dūri. No tiem izlidoja zibens spērieni un rikošeta no konteinera metāla griestiem. Visi, izņemot Ēriēlu, spēlējās ar lidojošajiem elektrības lādiņiem. Ēriels vēroja. Smējās. Līdz viņam apnika izklaide.

*Trijotnes*pārliecība bija pārbaudīta.

Ēriels noķēra atlikušos zibeņus. Viņš to parādīja, ievietojot tās kabatās.

"Tad nu," viņš teica ar viltīgu smaidu. "Tuvojas jauns pārbaudījums. Šodien. Viens no jums mirs."

E-Z sasprindzinājās krēslā. Alfrēds neviļus izkliedza "Hū-hū!", un Lia kliedza kā maza meitenīte.

Ēriels turpināja, ignorējot viņu reakciju. "Jūs esat šeit, lai izvēlētos. Kurš no jums šodien mirs? Pēc tam, kad būsiet izvēlējušies, es paskaidrošu, kādas sekas jūs gaida pēc šīs nāves." Ēriels aizlidoja dažus metrus tālāk, un abi pārējie eņģeļi atradās viņam blakus, pa vienam katrā pusē.

Vispirms Ēriels aprakstīja Alfrēda nāvi:

"Es nevaru jums pastāstīt par šī procesa detaļām. Varu jums pateikt tikai to, ka, Alfrēdi, ja jūs šodien nomirsiet, jūs neizpildīsiet savu līgumā paredzēto vienošanos. Tāpēc tu vairs neredzēsi savu ģimeni ne tagad, ne jebkad. Tomēr jūsu nāve būtu skaista. Jo, tāpat kā dzīvē, gulbja nāve vienmēr ir skaista. Majestātiska. Jo, kad gulbis nomirst, tas kļūst par eņģeli. Jūsu pārvērtības būtu jauns sākums jums. Tavs mērķis būtu gan cilvēku, gan dzīvnieku labklājība. Jums tiktu dots jauns vārds un jauns mērķis. Jūs patiesi novērtētu visos aspektos. Un tava dvēsele atgrieztos savā mūžīgā miera vietā."

Pa Alfrēda gulbja trompetista vaigiem ritēja asaras. Ariela viņu mierināja, apvijot ar spārniem viņa spārnus.

Otrkārt, Haniels pastāstīja par Lia nāvi:

"Bērniņ, kas drīz kļūs par sievieti, tāpat kā Ariel, es nevaru tev pastāstīt nekādu informāciju par uzdevumu. Viss, ko es varu tev, mīļā Cecēlija, saukta arī par Lia, pateikt, ir tas, ka, ja tu šodien nomirsi, tad tevis vairs nebūs. Nekādā formā. Tava nāve būs tikai nāve. Nobeigums. Tā būs tāda pati kā tad, kad eksplodēja spuldzīte, tu būtu mirusi. Jūsu nabaga dzīve būtu beigusies jau tad. Un tomēr jūs tagad esat šeit, un jums ir daudz ko piedāvāt pasaulei. Jūs neesat pat tikai noskrāpējuši jums pieejamo spēku virsmu. Tomēr, ja jūs šodien nomirtu, šīs spējas paliktu neizmantotas. Jūs nonāktu zemē, putekļi putekļos. Tikai piemiņa tiem, kas jūs pazina un mīlēja. Taču arī tava dvēsele atgrieztos savā mūžīgā atdusas vietā."

Lia sadeva rokas, lai aizturētu no tām krītošās asaras. Tās krita arī no acīm. No viņas vecajām acīm. Viņas ķermenis trīcēja, kad viņa raudāja. Viņa bija pārāk pārņemta no emocijām, lai runātu.

Mazā Dorita pieskrēja un pabakstīja meitenīti pa plecu. Arī Haniels mēģināja viņu mierināt, skūpstīdams viņu uz pieres.

Un tad Ēriels sāka stāstīt E-Z stāstu:

"E-Z, kopš tavi vecāki ir miruši, tu esi daudz ko paveikusi. Tev ir doti pārbaudījumi. Dažkārt cilvēkam bieži vien nepārvarami uzdevumi. Tomēr tev ir izdevies tos pārvarēt. Tu esi izglābis dzīvības. Tu mani neesi vīlies. Tomēr mēs jūtam." Viņa vilcinājās, lūkojoties no vienas puses uz otru. "Es īpaši jūtu, ka jūs esat izjaucis savas spējas. Dažreiz pat noliedzu tās. Tu esi paņēmis laiku, ko mēs tev esam devuši, lai padarītu pasauli labāku, un izšķērdējis to."

E-Z atvēra muti, lai runātu.

"Klusē!" Ēriels kliedza. "Nemēģini sevi attaisnot. Mēs esam vērojuši, kā tu spēlē beisbolu un tērē laiku ar draugiem, it kā tev būtu bijis viss pasaules laiks, lai izpildītu savus uzdevumus. Nu, laiks ir beidzies. Ja tu šodien nomirsi, tavi pārbaudījumi būs nepabeigti."

E-Z labi nojauta, kas sekos, taču viņam bija jāgaida, kamēr Ēriels to pateiks. Izrunāt vārdus, lai tas kļūtu patiesība.

Kā viņš nojauta, Ēriels vēl nebija beidzis. "Atstājot mūs ar nepabeigtiem pārbaudījumiem, kuru dēļ tika glābta tava dzīvība. Tagad tas būtu nepiedodami. Ja tu mirtu šodien, tu zaudētu spārnus. Tas ir sākumam. Tie pārbaudījumi, kas tev vēl nebija doti, - nekad netiktu doti. Jo jūs bijāt vienīgais, kurš varēja izpildīt šos uzdevumus. Mūsu vienīgā cerība.

"Tāpēc tos, kurus tu būtu izglābis, nebūtu izglābis neviens un nekad. Viņi mirs tavā dēļ. Ikviens, ko tu jebkad glābsi savu pārbaudījumu laikā, mirtu.

"Tas būtu tā, it kā tu nekad nebūtu pastāvējis. Viņu nāve būtu galīga. Pilnīga. Nevienam no viņiem nebūs nekādas iespējas dzīvot pēc nāves. Pat nosūtīšana uz starpbrīdi nebūtu iespējama. Jūsu nāve tad E-Z radītu postu un haosu pasaulē. Tāpat kā tajā dienā, kad mēs ar tevi duelējāmies. Atceries, kāda bija pasaule tajā dienā? Tāda būtu zeme - katru dienu." Ēriels pagrieza muguru. Viņi vēroja, kā viņš izpleš spārnus, it kā gatavotos aiziet.

Visi klusēja. Apdomāja savu likteni.

Pēc kāda laika Ēriels pārtrauca klusumu. "Ariel, Haniels un es jūs pagaidām atstāsim. Jūs varat parunāties savā starpā un izlemt. Bet rīkojieties ātri. Mums nav visas dienas."

Arhaņģeļu trijotne pazuda pa griestiem.

# NODAĻA 16

Pēc tam, kad erceņģeļi aizgāja, *Trīs* bija pārāk apstulbuši, lai kaut ko teiktu. Līdz brīdim, kad E-Z pārtrauca klusumu.

"Man nav nekādas jēgas, ka viņi mūs visus šeit sapulcināja. Lai viņi spīdzinātu Alfrēdu. Ievest mūs šeit. Un tad pateikt, ka vienam no mums jāmirst. Un mums jāizvēlas, kurš no viņiem. Tas ir barbariski - pat Eriēlai."

Lia soļoja, saspiedusi dūres. Viņa bija pārāk dusmīga, lai runātu, un viņai bija vienalga, vai ar kaut ko sadursies. Patiesībā, kad viņa to darīja, viņa to sita ar kājām.

Alfrēds pieskārās. "Es domāju, ka, ja kādam ir jāmirst, tad man. Manas spējas ir ārkārtīgi ierobežotas. Ņemot vērā izmēģinājumu sarežģītību, es, visticamāk, pārvērstos gulbju zupā. Tāpat kā pēdējā izmēģinājumā. Es zinu, ka tu man palīdzēji E-Z. Tas bija laipni no tavas puses, bet es zināju, ka esmu apgrūtinājums."

E-Z mēģināja pārtraukt, bet Alfrēds vienkārši turpināja. "Nemaz nerunājot par to, ka es varētu traucēt. Pakļaut kādu no jums riskam. Kopš man atņēma ģimeni, es esmu nodzīvojis skumju un vientuļu dzīvi. Kādu dienu vientulība ir nepārvarama. Būdama *Trijotnes* locekle, esmu palīdzējusi, bet...

"Pat būdama gulbis, es varēju domāt par viņiem. Atcerēties viņus, mīlēt viņus. Tikai apziņa, ka viņi nomira kopā un ir kaut kur kopā, dod man mieru. Pat ja es neesmu kopā ar viņiem, Bet es šodien būšu, ja es būšu tas, kurš mirs. Es esmu gatava uzņemties šo risku. Turklāt, kad es aiziešu, nevienam uz zemes nebūs manis pietrūcis."

"Mums pietrūks tevis!" Lia sacīja.

"Protams, mums pietrūks tevis!" E-Z piekrita, šķērsojot grīdu un pamanot galdu, kas pirms tam bija saplūdis ar sienu. Viņš piegāja tuvāk tam, uz kura atklāja kaudzi papīru, kurus pāršķirstīja.

"Es novērtēju sentimentu," Alfrēds teica. "Ei, ko tu dari, E-Z? No kurienes šis galds?"

Lia izstiepa abas rokas sev priekšā, lai vienlaicīgi redzētu gan E-Z, gan Alfrēdu.

E-Z turpināja šķirstīt lapas. Drīz vien tās lidoja pa visu istabu. Griezās gaisā, it kā būtu nokļuvuši tornado acī.

*Trīs* sapulcējās kopā un vēroja, kā papīri plūst. Tad vienā mirklī tie nokrita uz bruģa.

Lia paķēra vienu no tiem un izlasīja, kamēr E-Z un Alfrēds skatījās.

"Kas tas ir?" viņa iesaucās. "Uz tā ir mūsu vārdi. Tajā ir stāsti. Mūsu stāsti. Par mūsu nāvi."

"Tajā ir rakstīts, ka mēs jau esam miruši!" E-Z sacīja, lasot vienu no papīriem, ko viņš bija noķēris.

"Ak," sacīja Lia, un pa viņas vaigu ritēja asara. "Tur arī ir rakstīts, ka mana māte ir mirusi, tāpat kā tavs tēvocis Sems."

E-Z pakratīja galvu. "Tas nevar būt taisnība. Tā nav taisnība. Viņi mūs izspēlē." Viņš paskatījās apkārt. Kaut kas telpā bija mainījies. Sienas. Tagad tās bija sarkanas. "Vai mēs esam nokļuvuši citā dimensijā? Paskaties uz sienām? Vai mēs esam kaut kur citur, kur nākotne jau ir pagātne?"

Alfrēds pacēla vēl vienu no nokritušajām lapām. Tajā bija rakstīts par viņa sievas, bērnu un viņa paša nāvi. Un tomēr, kad viņš paskatījās uz sevi, sajuta sevi, viņš bija dzīvs, ar spalvām - trompeļgulbis. "Es gribu ārā," viņš teica.

Lia pasmaidīja. "Vai jūs domājat, iziet no šīs istabas vai no šīs dzīves? Es arī gribu ārā, es gribu ārā no šī briesmīgā metāla konteinera, bet es negribu mirt. Redzēt pasauli caur plaukstām ir dīvaini un vienlaikus forši. Spēja lasīt domas arī ir forša. Taču, kad es apstādināju laiku, tas bija forši. Iedomājies, ka varētu izsaukt šo spēku, piemēram, ja kāds būtu apdraudēts vai ja notiktu katastrofa. Iedomājieties, cik daudz dzīvību varētu izglābt? Un tagad man ir desmit gadi, un kas zina, kādas vēl spējas mani gaida."

"Dievišķi," sacīja E-Z. "Es zinu, kā tu juties, Lia. Tā jutos arī es, kad izglābu to pirmo mazo meitenīti, kad izglābu pārējās un kad izglābu tevi." "Es jutos tā," viņš atsmaidīja.

Trīs pārformēja apli un sadevās rokās, skaitot vārdus: "Mums ir spēks. Šodien neviens nemirs. Nav svarīgi, ko viņi saka." Viņi griezās apkārt un apkārt, skandējot savu jauno mantru. Līdz viņi bija gatavi atkal izsaukt erceņģeļus.

# NODAĻA 17

Eriels ieradās pirmais, uzacis paceltām uzacīm un greizsirdīgi savilktām lūpām. Pēc tam ieradās Ariels un Haniels. Abi palika viņam aiz muguras viņa milzīgo spārnu ēnā. Erielis sakrustoja rokas, bet abi pārējie erceņģeļi pakāpās uz augšu. Viņi iekārtojās pretējās pusēs viņa pleciem.

"Mēs esam izlēmuši," sacīja E-Z. "Šodien neviens nemirs."

Eriela smiekli atskanēja metāla korpusā. Viņš pacēlās gaisā, tad sakrustoja rokas uz krūtīm. Ariels un Haniels klusēja, kamēr Ēriēla smiekli kļuva arvien skaļāki, pietiekami augsti, lai Alfrēdam ievainotu ausis.

Alfrēds nomodās, bet ātri atguvās. Lia un E-Z palīdzēja viņam piecelties. Viņi viņu turēja, līdz Mazā Dorita pārlidoja pāri. Pēc brīža Alfrēds sēdēja augstu virs viņiem uz vienradža. Viņš atradās aci pret aci ar Ēriēlu.

"Paldies, draugs," teica Alfrēds.

"Priecājos, ka varēju palīdzēt," sacīja Mazā Dorita.

"Pietiek!" Ēriels kliedza, pārvietojoties augstāk virs viņiem. Iebiedējot viņus ar savu lielumu, morbiditāti un dārdoņaino balsi. "Jūs domājat, ka varat mainīt to, kas būs? Es jums esmu teicis, kam jānotiek, un jums nav citas izvēles, kā vien man paklausīt. Tā nebija aptauja. Ne demokrātija. Tā bija pārliecība. Jo ir rakstīts..."

Tad viņš pamanīja, ka grīda ir klāta papīriem. Viņš noskrēja lejā un vienu paņēma. Tad piecēlās, lai nonāktu aci pret aci ar Alfrēdu. Rokā viņš turēja Alfrēda stāstu.

"Es redzu, ka tu esi izlasījis nākotni. Tagad jūs zināt patiesību, ka dzīvojat paralēlā visumā. Tas, kas notiek šeit, viļņojas citos visumos. Vietās, kur pastāv gan nākotne, gan pagātne."

Lia nolaida labo roku un pacēla kreiso. Viņas rokas nebija stipras, jo tās vēl bija pieradušas, ka viņai tās jātur.

Ēriels pārlidoja pāri istabai līdz sarkanajam dīvānam, uz kura viņš apsēdās. Pārējie eņģeļi viņam pievienojās, pa vienam uz katras rokas. Ēriels sēdēja ērti, spārnus ne pilnībā iepletis, ne izpletis.

Kad viņš iekārtojās ērti, viņš turpināja. "Vienā no pasaulēm jūs visi trīs jau esat miruši. Jūs lasāt patiesību. Šajā pasaulē vēl ir cerība. Cerība pastāv, pateicoties mums, tas ir, man, Arielam, Hanielam un Ophanielam. Mēs esam izvēlējušies jūs trīs cilvēkus, lai sadarbotos ar mums. Mēs esam jums izvirzījuši mērķus, un mēs esam jums palīdzējuši, kur un kad vien varējām. Kamēr mēs esam kopā ar jums, mēs vieni ļaujam jūsu eksistencei turpināties. Mēs vieni dodam jūsu dzīvei mērķi. Atsakieties sekot mūsu izvēlētajam ceļam, un arī jūs vairs nepastāvēsiet šeit, šajā pasaulē. Jūs tiksiet izdzēsti, tāpat kā jūs nekad neesat bijuši un nekad nebūsiet."

E-Z saspieda dūri, un viņa krēsls aizliecās uz priekšu. "Dokumentā, dokumentā par manu otro dzīvi, bija teikts, ka arī tēvocis Sems ir miris. Viņš nebija negadījumā ar maniem vecākiem. Viņš nepiedalās šajā darījumā. Vai tu viņu nogalināji, Eriel, lai mani šeit noturētu?"

Nesagaidījusi atbildi, Lia ieskrēja. "Manā dokumentā rakstīts, ka mana māte ir mirusi. Kā tas var būt taisnība? Lūdzu, saki, ka tā nav taisnība!"

Alfrēds jutās labāk un atlēca no mazās Dorrites muguras. Viņš pieskrēja tuvāk dīvānam un atkal nonāca aci pret aci ar Ēriēlu.

E-Z lepni lūkojās uz savu draugu Alfrēdu, bezbailīgo trompetistu gulbi.

"Un dokumentos manas lūgšanas ir uzklausītas. Es jau esmu miris. Es nomiru kopā ar savu ģimeni, kā tam bija jābūt. Es labprātāk būtu palicis miris. Būtu miris kopā ar viņiem, nevis reinkarnējies kā trompetists gulbis. Tas ir pēc tam, kad Haniels mani izglāba no starp un starp".

Ēriels atvairīja Alfrēdu. "Ak, jā, starp un starp. Es biju aizmirsis, ka tu esi tur nosūtīts. Tev tur ne tik ļoti patika, vai ne?"

Alfrēds pakustināja kaklu un ar knābi uzmeta grimasi. Viņš izkratīja savus mazos, zobgalīgos zobus, it kā gribētu Ēriēlam iekost.

"Atkāpies," sacīja E-Z, pieskrējis pie dīvāna.

Alfrēds aizvēra knābi. Lia pietuvojās tuvāk. Tagad *visi trīs* stāvēja kopā Ēriēla priekšā. Viņi gaidīja, kad erceņģelis kaut ko pateiks, jebko. Šoreiz viņi bija bez vārdiem.

E-Z izmantoja izdevību, lai pārdomātu situāciju.

"Papīros bija rakstīts, ka tēvocis Sems ir gājis bojā negadījumā, kurā kopā ar mani, manu māti un tēvu gāja bojā. Viņš nebija automašīnā kopā ar mums, lai tas būtu noticis, viņam būtu bijis jābūt iesēdinātam automašīnā kopā ar mums. Kādam nolūkam? Paskaidrojiet mums, jūs, tā sauktie erceņģeļi. Kāpēc jūs mainītu vēsturi, lai tā atbilstu jūsu mērķiem? Starp citu, kur ir Dievs? Es gribu ar Viņu runāt."

"Es arī!" Lia iesaucās.

"Arī es!" Alfrēds piebilda.

Ēriels sakrustoja kājas un izpletis spārnus. Viņš uzlika roku uz zoda un atbildēja: "Dievam nav nekāda sakara ne ar mums, ne ar jums - vairs ne." Viņš iezobās, it kā šis uzdevums viņu garlaikotu.

"Kas būtu, ja es jums teiktu, ka jūsu māja deg, kamēr mēs runājam? Ko, ja es tev teiktu, ka ne tēvocis Sems, ne tava māte Samanta, ne Lia nesagaidīs vēl vienu dienu?"

"Tu b-b-bastards!" E-Z iesaucās.

"Ditto!" Lia atbildēja.

"Nāc jau," Eriels aizrādīja. "Mēs visi šeit esam draugi. Draugi, vai ne? Tava māja varēja aizdegties, varēja notikt jebkas, kamēr mēs esam šeit, šajā vietā, apturēti laikā. Jo ilgāk jūs kavēsieties ar izvēli, jo lielāku haosu radīsiet pasaulē." Viņš piecēlās un izplesa spārnus, liekot trijotnei spert dažus soļus atpakaļ.

Viņš turpināja: "E-Z, tu riskētu ar savu dzīvību tēvoča Sema labā, pareizi?" Viņš pieskārās. "Protams, ka riskētu. Un Lia, tu riskētu ar savu dzīvību, lai glābtu savas mātes dzīvību, jā?" Lia pieskārās.

"Un Alfrēds, mans dārgais trompetists gulbis. Mans spalvainais dzegužu draugs. Kuru no abiem tu glābtu. Ja tu varētu glābt tikai vienu no viņiem?" Ēriels pasmaidīja, lepns par savām radītajām rīmēmām.

"Es glābtu abus," Alfrēds atbildēja. "Es riskētu ar savu dzīvību vai mirtu, mēģinot."

"Tev ir dīvaina nāves vēlme, mans spalvu draugs."

Alfrēds metās uz Ēriēlu.

"J-o-u a-r-e n-o-t m-y f-r-i-e-n-d! Beidz ar mums spēlēties. Tu mūs savedi kopā. Kāpēc? Lai ņirgātos ar mums. Lai liktu mazai meitenei raudāt. Tu esi nekas cits kā, bet, bet liels huligāns."

"Jā," Lija sacīja. "Beidz mūs iebiedēt."

"To, ko viņi teica," piebilda E-Z.

Ēriēls tagad dusmojās, no melna kļuva sarkans, no melna - melns, no melna - sarkans. Viņš pārlidoja pāri istabai un iesita ar dūri pa galdu.

"Jūs vēlaties patiesību? Jūs nespējat tikt galā ar patiesību!" Viņš pasmaidīja. "Mazliet piebildīšu, man patīk Džeka Nikolsona loma filmā " *Daži labi vīri*"."

Tā bija viena lieta, par ko bija vienisprātis gan Ēriels, gan E-Z. Nikolsona sniegums šajā filmā bija nevainojams.

"Beidziet melodramatiku un pastāstiet, ko jūs no mums vēlaties."

"Mēs jau to darījām," sacīja Ēriels. "Es jums teicu, ka vienam no jums šodien ir jāmirst. Es teicu, lai jūs izvēlaties, kurš no viņiem. Ir rakstīts, ka vienam no jums ir jāmirst. Jums jāizvēlas. Tagad."

Alfrēds ar izstieptu gulbja kaklu pakāpās uz priekšu. "Tad tas būšu es."

Alfrēds paklanījās, viņa ķermenis trīcēja. Viņš nolaida galvu, it kā gaidītu, ka erceņģelis to nocirtīs.

Tā vietā visi trīs erceņģeļi aplaudēja. Viņi riņķoja pa istabu. Kliedza tā, it kā viņi būtu algoti klauni, kas uzstājas bērnu dzimšanas dienas ballītē.

Pēc dažām pilnīgas trakulības minūtēm erceņģeļi apstājās.

"Tas ir izdarīts," sacīja Ēriels.

Un tad viņi pazuda.

# NODAĻA 18

**A**rE-Z savā ratiņkrēslā, Lia uz Little Dorrit, un Alfrēds gulbis joprojām *Trīs*, kā viņi planēja pāri debesīm. Viņi turpināja ceļu vēl dažas jūdzes, līdz zem sevis pamanīja milzīgu metāla tiltu.

Kāds jauns vīrietis teeterotot uz dzegas, dodot visas pazīmes, ka viņš gatavojas lēkt.

E-Z izvilka telefonu un bija gatavs zvanīt 911, bet Alfrēds bez vilcināšanās aizlidoja pie vīrieša. Viņš atlika telefonu, un abi ar Lia sekoja viņam.

Alfrēds uzkavējās vīrieša tuvumā, nespēdams runāt un saprast viņu, viņš varēja pateikt tikai: "Hū-hū!".

"Atkāpies no manis!" vīrietis kliedza, vicinot nabaga Alfrēdu, kurš tikai centās palīdzēt, prom.

Vīrietis pietuvojās tuvāk malai, nometis kurpes un vēroja, kā tās krīt upē zem viņa. Viņš vēroja, kā ūdens tos apsteidz, ar savu izsalkušo muti velkot apavus zem ūdens. Vēloties redzēt vairāk, viņš novilka savu krekliņu, uz kura priekšpusē ironiski bija uzrakstīts "The End".

Jaunietis skatījās, kā viņa mīļākais krekls šūpojās un dejoja pa ceļam uz leju. Kad ūdens to aprija, vīrietis sāka dziedāt:

"Es eju apkārt zīdkoka krūmam.

Apkārt zīdkoka krūmam, ap zīdkoka krūmu.

Es eju apkārt zīdkoka krūmam,

visu saulainu rītu."

Alfrēds dzirdēja viņu dziedam. Viņš zināja šo rēbusu. Viņš gaidīja, kad vīrietis nodziedās vēl vienu pantiņu. Patiesībā viņš gribēja, lai viņš dzied vairāk. Bet viņš baidījās viņu traucēt. Vīrietis nesaprastu, pat ja viņš mēģinātu ar viņu runāt.

Šajā laikā E-Z jau gaidīja kādu zīmi no Alfrēda. Beidzot viņš to saņēma - Alfrēds lika viņam un Lia nepieiet tuvāk.

Alfrēds vēlējās, lai jaunais vīrietis viņu saprastu. Ja viņš pietuvotos tuvāk, vai viņš varētu viņu noķert? Viņš pietuvojās tuvāk, maksimāli izplešot spārnus.

Jaunietis viņu ieraudzīja. "Gulbis," viņš teica. Tad viņš lēca.

Trompetes gulbis bija lielāks par parasto gulbi. Taču ne tik liels, lai noķertu pieaugušu vīrieti. Viņš tomēr mēģināja pārtraukt kritienu. Viņš apdraudēja savu dzīvību, lai viņu glābtu. Taču, lai ko viņš darīja, vīrietis joprojām krita kā svina balons. Upes izsalkušajā grīvā.

Alfrēds, nedomādams par sevi, metās viņam pakaļ. Neviens nezināja, kā viņš grasījās vīrieti izcelt. Daži saka, ka svarīga ir doma. Šajā gadījumā Alfrēdu zem ūdens aizvilka paša cilvēka svars.

Pa šo laiku E-Z jau karājās virs ūdens un meklēja, vai vīrietis, vai Alfrēds izskries virs ūdens, lai varētu viņiem palīdzēt. Ne Lia, ne Mazā Dorita nemācēja peldēt. Un E-Z nevarēja viņiem palīdzēt ne ar krēslu, ne bez tā.

Aizkaitināts viņš lidoja krasta virzienā, meklejot kādu dzīvības zīmi. Beidzot viņš to ieraudzīja - kaut kas šūpojās otrā krastā. Viņš metās klāt, aiznesa vīru līdz vietai, kur gaidīja Lia, un, kad viņš bija atkašļājies, devās meklēt kādas Alfrēda gulbja pazīmes.

Tad viņš viņu ieraudzīja. Pusi ūdenī un pusi no ūdens. Peldēja līdz ar plūdmaiņu.

"Alfrēds!" viņš sauca, paceļot gulbja galvu, un uzreiz pamanīja, ka viņam ir salauzts kakls. Viņa drauga gulbja trompetista Alfrēda vairs nebija. Ēriēls bija paveicis savu darbu.

Lia, kas bija vērojusi katru E.Z. kustību, ieraudzīja Alfrēda kaklu un kliedza: "Nūūūūū!"

E-Z pacēla gulbja nedzīvu ķermeni uz sava ratiņkrēsla un turēja to. Arī viņš sāka raudāt.

Aiz viņiem vīrietis, kuru Alfrēds izglāba, sauca,

"Es neesmu miris! Tas esmu es, Alfrēds."

# NODAĻA 19

Z EMES PAUZE.

Putni apstājās lidojuma vidū. Arī lidmašīnas. Un citi lidojoši objekti, piemēram, gaisa baloni un droni. Bullets stopped firing after they'd exited the chamber. Pār Niagāras ūdenskritumu pārtrauca tecēt ūdens. Kukaiņi pārstāja bungot. Gaiss apstājās.

Ophaniel parādījās līdzās Eriel, Ariel un Haniel. Ar rokām uz gurniem un uz priekšu izvirzītu zodu bija vairāk nekā acīmredzams, ka viņa ir aizkaitināta.

Tā vietā, lai runātu, viņa pagriezās E-Z virzienā.

Viņš bija sastindzis, ar plaši atvērtu muti. Viņa pēdējais izrunātais vārds bija: "NĒĒĒĒĒĒĒĒĒĒĒ!"

Tagad viņa vēroja Lia. Meitenei uz vaiga bija sastingusi asara. Tā bija iztecējusi no viņas vecās acs.

Tagad atpakaļ pie E-Z. Viņš nesa ķermeni. Miruša gulbja ķermeni.

Tagad pie Alfrēda, kurš vairs nebija gulbis. Viņš bija pieņēmis cilvēka veidolu. Noslīcis cilvēks.

Tas pats vīrietis, kurš bija jāaizstāj *Trīs*.

"Kas šajā attēlā ir nepareizi?" Ophaniels, zvaigžņu Mēness valdnieks, jautāja.

Neviens neuzdrošinājās runāt.

"Ēriels, tu esi šeit galvenais. Pirmkārt, tu sabojā saiknes testu ar E-Z un Semu, pats sevi, piedodiet par izteicienu, izmetot no parka.

"Tagad tavas muļķības dēļ gulbis Alfrēds ir pārņēmis cilvēka ķermeni. Tā cilvēka ķermeni, kuram, kā es tev teicu, vajadzētu būt *Trijotnes* dalībniekam.

"Jūs zināt, pret ko mēs esam nostājušies. Tu saproti, kas mūs sagaida nākotnē, ja mēs nesakārtosim lietas. Tu zini!"

Ēriels paklanījās Ophaniela kājām, tad, pirms sāka runāt, pacēlās no zemes. "Es teicu vārdus, tas ir izdarīts."

"Jā, tu teici vārdus, bet pēc tam nenodrošināji, lai uzdevums tiktu izpildīts, imbecils!"

Viņa pieskrēja pie jaunā Alfrēda. "Atvainojiet, bet tas sarežģī situāciju pat mums. Pat ar mūsu spēkiem dabūt viņu ārā no šī cilvēka ķermeņa un atgriezties viņa gulbja veidolā nebūs tik vienkārši. Iespējams, mums nāksies viņu sūtīt atpakaļ uz starpbrīdi! Un viņš to nav pelnījis. Patiesībā,"

Ariela pielidoja Ophanielam blakus un jautāja: "Vai es varu runāt?"

"Tu vari, ja tev ir kāds Alfrēda ieskats, kas varētu mums palīdzēt izkļūt no šīs ķibeles."

"Es pazīstu Alfrēdu labāk nekā jebkurš cits šeit. Viņš piekrita būt tas, kurš upurēs sevi. Viņš to darītu vēlreiz bez mirkļa vilcināšanās - pat ja viņam no tā nekas nebūtu. Tas ir milzīgs upuris jebkurai dzīvai būtnei - atdot savu dzīvību, lai glābtu citu. Tāpat būtu jāņem vērā, cik daudz Alfrēdam ir nācies ciest gan savā cilvēciskajā eksistencē, gan kā gulbim. Viņš ir izcila dvēsele, un viņam būtu jādod otra iespēja, un trešā, un vēl vairāk!"

Ēriels nopriecājās: "Viņam vajadzētu aiziet, atpakaļ uz visu mūžību, atpakaļ uz starp un starp. Viņš nav cienīgs..."

"Es tev neesmu atļāvusi pārtraukt!" Ophaniels kliedza. Lai viņš turpmāk netrauzētu pārtraukt, viņa aizpogāja viņa lūpas.

"Tas ir taisnība, ko tu saki, Ariel," Ophaniels sacīja. "Alfrēds labi sadarbojas gan ar Lia, gan ar E-Z. Mums vajadzētu dot viņam otru iespēju šajā jaunajā ķermenī. Viņam nebija lemts atrasties šajā starpbrīdī. Tas bija atkarīgs no Hadža un Reiki. Pēc tam mēs viņus nekavējoties būtu izsūtījuši uz raktuvēm. Tā vietā mēs devām viņiem vēl vienu iespēju ar E-Z.

"Tomēr Eriels viņus aizsūtīja uz raktuvēm. Tātad viss labi, kas labi beidzas. Iespējams, Alfrēds ir pelnījis vēl vienu iespēju. Redzēsim, kas notiks, kā saka cilvēki, spēlēsim pēc dzirdes. Ja tas izdosies, būs labi. Ja nē, tad šo ķermeni var pārstrādāt, jo gars jau ir pametis ēku."

"Paldies," teica Ariels, zemu paklanīdamies Ophanielam. "Liels paldies. Es sekos līdzi situācijai. Es neļaušu Alfredam jūs pievilt."

Ophaniels pieskārās, pacēlās un teica vārdus:

ZEMES ATJAUNINĀJUMS.

Laiks sāka ritēt, un pasaule atgriezās iepriekšējā stāvoklī.

Ophaniels pazuda pirmais, pārējie trīs pagaidīja dažas sekundes, pirms sekoja.

# NODAĻA 20

"**N**ekādāgadījumā!" E-Z iesaucās, pietuvojoties jaunajam Alfredam. "Alfrēds, vai tas esi tu? Vai tas tiešām vari būt tu?"

Lijai nebija jājautā, jo viņa jau zināja. Viņa pieskrēja pie Alfrēda un apskāva viņu ap rokām.

Alfrēds ar savu angļu akcentu teica: "Eriels, iespējams, ir nomainījies."

Alfrēds, kurš bija ģērbies tikai džinsos, sakustējās. "Lai gan man ir auksti, es noteikti jūtos labi, ka atkal esmu atpakaļ ķermenī." Viņš sasprindzināja muskuļus un skrēja uz vietas, lai sasildītos. Tad viņš veica dažus karuseļus pāri zālienam, kamēr E-Z un Lia stāvēja un skatījās, atplestām mutēm.

"Kāds izlikšanās!" Mazā Dorita teica.

Alfrēds, kurš tikko bija viņu pamanījis, pienāca klāt un ar roku pabrauca gar viņas kažoku. Viņa jutās tik mīksta un silta, ka viņš iejutās viņā.

"Tas ir diezgan dīvains notikumu pavērsiens," sacīja E-Z, pietuvojoties tuvāk. "Es īsti nezinu, ko par to domāt."

"Es arī nezinu," sacīja Alfrēds, "bet vai mēs varam to apspriest, kamēr mēs ēdam? Es esmu izsalcis, un siera burgers ar kečupu un sīpoliem un milzu kartupeļu šķiņķi noteikti nāks par labu."

"Pagaidi," sacīja E-Z. "Ja tu esi šis puisis, šis puisis, kura vārdu mēs pat nezinām, - tad kas, ja kāds tevi atpazīs?"

Alfrēds noliecās un pieskārās pirkstiem. Viņš sajuta ādu uz sejas. Viņa matus. "Mēs pāriesim pāri šim tiltam, kad nonāksim pie tā." Viņš pasmaidīja, pacēla galvu debess virzienā un sacīja: "Paldies, Ēriel, lai kur tu arī būtu."

Lidmašīna virs viņu galvām uzrakstīja šos vārdus debesīs:

"Vēlreiz uz pārrāvumu, dārgie draugi.

"Tā ir diezgan dīvaina frāze debess uzrakstam," Lija pamanīja. "Vai kāds no jums zina, ko tas nozīmē?"

E-Z pakratīja galvu: "Es varu to uzmeklēt google." Viņš izvilka telefonu.

"Nav vajadzības," teica Alfrēds. "Tas ir no Šekspīra, piedēvēts karalim Henrijam. Burtiski tas nozīmē: "Pamēģināsim vēl vienu reizi. Domāju, ka tas tika pateikts kaujas laikā. Tātad, es pieņemu, ka šī ir ziņa no manas Arielas, kas man paziņo, ka man ir dota vēl viena iespēja." "Tas ir manas Arielas vēstījums," viņš atcirta. Viņa acīs ieplūda asaras.

E-Z bija aizdomīgs par šo notikumu pavērsienu. Viņš bija priecīgs, ka Alfrēds joprojām ir kopā ar viņiem, taču viņš prātoja, par kādu cenu. "Es uztraucos," E-Z atzina.

Lia teica, ka arī viņa ir noraizējusies.

"Ah, neuztraucieties. Ja Ariela man nosūta šo ziņu, tad viņa ir mūsu pusē. Turklāt cilvēks, kura ķermenī es esmu, - viņš to vairs negribēja. Es mēģināju viņu glābt, bet viņš tik un tā izlēca. Varbūt tas ir liktenis, ka es tev palīdzu tavos pārbaudījumos E-Z. Lai kas tas būtu, es to pieņemšu. Es došu visu savu spēku. Tas ir pēc tam, kad es būšu uzvilcis kreklu un apavus."

"Interesanti, kādas tagad ir tavas spējas, Alfrēdi. Es domāju, vai tev tās joprojām ir, vai arī tev ir citas spējas. Vai arī nekādas. Kopš tu atkal esi cilvēks," jautāja Lia.

Alfrēds noskrāpēja savu gaišmataino galvu. "E, es nezinu. Vienīgais, kam šeit apkārt vajadzīga ārstēšana, ir mans bijušais gulbja ķermenis. Es negribu riskēt, ja es to izārstēšu, tad atkal tajā nonākšu." "Es to izārstēšu," viņš teica.

"Godīgi," sacīja Lia. "Bet mēs taču nevaram tur atstāt tavu veco gulbja ķermeni, vai ne? Mums tas ir jāapglabā."

Kad viņi uzlūkoja nedzīvu ķermeni, tas pazuda gaisā.

"Nu, tas atrisina problēmu," sacīja E-Z.

"Man šķiet, ka man vajadzētu pateikt dažus vārdus par mana vecā ķermeņa aiziešanu. Vai kāds ir pret?"

Gan E-Z, gan Lia nolieca galvas.

Alfrēds nolasīja fragmentu no lorda Alfrēda Tenisona dzejoļa ar nosaukumu:

**MIRSTOŠAIS GULBIS (The Dying Swan):**

*Pļava bija pļavaina, mežonīga un kaila,*

*plaša, mežonīga un atvērta gaisam,*

*kas visur bija uzaudzis*

*zem jumta pelēks un drūms jumts.*

*Ar iekšējo balsi upe plūda,*

*pa to peldēja mirstošs gulbis,*

*Un skaļi lamentēja.*

Te Alfrēds hū-hū-hū un hū-hū-hū, līdz asaras piepildīja visu acis, dzejolim turpinoties:

*Bija dienas vidus.*

*Un noguris vējš gāja uz priekšu,*

*un aiznesa niedru galotnes.*

*Viņi stāvēja kopā klusuma mirklī.*

Tad Lia sacīja: "Tagad ņemsim jums svaigas un sausas drēbes, tad mēs visi iesim uz burgeru restorānu. Es arī esmu izsalcis un izslāpis."

E-Z pakratīja galvu. "Būtu labi paēst, bet man joprojām ir aizdomas par Ēriēlu. Kaut kas šeit nesakrīt."

"Mēs to noskaidrosim - kad būsim paēduši! Aizved mani uz siera burgeru debesīm."

Viņi sāka virzīties pa krastmalas promenādi. Viņi kādu laiku turpināja staigāt. Pirms viņi saprata, ka ir apmaldījušies.

"Es esmu lieliska navigatore," sacīja vienradze Mazā Dorita, lidojot lejā, lai viņus sagaidītu. "Kāpiet uz klāja, Alfrēdi un Lia. E-Z jūs varat sekot man."

Alfrēds iebāza džinsu kabatā un izvilka maku. Iekšpusē viņš atrada dažas banknotes un identifikācijas zīmi ķermenim, kurā viņš tagad atradās. Jaunieša vārds bija Deivids, Džeimss Pārkers, divdesmit četru gadu vecs. Viņš turēja autovadītāja apliecību.

"Jauka fotogrāfija," teica Lia.

"Jā, es esmu diezgan izskatīgs."

"Ak, brāli," sacīja E-Z, spiežot uz priekšu.

Augšup, augšup gaisā pacēlās Mazās Dorrites pasažieri. E-Z sekoja līdz brīdim, kad viņš saprata, kur atrodas. Viņš nolēma lūgt, lai viņa ratiņkrēslam pievieno GPS. Žēl, ka viņi par to nebija padomājuši, kad to pārveidoja.

Pēc nolaišanās sekoja ātrs ceļojums uz lietoto preču veikalu. Alfrēds tagad valkāja jaunu kreklu, džinsus, skrejceliņus un zeķes. Pēc tam sekoja īsa rinda, pirms sākās ēdiena pasūtīšana.

Mazā Dorita bija mazāka par sevi, kamēr trijotne ieturēja ēdienu. Viņi visi bija ļoti izsalkuši.

Alfrēds izdeva rūcošas skaņas, pārāk daudz, lai tās aprakstītu sīkāk. Kad viņi beidza ēst, viņi izmeta atkritumus attiecīgajās atkritumu tvertnēs. Un devās mājup.

Kad viņi jau bija gandrīz tur, Alfrēds sauca uz E-Z: "Mums ir jārunā!"

"Vai tas nevar pagaidīt, kamēr jūs piezemēsieties?" Mazā Dorita jautāja. "Pēc tam, kad es šeit beigšu, man ir vietas, kur doties, cilvēki, kas jāapmeklē."

"Cik nepieklājīgi," sacīja E-Z. "Uz priekšu, Alfrēdi vai Dāvidi, vai kā tevi tagad sauc."

"Tieši par to es gribēju ar tevi runāt," teica Alfrēds. "Kā tu paskaidrosi manu pārvērtību tēvocim Samam un Samantai? Uh, tēvoci Semi, un Samanta, es gribētu, lai jūs iepazītos ar trompetistu gulbi Alfrēdu. Viņa vārds tagad ir Deivids Džeimss Pārkers. Pateicoties ķermenim, kurā viņš ienāca un kurā pašlaik dzīvo. Tā kā jaunais vīrietis, kurš bija iepriekšējais ķermeņa īpašnieks, izdarīja pašnāvību. Uz Džounsa ielas tilta."

"Ak, džez," E-Z sacīja. "Tā ir simtprocentīga patiesība, kā mēs to zinām, bet mēs nevaram viņiem pateikt patiesību."

"Mana māte nomaldītos, ja mēs to teiktu. Kāpēc mēs viņiem neteiksim, ka Alfrēds gulbis aizlidoja uz dienvidiem? Uz saulaināku laiku. Vai arī, ka viņš satika draudzeni? Tad mēs varam Alfrēdu iepazīstināt kā D.J., kas izklausās daudz draudzīgāk nekā Deivids Džeimss."

"Tu esi ģēnijs," sacīja E-Z. "Lai gan, tā kā mans draugs saucas PJ, ar dīdžeju un PJ varētu rasties neliels apjukums. Kā tu domā, Alfrēdi? Vai tev ir izvēle?"

"Man nepatīk DJ. Tas izklausās pārāk bieži. Es gribētu, lai mani sauc par Pārkeru. Kareivis Pārkers bija viens no maniem mīļākajiem "Pērkona putnu" varoņiem."

"Tad tātad Pārkers," E-Z pabeidza teikt, kad Lia sāka kliegt un Alfrēds nomodā - viņu mājas bija pazudušas. Sadegusi līdz pamatiem.

# NODAĻA 21

"O h nē!" E-Z sauca, skrienot pretī degošajām atliekām. "Man jāatrod tēvocis Sems un Samanta. Man vienkārši vajag."

Viņa krēsls pacēlās virs mirstīgajām atliekām; viss bija melni apogļots. Neatšķirams iznīcības haoss bez jebkādām cilvēku dzīvības pazīmēm. Atsevišķi priekšmeti bija piesūkušies ar ūdeni. Starp nodzēstajām oglēm šur un tur pacēlās neregulāri dūmu signāli.

E-Z pacēla dūri gaisā. "Nāc šeit, Eriel, tu, gargantu..."

"Lidojošais muļķītis!" Pārkers pabeidza apvainojumu.

Lia centās visus nomierināt.

"Kāpēc tev tas bija jādara? Kāpēc? Kāpēc?" E-Z sauca.

Lia nokrita uz zemes. Viņa nolieca galvu uz E-Z ceļgala, un Pārkers viņu apskāva tieši tad, kad aiz viņiem apstājās mašīna.

Atvērās divas durvis: Sems un Samanta.

Viņas skrēja un turējās kopā, it kā nekad nebūtu gaidījušas, ka atkal redzēs viena otru. Ikviens norietoja vienu vai divas asaras, pirms viņi šķīrās. Kad viņi saprata, ka grupas apskāvienā bija arī kāds nepazīstams vīrietis.

Svešinieks bija garš vīrietis, kuram nebūtu problēmu iegūt vietu Raptors komandā. Viņš no galvas līdz kājām bija tērpies tumši melnā svītrainā uzvalkā ar pieskaņotām kurpēm.

Viņa žaketes pogas bija attaisītas un atklāja melnu uzvalku ar spīdīgu audumu, iespējams, zīdu. Viņa melnās acis un vēja plīvuri kontrastēja ar efejas sejas krāsu. Viņš atgādināja apbedītāju un burvi.

Viņš izstiepa roku: "Sveiki, es esmu Sema apdrošinātājs."

Tēvocis Sems paskaidroja, ka viņš un Samanta devušies kaut ko paēst. Ieraugot E-Z izteiksmi, viņš to attaisnoja: "Viņa nebija varējusi aizmigt reaktīvās kavēšanās dēļ." Viņš attaisnoja: "Viņa nebija spējusi aizmigt reaktīvās kavēšanās dēļ. Samanta un Sems apmainījās ar skatieniem, pieskārās. "Samanta un es…"

"Ak, mammu!"

"Samanta un tēvocis Sems sēž kokā - k-i-s-s-s-i-n-g." E-Z teica: "Samanta un tēvocis Sems sēž kokā - k-i-s-s-i-n-g."

"Apstājies," sacīja Pārkers. "Tu viņus apmulsini."

Visas acis bija vērstas uz apdrošinātāju. Viņa vārds bija Reginalds Oksvortijs. Viņš runāja pa telefonu. Kliedza. "Ko jūs domājat, ka viņš nav kvalificējies?"

"Ak, nē!" Sems sacīja.

"Viņš ir mūsu klients jau gadiem ilgi, vispirms, kad dzīvoja citā štatā, un kopš tā laika pārcēlās uz šejieni. Viņš ir apdrošināts, esmu par to pārliecināts." Iestāja pauze. "Labi, LŪDZ KĀPĒT!" Viņš aizlūza telefonu. "Atvainojos par to visu."

Sems piegāja tuvāk, un visi pārējie viņam sekoja. "Kas tieši ir problēma?"

"Ak, nekādu problēmu, tā sakot."

"Man tas noteikti izklausījās pēc problēmas," teica Samanta. Pārējie pieskārās.

Oksvortijs pāršķīstīja rīkli. "Es teicu viņiem vēlreiz pārbaudīt jūsu politiku. Dodiet man," viņa telefons iezvanījās. "Vienu sekundi," viņš teica, ejot prom no viņiem. Viņi sekoja viņam kā futbolistu pulciņš sasparojušies, ieklausoties katrā viņa teiktajā vārdā. "Uh, jā. Righto. Tad viņi to ir apstiprinājuši. Nekādu problēmu, tā gadās."

Viņš pasmaidīja Sema virzienā, tad pacēla īkšķi uz augšu. Viņš attālinājās no svītas un turpināja sarunu.

Viņi stāvēja sastājušies kaktā, aplūkojot to, kas bija palicis pāri no viņu mājām. Māju, kurā E-Z bija dzīvojis visu savu mūžu. Kas notiks tagad? Vai viņiem būs jāatjauno šī vieta? Jauns nams bez vēstures un nozīmes. Jauna māja, kas nekad nebūs viņa mājas. Nekad nebūs vieta, kur varētu viesoties viņa vecāku spoki, ja tādi eksistētu.

Oksvortijs devās viņu virzienā. "Nu, tagad. Es atvainojos par kavēšanos. Bet jūsu viesnīcas rezervācija ir apstiprināta. Mēs varam doties ceļā. Kad vien būsiet gatavi, jūs varēsiet apmesties."

"Paldies," Sems sacīja. "Vai jau ir kāds priekšstats, kas bija ugunsgrēka cēlonis?"

"Pēc sākotnējās izmeklēšanas viņi ir deviņdesmit procentu pārliecināti, ka sprādzienu izraisīja gāzes noplūde. Bet tagad par to neuztraucieties. Jūsu polise sedz visas izmaksas par uzturēšanos viesnīcā. Es jums rezervēju trīs numurus. Ar to vajadzētu pietikt, vai ne?"

"Būtu labi," teica Sems. "Paldies, Reg."

"Jūsu polise sedz arī izdevumus par rezerves priekšmetiem, pirmās nepieciešamības precēm, pārtiku. Jums viesnīcā nebūs jāmaksā ne centa. Ja kaut ko iegādājies, atsūti man kvītis. Dari kopijas, oriģinālus paturi pie sevis. Es parūpēšos, lai jums tiktu atlīdzināti izdevumi."

Sems un Oksvortijs paspieda rokas.

"Vai kādam vajag aizvest uz viesnīcu?" Oksvortijs jautāja, un Lia un Samanta iekāpa viņa melnā Mercedes aizmugurējā sēdeklī.

E-Z un Pārkers iekāpa tēvoča Sema mašīnā.

"Es nedomāju, ka mēs esam iepazinušies," sacīja tēvocis Sems, sniedzot roku Pārkeram, kurš sēdēja aizmugurējā sēdeklī.

"Prieks iepazīties," sacīja Pārkers.

"Ak, jūs arī esat brits," teica tēvocis Sems. "Runājot par to, kur ir Alfrēds?"

E-Z pakratīja galvu. "Es paskaidrošu no rīta. Un jūs varat turpināt to, ko grasījāties mums pastāstīt, par jums un Samantu."

"Godīgi," sacīja Sems, ielūkojoties atpakaļskata spogulītī, lai redzētu, ka Pārkers mierīgi guļ. Viņš ieslēdza automašīnu un aizbrauca prom.

"Mums visiem ir bijusi diezgan notikumiem bagāta diena," sacīja E-Z.

"Tu man stāsti."

Piedod, Ēriēls, ka tevi par to vainošu, E-Z nodomāja. Lai gan nojauta prātā lika domāt, ka žūrija šajā jautājumā vēl nav izšķīrusies.

# NODAĻA 22

Kad visi ieradās viesnīcā,viņi apmetās savos numuros, plānojot vēlāk tikties vakariņās plkst. 18.00.

Tēvocim Semam bija atsevišķs numurs, bet starp viņa un brāļadēla istabu bija blakus durvis. Arī Pārkers bija apmeties E-Z istabā, bet Lia ar māti dzīvoja istabā dažas durvis tālāk.

Pēc iekārtošanās Lija un Samanta nolēma iepirkties pirmās nepieciešamības preču. Galvenā prioritāte bija jaunas drēbes, jo viss, ko viņas bija paņēmušas līdzi, bija pazudis ugunsgrēkā.

"Kā ar mūsu pasēm?" Lia jautāja.

"Labi, ka es tās vienmēr turu līdzi somiņā."

"Uf!" Abi iegāja dizaineru veikalā un uzreiz sāka pielaikot jaunākās Ziemeļamerikas modes kleitas.

"Būtu īpaši jautri, jo apdrošināšanas kompānija visu apmaksā!" "Tas būtu īpaši jautri, jo apdrošināšanas kompānija visu apmaksā!" Samanta iesaucās caur sienu meitai blakus esošajā ģērbtuvē.

"Nekas mums nav mīļāks par iepirkšanos!" Lia atbildēja. "Es noteikti dabūšu to un to, un to, un to."

Atgriezies viesnīcā, Pārkers krākstēja uz gultas. E-Z riņķoja pa istabu, domādams par savu pazaudēto datoru. Labi, ka viņš nebija aizgājis pārāk tālu ar savu romānu "Tetovējums Eņģelis", bet visvairāk prātā bija viņa vecāku lietas. Viņš nevarēja noticēt, ka tās visas ir pazudušas. Nepalīdzēja arī tas, ka viņš tos nebija apskatījis jau ārkārtīgi ilgu laiku. Bet kāpēc viņš vainoja sevi? Apdrošinātāji teica, ka iemesls bija gāzes noplūde. Viņi teica, ka ir deviņdesmit procentu pārliecināti. Kāpēc viņš turpināja uzskatīt, ka pie visa vainīgs ir viņš pats, jo viņš varēja to apturēt, apturēt Ēriēlu, kad viņam bija iespēja.

Sems ielaida galvu istabā. "Jūs abi esat pieklājīgi?"

Pārkers izstaipījās.

"Jā, mēs esam kārtīgi. Nāciet iekšā."

"Es eju uz veikalu pēc dažām pirmās nepieciešamības lietām. Vai jūs abi gribat dot man sarakstu, kas jums vajadzīgs, vai arī vēlaties man pievienoties?"

"Ja runa ir par ēdienu - rēķinieties ar mani!" Alfrēds teica.

"Tu vienmēr esi izsalcis!"

"Ko es varu teikt, es jau labu laiku esmu ēdis tikai zāli." "Ko es varu teikt, es jau labu laiku esmu ēdis tikai zāli.

E-Z noķēra Sema skatienu un izlikās, ka smēķē iedomātu cigareti.

Tēvocis Sems nopriecājās, brīnoties, kā viņa trīspadsmitgadīgais brāļadēls zina šādas lietas. Lai mainītu tematu, viņi aizslēdza savas istabas un devās uz priekšu.

"Kur tieši mēs ejam?" E-Z jautāja.

"Tieši tā, mēs ne pārāk bieži ejam iepirkties uz pilsētu. Tur ir fantastisks iepirkšanās centrs, kurā es gribēju aiziet, kopš pārcēlos uz šejieni. Tas nav tālu, tāpēc domāju, ka pa ceļam mēs varētu parunāties."

"Vai vari pastāstīt, kas notika?" Pārkers jautāja.

"Jā, kā tu un Samanta tik ātri satikāties?" E-Z jautāja.

"Hmmm," teica Sems.

"Es runāju par ugunsgrēku," sacīja Pārkers, pār plecu metot E-Z šķērsām šķērsām šķērsojušu skatienu.

Viņi ieradās pie veikala. Pārkers un Sems iegāja pa rotējošajām durvīm, bet E-Z izmantoja durvju atvēršanas pogu, lai ieietu.

Iekļuvis iekšā, Pārkers noliecās, lai pārvilktu kurpes. E-Z no pakaramā izvilka elegantu džinsa jaku un pielaikoja to. Viņš pieskrēja pie spoguļa, lai pārbaudītu, kā pieguļ. "Izskatās diezgan labi."

Sems pienāca klāt, lai novērtētu situāciju: "Piekrītu, tā ir precīzi pieguloša. Izskatās, ka tas ir radīts tieši tev."

"Ko tu domā, Alfrēdi?"

Sems divreiz ieskatījās. Pārkers sacīja: "Vai tu varētu beigt mani saukt par Alfrēdu! Kas vispār bija šis Alfrēds?"

"Atvainojiet, tas ir britu akcents. Arī viņam tāds bija. Alfrēds bija, nu, mūsu draugs."

Sems atgriezās pie drēbju aplūkošanas. Viņš piepildīja grozu ar apakšveļu un tualetes piederumiem.

"Ko tu domā, Pārkere?"

Viņš pārgāja pāri grīdai, lai aplūkotu tuvāk. "Tas labi der. Es domāju, ka tev vajadzētu to iegādāties. Bet būs žēl, kad tev izsprāgs spārni un tas būs sabojāts."

Sems gāja garām, un E-Z iemeta jaku savā grozā. "Es domāju, ka jums vajadzētu iegādāties arī dažas pirmās nepieciešamības lietas, piemēram, apakšbikses. Ja vien jūs negrasāties doties komandantūrā."

"Eww!" E-Z iesaucās.

"Ak, es zinu šo frāzi. Tās izcelsme, esmu pilnīgi pārliecināts, ir Lielbritānijā."

"Es saprotu, kāpēc mans brāļadēls tevi visu laiku sauc par Alfrēdu. Tieši tā viņš būtu teicis."

E-Z uz mirkli ieskatījās Pārkeram acīs. Tad sekoja tēvocim pa ceļam līdz kasei, kur viņš apstājās, pielaikoja cepuri un iemeta to grozā.

"Kur nokļuva Pārkers?" viņš jautāja. Sems turpināja aplūkot kaklasaišu piespraudes, kamēr E-Z skenēja veikalu, meklējot pazudušo draugu.

Pārkers nekustīgi stāvēja ceturtās ejas vidū ar paceltu labo roku un nolaistu kreiso roku. Viņa sejas izteiksme nepārprotami atgādināja zombiju.

"Ak, nē!" E-Z sacīja, pagriežoties uz riteņiem. "Pārkere," viņš čukstēja. "Kas notiek? Tu labāk uzmanies, citādi kāds tevi sajauks ar manekenu."

Pārkers palika nekustīgs.

"Atgriezies," sacīja E-Z, ar savu krēslu ietriecoties Pārkeram. Pārkera ķermenis sasvērās un apgāzās. E-Z laicīgi viņu satvēra, turot aiz krekla mugurpuses. Viņš centās iztaisnot draugu, lai viņš neizskatītos tik stīvs un manekenisks, taču tas nebija viegls uzdevums.

Tēvocis Sems metās palīgā. "Kas ir ar Pārkeru?"

"Es nezinu. Mums vajag viņu no šejienes izvest."

"Vai viņš lieto narkotikas? Viņam ir tāda dīvaina sejas izteiksme, it kā viņš būtu redzējis spoku vai ko tamlīdzīgu."

"Nē, narkotikas nelieto, tikai laiku pa laikam iedzer nedaudz zāles. Un tādu lietu kā spoki nav - nemaz nerunājot par to, ka ir dienas laiks. Varbūt es varētu viņu pārvest uz sava krēsla? Mums viņš ir jāizved no šejienes, pirms kāds to pamanīs un izsauks policiju.

"Piekrītu. Nezinu, kādu iemeslu viņi minētu policijai, ja viņi to izsauktu. Mūsu veikalā ir puisis, kurš imitē manekenu! Nāciet ātrāk."

"Smieklīgi," sacīja E-Z. "Jūs ejiet un pārbaudiet, bet es palieku šeit. Izdomāsim, kā mēs varētu viņu no šejienes izvest, nepievēršot tam pārāk lielu uzmanību."

Tēvocis Sems devās maksāt, bet E-Z palika pie Pārkera. Klientiem, kas nāca augšup pa eju, bija problēmas iekļūt un apiet viņus. E-Z pagrieza savu krēslu pa kreisi, tad pa labi, lai pielāgotos pircējiem.

Beigās, kad bija vairāki pircēji vienlaikus, viņš piespieda Pārkeru pie sienas. Viņš vismaz netraucēja. Tad apsēdās, gaidot Semu.

"Mēs esam šeit!" E-Z sauca, kad pamanīja viņu.

"Kāpēc viņš stāv pret sienu? Un ko jūs darāt tepat aiz tās?"

"Bija daudz klientu, un mēs traucējām. Vai jūs domājat, kā mēs varētu viņu no šejienes izvest?"

"Jā, es ņemšu vienu no tiem plauktiem," teica Sems.

"Kāpēc neņemt ratiņus?" E-Z jautāja. "Mazāk uzkrītoši."

"Mēs nekad nespēsim viņu ielikt ratiņos. Ja vien tu negribi izlauzt spārnus, pacelt viņu un iemest tajā."

"Man jādomā." Pēc dažām minūtēm viņš saprata, ka labākā ideja ir iegūt plakanauto. "Jā, dabūiet plakanauto, un es varu jums palīdzēt viņu tajā ielikt. Kad mēs būsim izbraukuši no veikala, es varēšu viņu aizvest atpakaļ uz viesnīcu. Vienīgā problēma būs, kad es tur nokļūšu, ko tad ar viņu iesākt."

"To mēs izdomāsim, kad izbrauksim no veikala." Sems aizgāja pēc ratiņiem. Tā vietā viņš atgriezās ar plakanu ratiņu. Tas izrādījās labāks variants. Viņi viegli iekāpa tajā Pārkeru un devās atpakaļ uz viesnīcu.

"Ejam atpakaļ lēni un mierīgi," teica E-Z. "Galu galā man nav jālido. Mēs lēnām un mierīgi aiziesim līdz mūsu istabai, noguldīsim viņu uz gultas."

"Tad es atgriezīšu plakanizatoru, man vajadzēja apsolīt, ka es personīgi to atgriezīšu." "Tad es atgriezīšu plakanizatoru."

"Izklausās pēc plāna. Ak."

Lielāko daļu trotuāra aizņēma pircēju grupa. Viņi apstājās, lai palaistu viņus cauri, tad atkal turpināja ceļu un drīz vien bija atpakaļ pie viesnīcas.

Iekļuvuši iekšā, plakanieks netika ievietots parastajā liftā, tāpēc viņiem nācās izmantot dienesta liftu. Tas prasīja zināmu pārliecināšanu, t. i., konsjeržes uzpirkšanu. Kad nauda tika samainīta, viņš pat palīdzēja viņiem izcelt plakanauto no lifta. Viņš arī piedāvāja to atdot atpakaļ veikalā, kad viņi būs pabeiguši darbu. Piedāvājums, no kura Sems pieklājīgi atteicās.

Tagad ārpus E-Z un Pārkera istabas atvērās lifts, un no tā iznāca Lia un viņas māte. Katra no viņām nesa neskaitāmas somas, kad pamanīja puišus un plakani.

"Ak, nē! Kas noticis?! Lia jautāja.

"Nezinu," sacīja E-Z. "Viņš aizgāja smieklīgā līkumā."

"Aizvedīsim viņu iekšā," teica Sems.

Pēc tam, kad meitenes bija nolikušas somas, viņas palīdzēja E-Z un Samam uzvilkt Pārkeru uz gultas.

"Varbūt viņš ir apburts?" Lia ieteica.

"Tas ir diezgan dīvains lēciens," teica Samanta. "Tu esi pārāk daudz skatījusies seriāla " *Charmed* " atkārtojumus."

Lia smējās. "Jā, tā bija viena no manām mīļākajām sērijām. Es runāju par iepriekšējo versiju ar to meiteni no " *Kas ir priekšnieks*"."

"Labi zināt, ka arī Nīderlandē skaties veco kanālu," sacīja E-Z. Tad viņš pietuvojās Pārkeram. "Pagaidi. Vai viņš vēl elpo?"

Viņi vēroja Pārkera krūškurvja pacelšanos un kritumu. Tas nenotika.

"Pārbaudiet, vai ir sirdsdarbība vai pulss," ierosināja Samanta.

"Ir sirdsdarbība," teica Sema. "Un viņš elpo, bet neregulāri."

Samanta noliecās un aptaustīja Pārkera pieri. "Ak, mans, viņš deg no drudža!"

"Atnesiet ledu!" Sems iesaucās, tad, sekojot savam rīkojumam, izskrēja koridorā ar ledus spainīti līdzi.

"Vai mums nevajadzētu izsaukt ārstu?" Samanta jautāja.

# NODAĻA 23

"**E**s piekrītu mammai. Mums jāizsauc ātrā palīdzība, vai arī viesnīcā ir kāds ārsts, kas te uzturas," sacīja Lia.

E-Z saraustīja grimasi, ESP vēstīja Lia ziņu - mums jāatbrīvojas no tēvoča Sema un tavas mammas.

Sems atgriezās ar spaini ledus. "Mums viņš ir jānogādā vannā." Viņš un Samanta sāka celt Pārkeru.

"Pagaidiet!" Lia sacīja. "Uh, Sems un mamma, kāpēc jūs abi nenākat un nesat daudz un daudz ledus? Mums tač vajag piepildīt vannu, pirms mēs viņu tajā ieliekam, vai ne?"

"Man šķiet, ka viņi cenšas no mums atbrīvoties," teica Sems.

"Atvainojiet," sacīja E-Z. "Vai jūs varat dot mums dažas minūtes, lai mēģinātu atrisināt šo Pārkera situāciju?"

Samanta un Sems pieskārās un izgāja no istabas.

E-Z nolasīja burvju vārdus, kas izsauca Ēriēlu:

Roch-Ah-Or, A, Ra-Du, EE, El.

Erielis tomēr neparādījās. Tas, ka viņu ignorēja, E-Z bezgala kaitināja, jo tagad viņš zināja, ka Eriels viņu nepārtraukti uzrauga.

Lia mēģināja zvanīt Hanielam, bet nesaņēma atbildi.

E-Z un Lia nezināja, ko darīt, kad Pārkera sirds palēninājās un gandrīz pilnībā apstājās.

Bez aicinājuma vai fanfarām ieradās Ariels. Viņa lidoja tieši pie Pārkera. Viņa uzlika rokas viņam uz pieres. Viņi vēroja, kā no viņas acīm krita asaras un nokrita viņam uz vaigiem. Viņa dziedāja klusu dziesmu un gaidīja. Kad viņš nekustējās un neatguva samaņu, viņa pagriezās un devās prom. Bet, pirms viņa devās prom, viņa nožēloja: "Viņš ir aizgājis." Un pēc dažām sekundēm viņa arī aizgāja.

Lai gan viņi atradās [45]. stāvā un lai gan Alfrēds/Parkers bija miris. Atkal. E-Z pacēla viņu no gultas un aiznesa pie loga. Viņš atskatījās uz Lia pāri plecam.

Viņa raudāja, kad viņš un Pārkers nokrita.

Krītot, krītot. Līdz brīdim, kad iznāca E-Z ratiņkrēsla spārni. Viņi lidoja, viņš un Alfrēds, viņš un Pārkers. Viņi abi bija vienādi. Divi par viena cenu.

Viņš sāka maldīties, jo pacēlās arvien augstāk un augstāk. Krēsla metāla daļas kļuva arvien karstākas.

Viņš baidījās, ka tās pašas aizdegsies.

Viņam vajadzēja to labot. Viņam vienkārši vajadzēja. Viņam bija jāatrod Ēriels.

Ratiņkrēsls sāka konvulsēt, liekot E-Z un Alfrēdam/Parkeram nokrist.

Viņi bez krēsla piezemējās bunkurā, kur E-Z pieķērās drauga nedzīvajam ķermenim.

Nepagāja ilgs laiks, līdz Eriels ieradās un, pakāries gaisā viņu priekšā, sauca: "Es tev teicu, ka tā notiks. Es tev teicu, un viņš piekrita. Darījums tika noslēgts."

E-Z zināja, ka tā ir taisnība, un tomēr. "Kāpēc tad jūs viņam devāt cerību un kāpēc tas Šekspīra citāts par otrās iespējas došanu?"

Ēriels paskatījās uz klibo ķermeni, ko turēja E-Z. "Tas nebija mans darbs."

"Tad ar ko man jārunā?" E-Z jautāja. "Atved viņu pie manis. Dievs vai tas, kas ir atbildīgais. Es vēlos viņu redzēt!"

# NODAĻA 24

E riels nopriecājās un pazuda.

E-Z un Alfrēds/Parkers palika. Pārkera vārds viņam bija nekas un neviens. Alfrēds bija viņa draugs, un tagad, kad viņa vairs nebija, viņš grasījās viņu atcerēties kā Alfrēdu un tikai kā Alfrēdu.

Gaidot kaut ko un vienlaikus neko. E-Z apskāva sava mirušā drauga veidolu, vēloties, lai viņš atkal atdzīvotos.

"Vai vēlaties dzērienu?" jautāja balss sienā.

"Es gribētu, lai mans draugs atkal būtu dzīvs. Vai tu vari viņu atkal atdzīvināt? Vai jūs varat man palīdzēt viņu glābt?"

"Lūdzu, palieciet sēdēt."

PFFT.

Gaisu piepildīja nomierinoša lavandas smarža. Viņš aizvirmoja, nonākdams sapņainā stāvoklī, kurā pārdzīvoja atmiņas, atmiņas, kas bija mainījušās un mainījušās, lai atbilstu viņa pašreizējai situācijai.

Tur viņi bija E-Z māte un tēvs, dzīvi un veseli, bet jaunāki. Viņi bija atgriezušies no slimnīcas automašīnā, kuru viņš nekad iepriekš nebija redzējis. Viņa tēvs Mārtins steidzās ārā no vadītāja vietas, lai palīdzētu mātei Laurelai izkāpt no mašīnas.

Viņi kopā aizsniedzās uz aizmugurējās sēdvietas un izcēla ārā zīdaiņa sēdeklīti. Viņi ar mīlestību uzlūkoja tajā sēdošo mazuli, kurš bija cieši aizmidzis.

"Viņš ir kā viņa lielais brālis," sacīja Mārtins.

"Jā, E-Z vienmēr aizmiga mašīnā," sacīja Laurela.

"Nāc iekšā," Mārtins uzmundrināja.

"Un iepazīsties ar savu lielo brāli," sacīja Laurela, kad zīdainis uz īsu brīdi atvēra acis un tad atkal aizmiga.

E-Z, kurš bija skatījies pa logu, un blakus bija viņa tēvocis Sems. Vēlējās iziet ārā un sveikt savu jauno brālīti vai māsu.

"Pagaidi, kamēr viņi ienāks iekšā," teica tēvocis Sems.

"Labi," sacīja septiņus gadus vecais E-Z, ar seju, kas bija piespiesta pie loga, iespiesta abās rokās.

Durvis atvērās: "Mēs esam mājās!" viņa māte Laurela sauca.

E-Z aizskrēja pie ieejas durvīm, kur māte un tēvs viņu apskāva. Viņi piekērās, lai iepazīstinātu ar jaunāko Dikenu ģimenes locekli.

"Tas ir tik mazs," teica E-Z.

"Viņš ir viņš," teica tēvs.

"Ak."

"Vai tu gribētu viņu paturēt?" māte jautāja.

"Labi," sacīja E-Z, turēdams rokas, lai māte varētu tajā ielikt mazo brāli. "Taču es negribu viņu pamodināt. Vai viņš neiebilstu?"

"Nē, viņš nepamodīsies," teica Laurela.

"Ja viņš to darīs, tad tikai tāpēc, ka grib iepazīties ar savu vecāko brāli."

"Vai viņam ir vārds?" E-Z jautāja, paņemot jaundzimušo uz rokām un samīļojot viņa galvu.

"Pagaidām vēl nē, vai tu gribētu viņam dot vārdu?" jautāja māte. "Labi, turiet viņa kaklu, tikai tā... ļoti labi. Kā tu to zini darīt? Tu esi tik labs lielais brālis."

"Lielisks darbs, draugs," teica viņa tēvs.

E-Z ieskatījās ķipara sejā un teica: "Man viņš izskatās pēc Alfrēda." "Viņš izskatās pēc Alfrēda," teica tēvs.

E-Z pa vaigiem ritēja asaras, kad sadūrās divas pasaules. Vienā no tām viņš turēja savu brālīti vārdā Alfrēds. Otrajā viņš šūpojās ar Alfrēda mirušo ķermeni bunkurā.

"Gaidīšanas laiks ir septiņas minūtes," teica balss sienā.

"Septiņas minūtes," E-Z atkārtoja.

Viņš domāja par Alfrēdu, par viņa spējām. Par to, kā viņš varēja dziedināt citas dzīvības formas, tostarp cilvēkus. Viņš domāja, vai Alfrēds ir izdziedinājis šo jauno vīrieti. Vai pats bija veicis šo maiņu? Vai tas būtu bijis iespējams?

"Alfrēds," teica E-Z. "Alfrēdi, vai tu mani dzirdi?" Viņš satricināja drauga ķermeni. "Alfrēdi!" viņš atkārtoja atkal un atkal, cerot, ka draugs kaut kā viņu sadzirdēs.

Kad sienas pulkstenis sāka skaitīt, parādījās Ariels. "Tu nevari šādi izturēties pret ķermeni. Tas ir apkaunojoši." Viņa izpleta spārnus un devās pacelt Alfrēda klibo ķermeni no E-Z rokām ar nodomu to aizvest.

"Nē!" E-Z sacīja. "Tev viņš nepiederēs."

Ariela paraustīja spārnus un tad rādītājpirkstu uz E-Z.

"Alfrēds ir aizgājis no ēkas, un tavā rokā ir āda, tērps, kurā viņš atradās. Alfrēds ir tur, kur viņam tagad ir jābūt. Atlaidiet viņa ķermeni."

E-Z apsēdās. Ja Alfrēds bija kaut kur kopā ar ģimeni, ja tā bija taisnība, tad jā, viņš varēja viņu palaist. Bet līdz tam viņš turējās.

"Kur tieši viņš ir? Vai viņš ir kopā ar ģimeni?"

Ariels pielidoja tuvu, neparasti tuvu, gandrīz apsēdās uz E-Z deguna. "To es nevaru pateikt."

"Tad es viņu neatlaidīšu."

"Labi," teica Ariels. Viņa nopūtās un pazuda.

Virs viņa bunkurā parādījās divas figūras - vīrietis un sieviete. Viņi pavirzījās viņam pretī un nolaidās lejā. Arvien tuvāk un tuvāk.

Viņš berzēja acis. Vai viņš atkal sapņoja? Tā bija viņa māte un tēvs. Mārtins un Laurela. Eņģeļi, kas nāca viņu sveikt. Viņš pakratīja galvu. Tie nevarēja būt viņi. Tie nevarēja būt viņi. Viņš bija sapņojis par viņiem - par to, kā viņi atved mājās brālīti. Tagad viņi bija šeit, kopā ar viņu bunkurā. Skaidrs kā diena - bet vai viņš vēl gulēja? Sapņoja?

"E-Z," teica māte. "Šis cilvēks, tavs draugs Alfrēds, ir miris. Tev viņš jāatlaiž un jāturpina darbs. Tev ir jāpabeidz izmēģinājumi, un pulkstenis jau tikšķina. Tev pietrūkst laika."

E-Z tēvs Mārtins teica: "Tas ir vienīgais veids, kā mēs visi atkal varam būt kopā."

"Bet viņi viņam melojis," sacīja E-Z. "Viņi viņam teica, ka viņš būs kopā ar ģimeni. Tagad viņš nevar būt kopā ar savu ģimeni, ne šādā veidā. Kā es varu zināt, ka viņi man nemelo par to, ka būs kopā ar tevi? Kā es varu zināt, ka tu neesi Eriēla manipulācija, lai piespiestu mani pildīt viņa pavēles?"

"Kas ir Ēriels?" viņa māte jautāja.

"Mēs nezinām Ēriēlu," sacīja tēvs.

Tam nebija nekādas jēgas. Tā bija Ēriēla vieta. Neatkarīgi no tā, vai viņi viņu pazina vai nepazina, viņam nebija nozīmes, viņš bija atbildīgs par to, ka viņi tur atrodas. Viņš zināja, kā uzvilkt E-Z sirdspukstus. Viņš zināja, kā panākt, lai viņš darītu to, ko viņš vēlas.

Ko tieši viņš gribēja? Un kāpēc viņš izmantoja viņa vecākus, lai to panāktu? Tas bija bezkaunīgi. Gaisā virs viņa karājās viņa vecāki, ieslēdzot un izslēdzot savus smaidus, it kā viņi būtu lelles. Tieši tad viņš droši saprata, ka abi spoki, vai kas tie īsti bija, galu galā nebija viņa vecāki. Tie bija viņa iztēles vai, iespējams, Ēriēlas augļi. Taču viņš nevarēja saprast, kāpēc. Kāpēc ar viņu tik nežēlīgi un bezkaunīgi manipulēja?

"Pamosties, E-Z!"

Viņš atgriezās savā gultā. Savā mājā.

Viņš apgāzās un atkal aizmiga... un nokļuva atpakaļ bunkurā - atkal.

# NODAĻA 25

**Trīs**bunkuriem līdzīgas lietas peldēja pa istabu, it kā spēlētu spēli "Seko līderim".

Tie nebija silosi. Tās bija autentiskas mūžīgās atdusas vietas, ko sauca par Dvēseļu ķērājiem.

Katru reizi, kad kāda dzīva būtne iet bojā, ar nosacījumu, ka ķermenis, kurā tā dzīvoja, bija piedzimis ar dvēseli, kādu dienu dzīvos tālāk. Dvēseļu ķērāju bija daudz, pārāk daudz, lai tos saskaitītu. To skaits bija daudz lielāks, nekā mēs, cilvēki, spējam aptvert. Vairāk nekā googolplekss, kas ir lielākais zināmais skaitlis.

Kad E-Z ieradās, viņš, tāpat kā iepriekš, tika icvictots savā gaidošajā dvēseļu ķērājā.

Nākamais ieradās Alfrēds, joprojām miris viņa ķermenis tika ievietots dvēseļu ķērājā.

Lia ieradās pēdējā, vēl guļoša savā dvēseļu ķērājā.

Nepagāja ilgs laiks, un E-Z sāka justies klaustrofobiski.

"Vai vēlaties dzērienu?" jautāja balss sienā.

"Nē, paldies," viņš teica, bungojot ar pirkstiem pa ratiņkrēsla roku, kad parādījās eņģelis. Jauns eņģelis, kādu viņš vēl nebija redzējis.

Šis eņģelis bija sieviete. Viņa bija tērpusies plīvojošā melnā kleitā un cepurē - it kā piedalītos izlaiduma ceremonijā. Uz viņas stingrās sejas bija brilles. Līdzīgas tām, kādas Marilina Monro nēsāja uz kafejnīcas plakāta.

Atšķirība bija tā, ka šajos rāmjos pulsēja sarkans šķidrums, kas atgādināja asinis.

"E-Z," viņa sacīja trīcoši skaļā balsī. Viņas balss atbalsojās. "Laipni lūgti atpakaļ savā Dvēseļu ķērājā."

"Dvēseļu ķērājs?" viņš teica. "Vai tā sauc šo lietu? Man tas vairāk atgādina bunkuru. Kas tad vispār ir Dvēseļu ķērājs?"

"Tā ir dvēseļu mūžīgā atdusas vieta," viņa atbildēja tā, it kā uz šo pašu jautājumu būtu atbildējusi jau miljons reižu.

"Bet vai tas nav domāts, kad cilvēki ir miruši? Es neesmu mirusi." Viņš noteikti cerēja, ka nav miris!

"Pagaidiet!" viņa kliedza.

Atkal viņa, runājot, satricināja sienas. Arī viņa zobi vibrēja. Tik ļoti, ka viņa priekšroka būtu bijusi ārā sniegā, pēc tam nāktos dzirdēt, kā viņa izrunā vēl kādu vārdu.

"Es tev neteicu, ka šis ir jautājumu un atbilžu laiks. Kā redzu, jūs esat veiksmīgi izpildījis lielāko daļu savu pārbaudījumu. Lai gan Alfrēds asistēja izmēģinājumā numur divi. Kā jūs zināt, nesankcionēta palīdzība nav atļauta."

E-Z atvēra muti, lai aizstāvētu Alfrēdu, bet atkal to aizvēra. Viņš negribēja riskēt, ka viņa atkal pacels balsi. Viņš noteikti vēlējās, lai viņi tur pastiprinātu karstumu. Tad atkal, tā bija dvēseļu vieta. Varbūt dvēselēm labāk patika aukstums.

TICK-TOCK.

Viņam ap pleciem bija uzvilkta sega.

"Paldies."

"Jums ir taisnība, kad jūs mirsiet, jūsu dvēsele atpūtīsies šeit. Vai arī būtu šeit atpūtusies, ja mēs būtu ļāvuši tev nomirt. Bet mēs tevi saglabājām dzīvu. Mums bija labs iemesls to darīt. Tomēr lietas ir mainījušās. Tas nav izdevies. Tāpēc mēs vēlamies atcelt mūsu sākotnējo vienošanos."

"Ko jūs domājat ar to, ka to atceļat? Jūs esat diezgan nekaunīgi! Mēģināt atcelt vienošanos, kas tā ir tikai tāpēc, ka es esmu bērns? Ir likumi, kas aizliedz bērnu darbu. Turklāt es esmu izdarījis visu, ko no manis prasīja. Protams, man nācās to visu apgūt "uz vietas". Bet cauri biezajam un plānajam es to esmu darījis. Es esmu pildījis savu līguma daļu, un tev vajadzētu pildīt savu!"

"Ak, jā, tu esi darījis visu, kas no tevis tika prasīts. Tā ir problēma - tev trūkst iniciatīvas."

"Trūkst iniciatīvas!" E-Z iesaucās, dauzīdams ar dūri pa ratiņkrēsla roku balstiem. "Vienošanās bija tāda, ka jūs sūtiet man pārbaudījumus, un es izdomāju, kā tos uzvarēt. Es esmu izglābis dzīvības. Jūs nevarat mainīt noteikumus spēles vidū."

"Taisnība, tāda bija sākotnējā vienošanās. Taču tad ar Hadžu un Reiki viss aizgāja greizi - viņi aizmirsa izdzēst prātus -, piemēram, un Ēriēlam nācās iesaistīties."

"Viņš sūtīja man pārbaudījumus, es tos izpildīju. Es pat uzvarēju viņu duelī."

"Jā, tu uzvarēji. Es viņam biju lūgusi novērtēt saites starp tevi un tavu tēvoci Semu."

"Novērtēt mūs?"

"Jā. Erceņģelim nav domāts, lai radītu pārbaudījumus eņģelim, kas ir apmācībā. Tavas, nu, iniciatīvas trūkuma dēļ Ēriēlam nācās iesaistīties vairāk, nekā viņam būtu bijis vajadzīgs."

"Pagaidiet mirkli! Tātad jūs sakāt, ka man bija jāiet un pašam jāatrod savi pārbaudījumi? Kāpēc neviens mani neinformēja par šīm prasībām?"

"Mēs cerējām, ka tu pats to sapratīsi. Ir bijušas norādes. Pavedieni par kopējo ainu. Kopīgās iezīmes. Mēs cerējām, ja tev būs citi, ar kuriem apspriest izmēģinājumus. Izmēģinājumi, kurus jūs jau esat pabeiguši. Ka jūs nonāksiet pie nulles problēmas. nonāktu pie tā paša secinājuma.

Palīdzēsiet mums. Iespējams, pat uzvarēsiet - bez tam, lai mēs jums to pasniegtu ar karotīti. Mēs tev devām visas iespējas, bet tu to neizdarīji. Tāpēc mēs ejam citu ceļu."

"Kopīgais? Iespējams, es zinu, ko jūs domājat."

"Ja tu to izdomāsi un izvēlēsies supervaroņa variantu... Tas varētu nostrādāt. Tik ilgi, kamēr viss būtu kristālskaidrs. Tev būtu pilnīgs priekšstats. Zinātu riskus."

"Tātad mēs joprojām būsim komanda? Kāpēc tu to neizklāstīsi? Lai man būtu vieglāk?"

"Pagātnē, lai gan taviem pavadoņiem tika piešķirtas spējas, kas tev nepiemita - tu tās neizmantoja. Tā vietā jūs visi trīs sēdējāt - tērējot laiku - un gaidījāt, kad viss notiks.

Vai jums nešķita dīvaini, kad Eriels parādījās atrakciju parkā? Viņš pacēla *Trijotnes* profilus. Tas nav ercenģeļa darbs. Tas ir tavs darbs."

Viņš pakratīja galvu. "Es nebiju simtprocentīgi pārliecināts, ka tas bija Ēriels, līdz viņš beigās sevi identificēja. Pirms tam man bija aizdomas. Kurš cits varētu ģērbties kā Ābrahams Linkolns?

"Turklāt es domāju, ka nevienam nebija jāzina. Līdz tam brīdim es domāju, ka tiesas procesi ir noslēpums. Es baidījos pārkāpt vienošanos ar jums. Ophaniels teica, ka, ja es kādam pastāstīšu, es zaudēšu iespēju atkal redzēt savus vecākus. Es ievēroju man noteiktos noteikumus. Es nedomāju, ka tu saproti godīgas spēles jēdzienu."

"Tā nav spēle. Ercenģeļi var darīt visu, ko mēs vēlamies!" viņa iesaucās, pietuvojoties tuvāk vietai, kur sēdēja E-Z. Viņa pastiepa zodu uz priekšu. "Mēs nolēmām, ka tu esi piemērotāks Supervaroņu spēlei, nevis Eņģeļu spēlei. Tas bija tad, kad jums palīdzēja sabiedrisko attiecību nodaļā. Lai mudinātu jūs atrast savus cilvēkus, kas jums palīdzētu. Dievs zina, ka zeme ir pilna ar viņiem. Kā Šekspīrs tos nosauca, tos, kas mielojas un vemj māsas rokās." "Kā?" Šekspīrs teica.

"Es neesmu lasījis Šekspīru, bet esmu radinieks Charles Dickens. Ne, ka tas būtu būtiski. Bet, labi, tātad, tu gribi, lai es turpinu kā supervarone ar Alfrēdu, ja viņš dzīvs, un ar Lia man blakus. Mēs varam viegli iegūt lielu atbalstu un publicitāti no plašsaziņas līdzekļiem.

"Es joprojām esmu tev uzticīgs. Ja tu ļausi mums brīvi valdīt, kāpēc, debesis būs robeža. Mēs pazīstam daudz bērnu skolā un sporta nozarē. Mēs varam izveidot supervaroņu karsto tālruni un tīmekļa vietni. Mēs varam izmantot sociālos medijus, lai sazinātos ar cilvēkiem no visas pasaules. Cilvēki stāvēs rindā, lai mēs viņiem palīdzētu. Tā būs pavisam jauna spēle."

"Ak, beidzot viņš runā par iniciatīvu... bet, mans mīļais zēns, tas ir pārāk maz par vēlu. Kā jau es teicu iepriekš, mēs vēlamies atbrīvoties no saistībām pret jums. Tu vairs neesi mums saistošs. Tev vairs nav parādu, kas jāatmaksā."

"Bet..."

"Jūs visi trīs esat pierādījuši, ka esat iesaistījušies tikai paši sev. Kad eņģeļi pirmo reizi ierosināja, ka jūs varētu mums palīdzēt, pārstāvēt mūs šeit, uz Zemes - mums bija plāns. Ar Alfrēdu bija tas pats. Tad nāca Lia. Kopš tā laika mums ar jums abiem ir bijuši panākumi. Mēs iekļāvām viņu trijotnē... bet tagad jūs esat kļuvuši lieki."

"Mēs glābjam cilvēkus, mēs palīdzam cilvēkiem."

"Nevajag man tā teikt. Ja es tev piedāvātu iespēju būt kopā ar vecākiem šodien, šeit un tagad. Jūs mestu dvieli. Tu aizietu prom, nerūpējoties un nedomājot par tām dzīvībām, kuras tu būtu varējis izglābt, ja izmēģinājumi būtu turpinājušies.

"Es domāju, ka Alfrēdam būs tāpat - ja viņš izdzīvos. Viņš bez mirkšķa acs mirkšķa aizietu uz margrietiņu lauku kopā ar savu ģimeni. Un, runājot par acīm, ja Lia atgūtu redzi - viņa arī būtu prom.

"Pēc rūpīgām pārdomām mēs sapratām, ka neviens no jums nav uzticīgs nekam citam kā vien sev, tāpēc esam pārgājuši pie plāna B."

"Pagaidiet. Definēsim darbu." Viņš to iegaumēja un ar prieku konstatēja, ka viņam ir četras joslas. "Saskaņā ar tiešsaistes vārdnīcu: regulāri veikt darbu vai pildīt pienākumus par algu vai atalgojumu. Es strādāju tavā labā bez samaksas. Izņemot solījumu par atlīdzību. Mums bija mutiska vienošanās.

"Neesmu pārliecināts par to, kāda bija Alfrēda vai Lia vienošanās, bet es deru derēt, ka viņu eņģeļi piedāvāja viņiem līdzīgus stimulus. Es turēju savu vienošanos, un tev vajadzētu turēt savu. Man ir trīspadsmit gadu, un," viņš iegaumēja. "Jā, kā es domāju, saskaņā ar ASV Darba departamenta datiem četrpadsmit gadi ir minimālais darba vecums." "Jā, kā es domāju, saskaņā ar ASV Darba departamenta datiem četrpadsmit gadi ir minimālais darba vecums.

Viņa pasmējās un noregulēja brilles. Viņš pamanīja, ka viņai uz rokām ir asinis. Viņa noslaucīja tās uz sava melnā apģērba. "Agrīnie likumi neattiecas uz eņģeļiem vai erceņģeļiem. Tomēr ir naivi no jūsu puses domāt, ka tas tā būtu." Viņa ieturēja pauzi. "Mēs esam gatavi piedāvāt jums divas izvēles iespējas. Pirmais variants: Jūs paliksiet šeit, savā Dvēseļu ķērājā, līdz mūža galam."

"Ko?"

Viņa Dvēseļu ķērāja pamati satricināja. Doma par to, ka viņš varētu tikt dzīvs apglabāts šajā metāla konteinerā, viņu nomāca.

"Dzīve, ko tu nodzīvosi, jo tavas dzīvās elpas dienas tiks pavadītas tā, kā solīja tie imbecilie erceņģeļi. Kopā ar saviem vecākiem. Tas ir, tu izdzīvosi savu dzīvi kopā ar saviem vecākiem no dienas, kad esi piedzimis, līdz pat brīdim, kad viņu dzīvība būs beigusies. Tu nekad nebūsi ratiņkrēslā, un viņi nekad nebūs miruši." Viņa ieturēja pauzi. "Tagad jūs varat runāt."

"Vai jūs gribat teikt, ka es izdzīvotu savu dzīvi kopā ar vecākiem, katru dienu, kas mums bija kopā, visu mūžību, atkal un atkal?" "Vai jūs gribat teikt, ka es izdzīvotu savu dzīvi kopā ar vecākiem, katru dienu, kas mums bija kopā, visu mūžību, atkal un atkal?"

"Jā."

"Kāds ir otrais variants?"

"Vai jūs nevarat uzminēt?" viņa jautāja ar zobgalīgu smaidu.

Viņas smaids bija tik neviltots, ka viņam nācās novērsties.

Viņš gaidīja.

"Otrais variants nozīmē, ka tu atgriezīsies dzīvot savu dzīvi kopā ar tēvoci Semu." Viņa vilcinājās, pietuvojoties tuvāk, lai E-Z. Viņam jau tā bija auksti, un tagad viņa ar katru savu spārnu vēzienu padarīja viņu vēl aukstāku. Viņš pārklājās ar segu. Viņa turpināja. "Kā jūs jau, iespējams, nojautāt, jūs ne ar vienu, ne ar otru variantu netiksiet un nekad netiksiet atkal savienots ar saviem vecākiem. Mēs atjaunotu pagātni. Tas būtu tā, it kā tu dzīvotu kādā lugā vai televīzijas seriālā."

"Ko! Tam es nepiekritu!" E-Z iesaucās. "Vai tu saki, Hadz. Reiki, Eriel un Ophaniel man melojat?"

"Meloja ir spēcīgs vārds, bet jā. Paskaties uz savu apkārtni. Dvēseles tiek noglabātas atsevišķos nodalījumos. Katrai dvēselei jau iepriekš ir sagatavots nodalījums."

"Tātad jūs sakāt, ka mani vecāki ir katrs vienā no šiem nodalījumiem?"

"Jā, viņu dvēseles."

"Un kas tad ar viņiem notiek?"

"Kāpēc, tās peld debesīs."

"Tas ir skumji. Es vienmēr domāju, ka mani vecāki būs kaut kur kopā. Es zinu, ka tas bija vienīgais, kas Alfrēdam deva kaut kādu mierinājumu.

Ka viņa sieva un bērni ir kaut kur kopā. Nevienam nepatīk domāt, ka viņa mīļotais cilvēks mirst viens. Nemaz nerunājot par mūžības pavadīšanu metāla konteinerā, kas dreifē no vietas uz vietu."

"Cilvēku sentimentalitāte. Dvēseles tikai eksistē. Tās nedzīvo un neelpo, neēd, nejūtas pārāk karstas vai pārāk aukstas. Cilvēki nesaprot šo jēdzienu."

Viņš nopriecājās.

"Es negribu apvainot jūsu sugu. Bet, kad ķermenis iet bojā, tas, kas paliek, dvēsele, ir grūti aptverams jēdziens. Cilvēku smadzenes ir pārāk mazas, lai aptvertu Visuma sarežģītību. Tāpēc ir radītas reliģiskās doktrīnas. Uzrakstīts laicīgiem cilvēkiem saprotamā valodā. Viegli iemācāmas un viegli uztveramas bez jebkādiem pierādījumiem."

"Tā kā dvēseles ir vērtīgākas par tādiem cilvēkiem kā es, kā es varētu nodzīvot visu atlikušo dzīvi kādā no šiem konteineriem?"

"Mēs esam veikuši pielāgojumus, tāpat kā tagad un iepriekš. Kad mēs tevi ievedām, tev nebija nekādu problēmu šeit pastāvēt, vai tagad?"

"Izņemot klaustrofobiju," viņš teica. "Un reizes, kad mani vajadzēja nomierināt ar to lavandas aerosolu."

"Ak, jā. Klaustrofobijas atkārtošanās, protams, būs atkarīga no tā, kādu variantu jūs izvēlēsieties. Ja izvēlēsieties pirmo variantu, vide jūs uzturēs visos veidos, līdz jūsu dvēsele būs gatava. Tad no jūsu zemes formas varēs atbrīvoties. Cilvēki pielāgosies, un jūs pie tā pieradīsiet. Turklāt tu būsi kopā ar saviem vecākiem, pārdzīvosi atmiņas. Tā paiet laiks. Tagad nosauc savu izvēli!"

"Pagaidi, bet kā ar maniem spārniem un mana krēsla spārniem? Kas ar tiem notiks?" Viņš vilcinājās: "Kas notiks ar Alfrēda un Lijas spējām? Ja mēs izvēlēsimies pirmo variantu, vai mēs atgriezīsimies tādi, kādi mēs būtu bijuši? Es domāju, pirms tu un pārējie erceņģeļi iesaistījās mūsu dzīvēs?"

"Protams, mēs negrasāmies jums noplēst spārnus, mans mīļais zēns, vai atņemt spējas, kas kādam no jums jau ir piešķirtas. Mēs esam erceņģeļi, nevis sadisti."

"Labi zināt, tāpēc mēs varam turpināt būt supervaroņi."

"Varat, bet jums būs jārada sava publicitāte, jo, kad mēs iznīksim - mēs iznīksim uz visiem laikiem."

"Lūdzu, palieciet sēdēt," sienā atskanēja balss, lai gan E-Z nebija lielas izvēles.

Erceņģelis neko neteica. Tā vietā viņa novērsa savu uzmanību, notīrot brilles un tad atkal uzliekot tās atpakaļ.

"Vēl viena lieta," E-Z jautāja, "par Alfrēdu."

"Turpini, bet pasteidzies. Vēl viens jēdziens, ko cilvēki nesaprot, ir tas, ka laiks pastāv visā Visumā. Man ir vēl citas vietas, kur būt, un citi arhaņģeļi, kurus redzēt."

"Labi, es to izdarīšu. Alfrēds tagad ir citā cilvēka ķermenī. Ja dvēsele paliek kopā ar ķermeni, vai tad tur ir divas dvēseles? Vai dvēseļu ķērājs gaida divas dvēseles?"

Eņģelis pagrieza viņam muguru. Pirms sāka runāt, viņa šķīstīja rīkli: "Es, mēs, cerējām, ka jūs šo jautājumu neuzdosiet. Tu esi gudrāks, nekā mēs gaidījām." Viņa aizvēra acis un pieskārās: "Mhmmm." Viņas acis palika aizvērtas. E-Z paskatījās, vai viņa nēsā ausu aizbāžņus, jo šķita, ka viņa kādu klausās. Vai varbūt viņš to iedomājās. Viņa pieskārās. "Piekrītu," viņa teica.

"Vai šeit ar mums ir vēl kāds?" viņš jautāja.

No visām pusēm atskanēja jauna balss. Kāpēc visiem erceņģeļiem bija tik skaļas balsis?

"Es esmu Raziels, noslēpumu glabātājs. E-Z Dikenss, jums ir jāklausās manu vārdu. Tiklīdz tie būs izrunāti, jūs tos neatcerēsieties. Tāpat arī to, ka es te biju. Dvēseļu ķērāji un viņu mērķi nav jūsu rūpes. Jūs esat pārkāpuši savas robežas, un mēs to necietīsim! Mēs dāsni esam devuši jums divas iespējas. Izlemiet TAGAD, vai arī mans izglītotais draugs pieņems lēmumu jūsu vietā."

E-Z sāka runāt, bet tad viņa prātā palika tukšs. Par ko viņi runāja?

Erceņģelis atkal aizvēra acis, izkliedza vārdus: "Paldies," un Raziela balss vairs nerunāja.

Bija sajūta, it kā laiks būtu pārskrējis atpakaļ. "Jūs sagaidāt, ka
es pieņemšu lēmumu uzreiz, nedodot man laiku padomāt? Bez
sarunas ar tēvoci Semu vai draugiem? Runājot par to, kā ar Alfrēdu,
viņam tika teikts, ka viņš atkal tiks apvienots ar savu ģimeni? Un Lia,
viņai tika teikts, ka viņa atgūs redzi."

"Tā kā Alfrēds ir aizgājis, tavs lēmums - vai viņš izdzīvos uz Zemes,
vai nē - būs viņa lēmums. Viņa izvēle numur viens būs tāda pati kā tava.
Vai viņš vēlētos atkārtoti izdzīvot savu dzīvi kopā ar ģimeni? Tā kā viņš
ir aizgājis, iespējams, viņš jau tagad par viņiem sapņo patīkamos sapņos.
Tad atkal, cilvēks nekad nezina, kādus trikus var izspēlēt prāts. Iespējams,
viņš ir nonācis murgu cilpā, un tikai jūs varat glābt viņu un viņa ģimeni,
izdarot pareizo izvēli viņa labā."

"Vai jūs sakāt, ka viņš nekad no tā neizkļūs? Galīgi?"

"To es nevaru teikt. Zinu tikai to, ka dvēseļu ķērājs vēl nav gatavs
paņemt viņa dvēseli... pagaidām."

"Un Lia?"

"Viņas cilvēciskās acis šajā dzīvē ir pazudušas, tāpat kā tavas kājas.
Viņa var izdzīvot savas redzes dienas, bet viņa, iespējams, gribētu, lai arī
tu izvēlies viņas vietā. Galu galā viņai nav bijis laika izaugt un nobriest
kā parastam bērnam. Viņa jau ir zaudējusi trīs gadus no savas dzīves,
un šī novecošanas epizode, mēs neesam pārliecināti, vai tas ir vienreizējs
gadījums, vai arī, vai tas atkārtosies vēlreiz."

"Jūs gribat teikt, ka jūs arī nezināt, kas ar viņu notiks?"

"Nē, nezinām. Turklāt viņa joprojām guļ."

"Es nevaru to izlemt, mums visiem trim par laika ierobežojumu. Tas ir liels lēmums, un man ir vajadzīgs laiks."

"Tad tev tas būs." Parādījās pulkstenis, kas skaitīja no sešdesmit minūtēm. "Tavs laiks sākas tagad. Sniedziet man savu atbildi, pirms tas pietuvojies nullei. Pretējā gadījumā viss, ko esam apsprieduši, zaudēs spēku. Un jūs atradīsieties atpakaļ viesnīcā kopā ar sava drauga līķi."

Viņas spārni plīvurēja, un viņa pacēlās arvien augstāk un augstāk.

"Pagaidiet, pirms jūs aizlidojat," viņš iesaucās.

"Kas ir tagad?"

"Vai ir citi, es domāju, citi tādi bērni kā mēs?"

"Bija jauki tevi pazīt," viņa teica.

"Sajūtas noteikti nav abpusējas," viņš atbildēja.

# NODAĻA 26

Minūtēm ritot, E-Z pārrunāja visu, kas viņam tikko tika pateikts. Viņš vēlējās, lai bunkurs būtu pietiekami plats un viņš varētu vairāk pārvietoties. Vismaz viņš ērti sēdēja savā ratiņkrēslā. Kopā viņi bija kā dinamisks duets.

"Vai jūs gribētu kaut ko ēst?" balss no sienas jautāja.

"Protams, gribētu," viņš atbildēja. "Ābolu, kādu popkornu - siera garšas būtu labi, un pudeli ūdens."

"Tuvojas," balss sacīja, kad sienā pa spraugu, ko viņš iepriekš nebija pamanījis, izcēlās metālisks galds. Tas apstājās viņa priekšā. No spraugas ārā izkāpa āķis, nesot vispirms ūdens pudeli. Tad otrs āķis nesa glāzi. Tam sekoja trešais āķis ar ābolu. Pirms nolika to uz zemes, āķis to noslaucīja ar dvieli. Tad izlēca ceturtais āķis, nesot bļodu ar popkornu.

"Paldies," viņš teica, kad četri satvertie āķi pamāja un pazuda atpakaļ sienā.

"Uz tikšanos."

"Uh, vai ir kāda iespēja, ka jūs varētu nogādāt man manu datoru? Tas tika iznīcināts ugunsgrēkā. Es noteikti gribētu, lai es varētu sastādīt sarakstu ar lietām, lai pieņemtu šo lēmumu."

"Protams. Dodiet man tikai minūti vai divas."

Kamēr viņš pabeidza ābolu un apdomāja popkornu, no cita slota pretējā sienā parādījās viņa klēpjdators. Āķis to turēja paceltu, gaidot, kad E-Z pārvietos pārējos priekšmetus, lai to izvietotu. Kad viņš to neizdarīja, āķi parādījās no otras puses. Viens paņēma ābolu serdi un pazuda atpakaļ sienā. Otrs ielēja glāzē atlikušo ūdeni. Tad paņēma tukšo pudeli atpakaļ caur spraugu sienā. Tā kā viņš vēlējās paturēt popkornu un glāzi ar ūdeni, viņš noņēma tos no galda. Āķis novietoja savu klēpjdatoru, pēc tam atgriezās caur spraugu sienā.

E-Z uzskatīja, ka āķi ir forši aksesuāri. Viņš tos varētu viegli pārdot kādam lielam zviedru veikalu tīklam.

Tagad, kad visi āķi bija pazuduši, viņš pacēla klēpjdatora vāku un ieslēdza to. Vispirms viņš pārbaudīja savu Tattoo Angel failu, viss vēl bija tur! Viņš bija tik laimīgs; viņš būtu raudājis, ja pulkstenis nebūtu tikšķinājis laiku.

"Liels paldies," viņš sacīja, iespiežot mutē sauju sieraina popkorna. Un tad viņš sāka rakstīt. Viņš nolēma padomāt par sevi kā par trešo. Vispirms uzrakstīja plusus un mīnusus par Alfrēdu. Uzreiz viņš zināja, ka Alfreds neiebilstu atkārtoti izdzīvot savu pagātni kopā ar ģimeni. Viņš uzreiz būtu izvēlējies šo variantu.

"Tomēr E-Zam šķita, ka tas nebūtu variants, ko viņa ģimene vēlētos, lai viņš izvēlētos. Jo viņš būtu izdzīvojis to, kas jau bija, nevis virzījies uz priekšu. Dzīvē ir jāvirzās uz priekšu. Turpināt mācīties un augt.

Jo vairāk viņš par to domāja, jo vairāk viņš saprata, ka tas būtu tas pats, kas pārdzīvošana savā dzīvesstāstā. Iedomājies savu dzīvi divdesmit četras diennaktis septiņas dienas nepārtrauktā cilpā. Nekad nezināt, kad tā beigsies. Vai tā vispār kādreiz beigsies. Tas varētu pārvērsties par cita veida elli. Tādu, par kuru viņš nevēlējās domāt.

Izņemot to, ja viņš zinātu, ka Alfrēds vienmēr būs komā. Uz ko bija norādījis erceņģelis. Tad viņam izvēles izdarīšana novērstu jebkādus sliktus sapņus vai murgus. Alfrēds būtu kopā ar savu ģimeni uz visiem laikiem. Pat ja tas nebūtu īsts... ar to varētu pietikt. Vai viņš to izvēlētos?

Viņš paskatījās uz pulksteni - bija palikušas piecdesmit minūtes. Viņš sāka domāt par Lia lietu. Viņas sapnis kļūt par slavenu balerīnu bija pārtraukts. Vai viņa gribētu no jauna izdzīvot bērnību, zinot, ka šis sapnis nekad nepiepildīsies? Viņai būtu vērts riskēt ar nākotni. Acis plaukstās viņu padarīja īpašu, unikālu... un viņa bija simpātiska. Viņa pat varētu kļūt par brīnumbērnu sievietes jaunāko versiju, ja spētu izmantot visas spējas.

"E-Z?" Lia sacīja. "Es dzirdu, kā tu domā, bet kur tu esi?"

Ak nē! Tagad viņa bija pamodusies, viņam nāksies viņai visu izskaidrot, un tas prasīs laiku, un laika vairs nebija. Viņam tas bija jādara ātri. "Klausies, Lia," viņš sāka, "man tev jāstāsta garš stāsts, lūdzu, neapstādini mani, kamēr stāsts nebūs pabeigts. Mums pietrūkst laika." Viņš visu paskaidroja, tas aizņēma desmit minūtes. Vēl desmit minūtes pagāja. Atlika vēl četrdesmit minūtes.

"Labi, E-Z, tu domā par sevi, un es domāju par sevi. Paņemsim piecas minūtes, tad mēs atkal parunāsim. Tagad sākas laiks."

"Labs plāns."

Pēc piecām minūtēm pulkstenis rādīja atlikušās trīsdesmit piecas minūtes. E-Z jautāja Lia, vai viņa ir izlēmusi.

"Esmu," viņa atbildēja. "Un kā ir ar tevi?"

"Es arī," viņš atbildēja. "Tu pirmais, piecas minūtes vai mazāk, ja vari."

"Man tas ir diezgan viegli izlemt, E-Z. Es negribu palikt šajā lietā un dzīvot savu dzīvi šeit. Kad Dvēseļu ķērājs mani atvedīs šurp, kad es būšu miris. Tas ir labi. Bet es nevēlos būt piespiedu kārtā ieslodzīts šajā telpā. Ne tad, kad es varētu būt ārā, sajūtot saules siltumu, klausoties putnu šalkoņā, ar vēju matos. Nemaz nerunājot par laika pavadīšanu ar mammu un tēvoci Semu, un, cerams, arī ar tevi. Dzīve ir pārāk īsa, lai to izniekotu, un lielākoties man patīk manas jaunās acis." Viņa smējās.

"Es piekrītu, un tavā vietā es darītu to pašu."

"Paldies, E-Z. Cik laika tagad atlicis?"

"Vēl divdesmit piecas minūtes," viņš apstiprināja. "Tagad šeit ir mana domāšana, cerams, mazāk nekā piecās minūtēs. Man tas šeit netraucē, tas daudz neatšķiras no tā, kā būt ārā. Esmu iemācījies, ka ratiņkrēslā nav pasaules gals. Patiesībā es esmu pie tā diezgan pieradusi. Es varu darīt lietas, ko agrāk mēdzu darīt, piemēram, spēlēt beisbolu, un man tas nenāk pilnīgi par sliktu. Dievs, viņi to spēlē pat paralimpiskajās spēlēs.

"Mani vecāki negribētu, lai es izniekotu savu dzīvi, dzīvojot pagātnē. Arī tēvocis Sems to nedarītu. Es negribu atteikties no visa tikai tāpēc, ka tie tādi dīvaiņi arhipelāgi deva dažus nepiedienīgus solījumus. Tāpēc es tev piekrītu. Mēs izkļūsim no šīm Dvēseļu ķērāju lietām. Mēs dzīvosim savu dzīvi, līdz beigsim dzīvot. Un tad tas var labi un kārtīgi nākt un mūs noķert. Pēc gadiem, kad, cerams, būsim devuši ieguldījumu cilvēcei un dzīvojuši labu dzīvi. Mēs varētu atrast citus tādus pašus kā mēs. Mēs varētu izveidot supervaroņu karsto līniju un sadarboties visā pasaulē. Mēs varētu izmantot savas spējas, lai padarītu pasauli labāku. Mēs varētu dzīvot pilnvērtīgi, radīt iedvesmojošu dzīvi, ar kuru mēs varētu lepoties, un mūsu ģimenes arī."

"Bravo!" Lia iesaucās. "Bet vai ir arī citi, tādi kā mēs?"

"Es jautāju eņģelim, kas man visu izskaidroja, bet viņa neatbildēja. Tas liek man domāt, ka tādi ir." Viņš paskatījās uz pulksteni. "Atlikušas tikai divdesmit viena minūte."

"Un kā ir ar Alfrēdu? Vai viņš kādreiz pamodīsies?"

"Eņģelis teica, ka nezina, to zina tikai dvēseļu ķērājs... bet viņa teica, ka viņam varētu būt murgi. Ja ir iespēja, ka viņš ir dzīvajā ellē, tad labāk viņu palaidīsim. Pirmais variants, ka viņš izdzīvo dzīvi kopā ar ģimeni cilpā, ir tas, kas viņam piemērots?"

"Es tam nepiekrītu. Neviens no mums droši nezina, kad dvēseļu ķērājs atnāks pēc mums. Alfrēds negribētu šeit izniekot, jo viņu varētu atrast slikti sapņi. Ne jau tur, kur ir iespēja, viņš varētu kādam palīdzēt vai kādu iedvesmot. Mēs šeit ieradāmies kopā, un mums no šejienes vajadzētu aiziet kopā. Manuprāt, tā tas ir.”

Četrpadsmit minūtes un tikšķ.

Viņa bija pievērsusies Alfrēda jautājumam unikālā veidā Vai viņai bija taisnība? Vai Alfrēds patiešām vēlētos atteikties no savas ģimenes šajā scenārijā, lai dotos uz nezināmu nākotni? Vai mēs visi neeksistējam nezināmā pasaulē? Kursu maiņa, izvairīšanās un niršana. Atverot logus, aizverot durvis. Ļaujot mūsu emocijām mūs aizvest no ceļa un tad atkal atpakaļ. Tas viss ir saistīts ar dzīvi. Jā, Lia bija taisnība. Tas bija galā.

Uz pulksteņa rādītāja bija atlikušas astoņas minūtes.

“Es domāju, ka tev ir taisnība, Lia. Viss par vienu un viens par visiem,” teica E-Z. “Erceņģelis man teica, ka man jāizrunā vārdi, pirms beidzies pulkstenis. Tad mēs visi nonāksim atpakaļ viesnīcā... it kā šī Dvēseļu ķērāja starpbrīdis nekad nebūtu noticis.”

“Bet vai tu domā, ka mēs vēl atcerēsimies par dvēseļu ķērājiem? Tā ir svarīga lieta, ko mums vajadzētu mācīties no šīs pieredzes. Pat tad, ja mēs ar to nedalītos. Paturiet prātā, ka tas sagrauj visu, ko mēs zinām par debesīm un pēcnāves dzīvi.”

Atlikušas piecas minūtes.

“Tas tā ir, bet apspriedīsim to otrā pusē.” Viņš saspieda plaukstas, kad pulkstenis atlika četras minūtes. “Mēs esam izlēmuši!” viņš kliedza. “Izvelciet mūs trīs no šiem dvēseļu ķērājiem - TAGAD!”

E-Z bunkura sienas sāka drebēt. “Vai ar tevi viss kārtībā, Lia?” viņš kliedza. Viņa neatbildēja. Šķita, ka zeme zem viņa kājām grab un dungo. Tad tā sāka griezties, vispirms pulksteņrādītāja kustības virzienā, tad pretēji pulksteņrādītāja kustības virzienam, tad pulksteņrādītāja kustības virzienā.

Viņam vēderā saraustījās vēders. Viņš izspļāva sierainu popkornu un visur izdzēsa sarkanu ābolu gabaliņus.

Tie bija vienīgie suvenīri, kas Dvēseļu ķērājam būtu palikuši no viņa. Cerams, ka uz ļoti ilgu laiku.

# Pateicības

Dārgie lasītāji,

Paldies, ka izlasījāt E-Z Dikensa sērijas pirmo un otro grāmatu. Es ceru, ka jums patīk šo jauno varoņu papildinājums un jūs labprāt uzzināsiet, kas notiks tālāk.

Drīzumā būs pieejamas nākamās divas sērijas grāmatas!

Vēlreiz paldies maniem beta lasītājiem, korektoriem un redaktoriem. Jūsu padomi un iedrošinājums palīdzēja man turpināt darbu pie šī projekta, un jūsu ieguldījums vienmēr bija/ir novērtēts.

Paldies arī ģimenei un draugiem par to, ka vienmēr esat man līdzās.

Un, kā vienmēr, Priecīgas lasīšanas!

Cathy

# Par autoru

Cathy McGough dzīvo un raksta Ontario, Kanādā
kopā ar vīru, dēlu, diviem kaķiem un suni.

# Arī ar:

**FIKCIJA**

**YA**

E-Z DICKENS SUPERVARONIS TRĪTĀ GRĀMATA: SARKANĀ ISTABA

E-Z DICKENS SUPERVARONIS CETURTĀ GRĀMATA: UZ LEDUS